1
9
8
4

Nineteen Eighty Four

1984

조지 오웰 **지음**

살림

1940년 BBC 방송에 출연 중인 조지 오웰

조지 오웰은 1903년 6월 25일 인도 북동부 모티하리에서 아편국 하급 관리인 리처드 월머슬리 블레어 (Richard Walmesley Blair)와 어머니 이다 블레어(Ida Mabel Blair) 사이에서 태어났으며 본명은 에릭 아서 블레어(Eric Arthur Blair)이다. 태어나자마자 영국으로 건너간 그는 1917년 이튼 칼리지를 졸업한 후 식민지인 인도 제국 경찰에 지원하여 복무한다. 하지만 곧 제국주의의 모순과 한계를 절감하고 1927년 영국으로 귀국, 밑바닥 생활을 하면서 작가의 길에 들어선다. 이어 여러 편의 장편을 발표하여 문학계의 인정을 받은 그는 스페인 내전이 발발하자 파시즘과 맞서 싸우기 위해 자원입대, 전선에 나선다. 그러나 그는 곧 스페인 공산당의 박해를 받고 죽음의 위협으로부터 탈출한다.

그는 스페인 내전 경험을 바탕으로 1943년부터 『동물 농장』 집필에 들어간다. 소련 신화가 서구 사회주의에 끼친 부정적 영향에 맞서기 위해서였다. 이 책의 출간과 함께 그는 일약 세계적인 작가가 되었으며 1946년 도에 집필을 시작해 1949년 11월에 출간한 『1984』는 그의 명성을 더욱 확고부동한 것으로 만들어주었다. 그는 지병인 폐결핵이 악화되어 1950년 1월 47세를 일기로 런던의 한 병원에서 사망했다. 그는 「타임스」에서 전후 가장 위대한 영국 작가 중 2위로 선정되었고, BBC 투표에서는 지난 천 년 동안 가장 위대한 영어 작가 3위로 뽑혔다.

조지오웰의 『1984』의 사회를 빅브라더의 눈에 의해 감시받고 있는 사회로 표현한 디자인

조지 오웰의 『1984』는 올더스 헉슬리의 『멋진 신세계』와 함께 대표적인 디스토피아 소설로 꼽힌다. 디스토피아라는 말에는 '역(逆)유토피아(utopia)'라는 의미가 들어있다. 이상향(理想鄕)을 의미하는 유토피아에 불완전 상태를 나타내는 dys라는 어두를 붙여 만든 말이 디스토피아이다. 유토피아가 모든 사람이 자유롭고 평등하며 행복한 사회라는 뜻을 품고 있다면 디스토피아는 전체주의적 정부에 의해 억압받고 통제받는 가상사회를 말한다. 그 사회를 감시하고 지배하는 것이 바로 '빅브라더의 눈'이다. 그런데 유토피아가 실재(實在)할 수 없듯이 공포와 압제가 완벽하게 지배하는 불행한 세상인 디스토피아도 실재할 수 없다. 존재하는 것은 디스토피아를 꿈꾸는 인간의 욕망이다. 그 욕망을 견제하고 감시하기 위해 우리 곁에 디스토피아 소설이 존재하며 디스토피아 영화가 계속 만들어진다. 〈텔리카트슨 사람들〉〈브이 포 벤데타〉〈이퀼리브리엄〉〈데몰리션 맨〉 같은 영화들이 바로 그것들이다.

'전체주의냐, 민주주의냐'의 갈림길에 있음을 상징하는 포스터 디자인

디스토피아의 특성은 바로 전체주의이다. '전체주의'의 가장 큰 특징은 구성원이 모두 하나임을 강조하며 개성과 다양성을 억압하는 데 있다. 전체주의의 뜻은 모든 구성원이 하나로 뭉쳤다는 뜻이 아니다. 반대로 아무런 개성 없는 존재, 심지어 생명 없는 존재로 제각각 아무런 연대 없이 흩어져 지낸다는 뜻이다. 그곳은 오로지 권력에의 도취와 승리의 쾌감만이 존재하는 지옥 같은 곳이다. 조지 오웰은 나치즘이나 마르크시즘이 제시하는 미래의 낙원에 대한 환상마저 완벽하게 제거된 '지옥-현실'을 그려냄으로써, 전체주의를 향한 경계심을 극대화하는 데 성공했다.

1984 차례

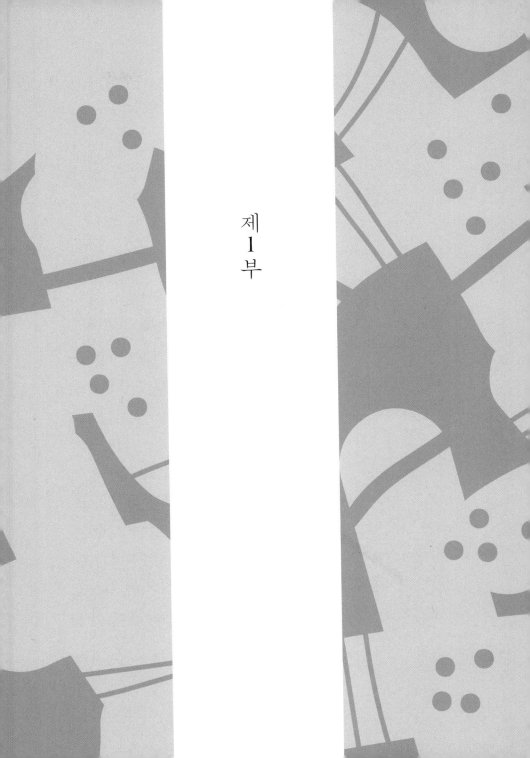

제1부

1

맑고 쌀쌀한 4월의 어느 날이었다. 시계가 열세 번 울렸다. 윈스턴 스미스는 매서운 바람을 피하려고 턱을 가슴에 묻은 채 빅토리 맨션의 유리문을 통해 안으로 재빨리 미끄러져 들어갔다. 하지만 모래 먼지 소용돌이가 함께 안으로 들어오는 것을 막을 수는 없었다.

복도에서는 삶은 양배추 냄새와 낡은 짚 매트 냄새가 풍겼다. 복도 한쪽 끝 벽에, 실내에 어울리지 않게 너무 큰 컬러 포스터가 걸려 있었다. 포스터에는 폭이 1미터가 넘는 커다란 얼굴이 덩그러니 그려져 있었다. 검은 콧수염이 덥수룩하게 난 마흔 댓 살가량의 엄하면서도 잘생긴 남자 얼굴이었다. 윈스턴은 계단 쪽으로 향해 갔다. 엘리베이터는 무용지물이었다. 아무리 경기가 좋을 때도 좀처럼 가동되지 않았으며 게다가 지금은 한낮이어서 전기가 끊겨 있었다. '증오주간'에 대비한 절약 운동의 일환이었다. 윈스턴의 방은 7층이었다. 서른아홉 살의 윈스턴은 오른쪽 발목에 정맥류 궤양을 앓고 있었기에 천천히 힘겹게 계단을 오르면서 도중에 몇 번을 쉬어야만 했다. 층계참을 지날 때마다 엘리베이터 맞은편 벽에 붙은 포스터의 거대한 얼굴이 그를 노려보았다. 사람이 움직이는 대로 눈동자가 따라오게끔 되어있는 포스터였다. 얼굴 아래 '빅브라더가 당신을 지켜보고 있다'라는 캡션이 붙어 있었다.

방 안으로 들어가니 낭랑한 목소리가 울리고 있었다. 선철(銑鐵) 생산량과 연관되는 통계 자료를 읽고 있는 목소리였다. 그 목소리는 오른쪽 벽에 붙어 있는, 뿌연 거울 같은 직사각형 금속판에서 흘러나오고 있었다. 윈스턴은 스위치를 돌려 볼륨을 어느 정도 낮추었다. 하지만 목소리는 여전히 또렷하게 들렸다. '텔레스크린'이라 불리는 그 기구는 소리를 줄일 수는 있었지만 완전히 꺼버릴 수는 없었다. 그는 창가로 다가갔다. 가뜩이나 작고 여리며 야윈 그의 몸이 당의 제복인 푸른 작업복 탓에 더욱 왜소해 보였다. 그는 금발이었으며 혈색은 선천적으로 붉은빛을 띠고 있었지만 싸구려 비누와 무딘 면도칼 때문에, 또한 이제 막 물러간 겨울 추위 탓에 피부는 거칠어져 있었다.

닫힌 창유리를 통해 바라본 바깥은 추위 보였다. 저 아래 거리에서, 작은 회오리바람에 먼지와 종잇조각들이 소용돌이를 일으키며 날아올랐다. 태양이 빛나고 하늘은 지나칠 정도로 푸르렀지만 여기저기 붙어 있는 포스터들 외에 색채를 띤 것은 아무것도 없는 것 같았다. 전망이 좋은 구석구석마다 검은 콧수염의 얼굴이 내려다보고 있었다. 바로 맞은편 집 정면에도 포스터가 붙어 있었다. '빅브라더가 당신을 지켜보고 있다'라는 캡션이 그에게 말을 건네고 있었고 검은 눈이 윈스턴의 눈을 깊이 들여다보고 있었다. 저 아래 길에서 한쪽 모서리가 찢긴 또 하나의 포스터가 바람에 펄럭이면서 영사(IngSoc)라는 낱말이 드러났다 감춰졌다 했다. 영사란 영국 사회주의(England Socialism)를 줄여서 만든 신조어였다. 멀리서 헬리콥터가 마치 금파리처럼 지붕 사이를 스치듯 맴돌다가 방향을 선회해서 날아가 버렸다. 창문을 통해 사람들을 엿보는 경찰 순찰기였다. 하지만 순찰기 같은 것은 아무것도 아니었다. 문제가 되는 것은 '사상(思想)경찰'이었다.

윈스턴 등 뒤의 텔레스크린에서는 여전히 선철 생산량과 제9차 3개년 계획의 초과달성에 대해 떠들어대고 있었다. 텔레스크린은 수신과 송신이 동시에 가능했다. 윈스턴이 낮은 속삭임 이상의 소리를 내면 이 기계는 그 소리를 즉시 포착했다. 게다가 윈스턴이 이 기계가 포착할 수 있는 범위 안에 있으면 소리뿐 아니라 행동까지 감지했다. 물론 언제 감시를 받고 있는지는 알 길이 없다. 사상경찰이 어떤 시스템을 통하여 개개인의 감시망을 구축, 실행하고 있는지, 얼마나 자주 개개인을 감시하고 있는지는 단지 추측만 가능할 뿐이었다. 어쩌면 그들은 모든 사람을 내내 감시하고 있다고 말할 수도 있을 것이다. 어쨌든 그들은 그들이 원하기만 하면 언제고 그 누구에게건 감시의 전선(戰線)에 플러그를 꽂을 수 있다. 사람들은 자신이 내는 소리는 모두 도청당하고 있고 어둠 속이 아닌 한 모든 동작이 감시당하고 있다는 가정하에서, 이제는 습관의 도를 넘어 본능처럼 되어버린 그런 가정하에서 살아가야 하고 살아가고 있었다.

1킬로미터 떨어진 곳에 그의 일터인 진리부(眞理部) 흰 건물이 거대한 자태를 뽐내며 우중충한 풍경 위로 우뚝 솟아 있었다. 이곳이 에어스트립 원(Airstrip One)의 주요 도시이며 오세아니아에서 인구가 세 번째로 많은 런던이라니…… 윈스턴은 씁쓸했다. 그는 옛날에도 런던이 이런 모습이었는지 애써 기억을 더듬어 보았다. 그때도 지금처럼 낡은 19세기 집들이 길게 늘어서 있었던가? 집들의 벽을 통나무 들보들이 떠받치고 있었고 창문에는 마분지가 덕지덕지 붙어 있었던가? 지붕은 주름진 함석으로 덮여 있었으며 정원의 담들은 비뚤비뚤 제멋대로 뻗어 있었던가? 그때도 폭탄 맞은 구덩이 속에서 횟가루가 공중에 휘날리고 있었고 분홍바늘꽃이 자갈 더미 여기저기 흩어져 자라고 있었던가? 폭탄이 휩쓸고 간 공터에 마치 닭장처럼 지저분한 판잣집들이 우후죽순처럼 들어서 있었던가? 하지만 아무 소용없었다. 그런 것은 기억이 나지 않았다. 배경도 없고 제대로 알아볼 수도 없는, 일련의 반짝이는 그림 같은 것만이 유년기의 기억으로 남아 있을 뿐이었다.

오세아니아의 새로운 공용어인 신어(新語)로 '진부(眞部)(미니트루)'라고 부르는 진리부는 눈에 보이는 다른 풍경들과는 판이했다. 그 건물은 번쩍이는 하얀 콘크리트로 된 피라미드 모양의 웅장한 건물로서 계단식으로 300미터나 하늘 높이 솟아 있었다. 그 하얀 건물 전면에는 윈스턴이 서 있는 곳에서도 또렷이 읽을 수 있는 당의 세 슬로건이 우아한 필체로 쓰여 있었다.

전쟁은 평화다
자유는 예속이다

무지가 힘이다

진리부는 지상에 3천 개의 방이 있고 지하에도 같은 수의 방이 있다고들 한다. 런던에는 같은 모양과 크기의 건물이 세 개더 있다. 그 건물들은 여기저기 흩어져 있지만 그 건물들에 비해 다른 건물들이 너무 형편없이 작아 보였기에 빅토리 맨션 지붕에서는 이 네 건물이 한꺼번에 보인다. 그 네 개의 건물에는 네 개의 정부 부처가 들어서 있다. 보도·연예·교육 및 예술을 관장하는 진리부, 전쟁을 관장하는 평화부(平和部), 법과 질서를 유지하는 애정부(愛情部), 경제 문제를 관장하는 풍요부(豊饒部)가 그것이다. 그것들은 각각 신어로 진부(미니트루), 평부(미니팍스), 애부(미니러브), 풍부(미니플렌티)라 불린다.

애정부는 정말로 무시무시한 곳이다. 그곳에는 창문이 하나도 없다. 윈스턴은 그곳에 들어가 본 적이 없거니와, 근처 500미터 이내에도 얼씬거린 적이 없다. 그곳은 공적인 용무로만 출입이 가능하며 그것도 미로처럼 얽힌 가시철망, 철문, 숨겨져 있는 초소들을 통과해야만 한다. 그리고 그 건물 울타리로 이어지는 길에는 고릴라처럼 생긴 위병들이 마디가 있는 곤봉을 들고 어슬렁거린다.

윈스턴은 갑자기 돌아서서 방을 가로질러 좁은 부엌으로 들어갔다. 다음 날 아침 식사로 남겨놓은 흑빵 한 덩어리밖에는 먹을 것이 없다는 것을 알고 있었으므로 그는 선반에서 '빅토리 진Gin'이라는 흰색 라벨이 붙은 투명한 술병을 꺼냈다. 독하고 역한 냄새가 나는 술이었다. 그는 찻잔에 술을 가득 따른 후 진저리를 치며 마치 쓰디쓴 약을 삼키듯 단숨에 마셔버렸다. 삼키는 순간 마치 몽둥이로 뒤통수를 맞은 것 같은 기분이었지만 타는 듯한 속이 가라앉으면서 기분이 좋아졌다. 그는 '빅토리 시가렛'이라는 이름이 적힌 구겨진 담뱃갑에서 담배를 꺼내어 입에 물고 거실로 돌아가서 텔레스크린 왼쪽의 작은 의자에 앉았다. 그는 책상 서랍에서 펜대와 잉크병, 뒷면이 붉고 앞면이 대리석 무늬로 된, 두툼한 4절 노트를 꺼냈다.

무슨 이유에서인지 이곳의 텔레스크린은 일반적인 텔레스크린과는 약간 다른 위치에 설치되어 있었다. 일반적으로 텔레스크린은 방 전체를 모두 볼 수 있도록 벽 모퉁이에 설치된다. 그러나 이 방의 텔레스크린은 창문 맞은편의 기다란 벽에 설치되어 있었고 그 벽 한쪽 구석에는 움푹 들어간 곳이 있었다. 아마 애당초 책장을 들여놓기 위해서 만든 공간 같았다. 그곳에 앉아서 몸을 잘 숨기기만 하면 가까스로 텔레스크린의 감시망에서 벗어날 수 있었다. 물론 윈스턴이 내는 소리는 들리겠지만 지금처럼 몸을 잘 숨기기만 하면 보이지는 않을 수도 있다.

윈스턴이 꺼낸 노트는 아주 특별히 근사한 물건이었다. 낡아서 약간 누렇게 바래기는 했지만 부드러운 크림색 종이로 된 이 노트는 최소한 지난 40년간 생산되지 않은 노트였다. 윈스턴은 40년이 훨씬 더 된 노트이리라고 짐작했다. 윈스턴은 이 도시의 어느 빈민가의 곰팡내 나는 작은 고물상 진열창에서 이 노트를 발견하자마자 갖고 싶다는 욕망에 사로잡혔다. 원칙적으로 당원들은 일반 상점 출입이 금지되어 있었다(이를 '자유시장 거래'라고 불렀다.). 하지만 그 원칙은 잘 지켜지지 않았다. 그곳이 아니라면 구할 수 없는 구두끈이나 면도날 같은 갖가지 물건들이 많았기 때문이었다. 그는 거리를 이리저리 두리번거린 다음 재빨리 상점 안으로 들어가 노트를 2달러 50센트에 샀다. 무슨 특별한 목적이 있었던 것도 아니었다. 그는 무슨 죄라도 지은 듯 그 노트를 조심스레 가방에 넣고 집으로 돌아왔다. 그 안에 아무것도 적혀 있지 않더라도 의심을 살 만한 물건이었다.

그는 지금 일기를 쓰려는 중이었다. 일기를 쓰는 것은 불법은 아니었다(실은 법이라는 것이 없었으므로 불법이란 것이 있을 수 없었다.). 하지만 만약 발각된다면 사형에 처해지거나 최소한 25년의 강제노역형을 받을 것이 분명했다. 윈스턴은 펜촉을 잉크에 적시고 잠시 망설였다. 전율이 뱃속을 훑고 지나갔다. 종이에 글을 쓴다는 것은 단호한 결심을 필요로 하는 행위였다. 모든 것을 구술(口述)하는 것이 관습이었기 때문이었다. 그는 작고 서툰 글씨로 다음과 같이 썼다.

April 4th, 1984년 4월 4일

그는 의자 등받이에 등을 기댔다. 완벽한 무력감이 그를 사로잡았다. 우선 지금이 1984년인지 아닌지도 정확히 알 수 없었다. 자신의 나이가 서른아홉이고 1944년, 혹은 1945년에 태어난 것으로 알고 있으니 그쯤 된 것은 분명했다. 하지만 요즘은 일이 년 내의 어느 날짜도 정확히 짚어낼 수 없었다.

누구를 위해 이 일기를 쓰는 거지? 갑자기 그에게 의아한 생각이 들었다. 미래를 위해서? 태어나지 않은 후세를 위해서? 그의 마음이 잠시 일기장에 적힌 미심쩍은 날짜 주변을 맴돌았다. 그러다 홀연 '이중사고*doublethink*'라는 신어가 쿵 하고 그의 뇌리를 강타했다. 처음으로 자신이 엄청난 일을 하고 있다는 사실이 가슴에 와 닿은 것이다. 미래와 어떻게 소통할 수 있지? 그것은 애당초 불가능하다. 미래가 현재와 비슷하다면 그의 말에 귀를 기울이지 않을 것이고, 현재와 다르다면 그의 처방은 아무 의미가 없을 것이다.

그는 한동안 멍하니 노트를 바라보고 있었다. 텔레스크린에서 나오는 소리가 귀에 거슬리는 군가로 바뀌어 있었다. 신기하게도 그는 자기 자신을 표현할 수 있는 능력을 잃었을 뿐 아니라 원래 무슨 말을 하려 했는지조차 잊어버렸다. 지난 몇 주간 그는 이 순간을 위해 준비해 왔다. 그리고 필요한 것은 오로지 용기뿐이라고 그동안 생각해 왔다. 사실 글을 쓰는 것 자체는 쉬울 수도 있었다. 문자 그대로 지난 수년간 그의 머릿속을 스치고 지나간 끊임없는 독백들을 종이 위에 옮기기만 하면 될 일이었다. 그런데 바로 이 순간 그 독백이 고갈되어 버린 것이다. 게다가 정맥류성 궤양 때문에 참을 수 없이 가렵기 시작했다. 그는 긁을 엄두도 내지 못했다. 그랬다가는 늘 염증만 일으켰기 때문이었다. 똑딱똑딱 시간이 흘러갔다. 그는 자기 앞에 놓인 종이의 공백, 발목 피부의 가려움증, 군가의 나팔 소리, 술로 인한 약간의 취기만을 의식할 수 있을 뿐이었다.

그는 갑자기 공황 상태에 빠져 자신이 무엇을 하는지 거의 의식하지도 못한 채 글을 쓰기 시작했다. 그는 어린아이처럼 서툰 솜씨로 작은 글자들을 종이에 무질서하게 써 내려갔다.

1984년 4월 4일
어젯밤에 영화관에 갔다. 모두 전쟁 영화였다. 피난민을
가득 실은 배가 지중해 어디에선가 폭격당하는 장면이
가장 볼만했다.

이어서 그는 헤엄쳐 도망가던 사내가 추격하는 헬리콥터에
사살되는 장면, 환호하는 관객들의 반응, 헬리콥터의 폭격에 의
해 보트가 산산조각으로 부서지는 장면, 아이를 부둥켜안고 달
래던 어머니 모습, 이어서 하늘로 치솟던 아이의 잘린 팔의 모
습, 순간 다시 환호하던 관객들의 모습 등을 아무 생각 없이 써
내려가기 시작했다. 얼마간 써 내려가던 윈스턴은 글쓰기를 중
단했다. 부분적으로는 팔에 쥐가 나서이기도 했지만 도대체 무
엇 때문에 이런 하찮은 것들을 써 내려가고 있는 것인지 알 수
없었기 때문이었다. 그런데 그사이 묘하게도 전혀 다른 기억
하나가 선명하게 머리에 떠올랐다. 그는 그것을 꼭 적어두어야
할 것처럼 느꼈다. 그는 자신이 갑자기 집에 와서 일기를 쓰기
로 작정한 것이 바로 그 사건 때문이라는 것을 깨달았다.

그 사건은 그날 아침 청사에서 벌어졌다. 그런 애매모호한 일도 사건이라고 할 수 있다면 말이다.

　오전 11시쯤이었다. 윈스턴이 근무하고 있는 기록국에서 직원들이 의자들을 끌어모아 방 한가운데 거대한 텔레스크린 앞에 모여 앉아 있었다. '2분 증오(Two Minutes Hate)'를 준비하기 위해서였다. 윈스턴이 막 줄 한 가운데 자리에 앉았을 때였다. 낯은 익지만 한 번도 이야기를 나눠보지 않은 두 사람이 갑자기 안으로 들어섰다.

　그중 한 명은 복도에서 자주 마주치던 여자였다. 이름은 모르지만 '픽션국'에 근무한다는 것은 알고 있었다. 가끔 기름 묻은 손에 스패너를 들고 다니는 것으로 보아 소설 제작기를 담당하는 기술자임이 분명했다. 스물일곱 살의 대담해 보이는 여자로서 숱이 많은 검은 머리에 얼굴에는 주근깨가 있었으며 마치 운동선수처럼 몸놀림이 민첩했다. '안티 섹스 주니어 연맹'의 휘장인 좁은 진홍색 띠를 허리에 여러 번 단단히 휘감고 있어 그녀의 엉덩이 모습이 한결 두드러져 보였다. 윈스턴은 처음 보았을 때부터 그녀가 싫었다. 그는 그 이유를 알고 있었다. 그녀에게서는 하키 운동장이나 냉수욕, 혹은 단체 행군의 분위기, 혹은 애써 청결해지려고 애쓰는 듯한 분위기가 연상되었기 때문이었다. 그는 거의 모든 여자, 특히 젊고 예쁜 여자들을 싫어했다. 완강하게 당에 충성하는 사람들, 구호를 곧이곧대로 믿는 사람들, 아마추어 스파이들, 이단(異端)의 냄새를 귀신같이 맡는 사람들은 언제나 여자들, 그것도 젊은 여자들이었다. 그런데 그 여자는 보통 이상으로 위험하다는 인상을 주었다. 복도에서 그녀와 마주칠 때마다 그는 그녀가 사상경찰의 끄나풀일지도 모른다는 생각이 들곤 했다. 하지만 절대로 그럴 리는 없었다. 그래도 그는 그 여자와 가까이 있으면 마치 자신의 속이 훤히 들여다보이는 것 같은 기분이 들었고 두려움과 적의가 뒤섞인 묘한 불편함을 느낄 수밖에 없었다.

다른 한 명은 오브라이언이라는 이름의 내부당원으로서 윈스턴이 정확히 알 수 없는 뭔가 중요하고 은밀한 일을 맡아보는 사람이었다. 검은 제복의 내부당원이 가까이 오자 의자에 앉아 있던 사람들은 일제히 입을 다물었다. 오브라이언은 목이 굵었으며 우락부락하고 사나워 보이면서도 어딘가 익살맞은 듯한 얼굴의 몸집이 크고 건장한 사내였다. 위압적인 겉모습과는 달리 그의 태도에서는 어딘가 매력적인 풍모가 풍겼다. 그는 코에 걸친 안경을 버릇처럼 추켜올리곤 했는데 그 행동이 뭐라고 말할 수는 없지만 묘하게 세련된 듯 보이면서 상대방의 긴장을 풀어주었다.

원스턴은 매년 열두 번 이상 오브라이언을 보았다. 그는 왠지 모르게 오브라이언에게 깊이 마음이 끌렸다. 도시인으로서의 세련된 태도와 권투선수 같은 체격이 이루는 묘한 대조 때문만은 아니었다. 오브라이언이 정치적으로 완벽한 신조를 지니고 있지는 않으리라는 믿음, 아니 믿음이라기보다는 희망 때문이었다. 그의 얼굴에는 그런 것을 느끼게 하는 그 무언가가 어쩔 수 없이 엿보였다. 어쩌면 그의 얼굴에 쓰여 있는 것은 이단이라기보다는 단순히 지성인지도 몰랐다. 하지만 어찌 되었건 그는 텔레스크린이 없는 곳에서 단둘이 만난다면 말이라도 걸어봄 직한 사내였다. 하지만 원스턴은 그것을 실행에 옮길 생각이 전혀 없었으며 실제로 그럴 방법도 없었다. 오브라이언은 손목시계를 흘낏 들여다보았다. '2분 증오'가 끝날 때까지 기록국에 남아 있기로 작정한 것 같았다. 그는 원스턴으로부터 두 자리 건너 같은 줄에 앉아 있었다. 두 사람 사이에는 원스턴의 옆 책상에서 근무하고 있는 갈색 머리의 자그마한 몸집의 여자가 앉아 있었다. 검은 머리의 여자는 바로 그 뒤에 앉아 있었다.

이어서 방 끝에 자리 잡고 있는 텔레스크린에서 기름을 치지 않은 기계에서 나는 것 같은 기분 나쁜 삐걱 소리가 울려 나왔다. 이를 악물게 만들고 머리카락을 곤두서게 할 만큼 무시무시한 소리였다. '증오'가 시작된 것이다.

늘 그렇듯이 인민의 적인 임마뉴엘 골드스타인의 얼굴이 스크린에 나타났다. 청중들 여기저기에서 야유 소리가 터져 나왔다. 갈색 머리의 여자는 두려움과 혐오가 뒤섞인 깩깩 소리를 냈다. 골드스타인은 오래전(얼마 전인지는 누구도 정확히 기억하지 못한다.) 당의 지도급 인사로서 빅브라더와 거의 맞먹는 지위를 누리다가 배반을 저지른 더러운 자였다. 그는 반혁명 활동을 하다가 사형선고를 받았는데 어찌어찌해서 탈출에 성공한 후 종적을 감추었다. '2분 증오' 프로그램은 매일 바뀌었지만 그 중심에는 언제나 골드스타인이 있었다. 그는 최초의 반역자였으며 당의 순수성을 처음으로 모독한 자였다. 이후 일어난 모든 해당(害黨)과 반역 행위, 파업, 이단과 탈선행위는 모두 그의 사주에 의한 것이었다. 그는 아직 어디엔가 살아 있어 음모를 꾸미고 있었다. 어쩌면 해외에서 외국인 후원자의 비호를 받고 있는지도 몰랐고 오세아니아 깊은 은신처에 숨어 있다는 소문도 돌고 있었다.

윈스턴은 골드스타인의 얼굴을 볼 때마다 고통스러운 감정을 맛보았다. 야윈 유대인으로서 흰 머리카락이 후광처럼 뒤에 늘어져 있고 턱에 자그마한 염소수염을 기르고 있는, 어쩌면 지혜로워 보이기도 하는 얼굴이었다. 하지만 어딘가 천성적으로 야비해 보였고 안경을 걸치고 있는 기다란 코끝에서는 노쇠한 자의 어리석음까지 느껴졌다. 얼굴은 영락없이 염소와 닮았고 목소리조차도 염소와 비슷했다.

스크린 속의 골드스타인은 당의 강령에 대해 악의에 찬 비난을 퍼붓고 있었다. 터무니없을 정도로 과장되어 있고 부당한 비난이어서 어린아이라 할지라도 속을 훤히 들여다볼 수 있을 정도였다. 하지만 아주 그럴듯하기도 해서 수준 이하의 머리를 가진 사람은 홀딱 넘어갈 수도 있으리라는 경각심을 불러일으켰다. 그는 빅브라더를 모욕하고 당의 독재를 고발했으며 유라시아와의 즉각적인 평화 협정을 요구했다. 그는 언론, 출판, 집회, 사상의 자유를 주장했으며 혁명이 배반당했다고 흥분해서 외쳐댔다. 그는 당의 웅변가들과 마찬가지로 다음절(多音節)의 문장을 구사해서 연설했으며 심지어 일상생활에서 당원들이 사용하는 것보다 더 많은 신어를 사용했다.

'증오'가 시작된 지 30초도 되지 않아 제어할 수 없는 분노의 외침이 방 안에 있는 사람들의 절반 이상에게서 쏟아져 나왔다. 골드스타인의 얼굴을 보거나 그에 대한 생각만 해도 자동적으로 공포와 분노가 터져 나왔던 것이다. 심지어 그는 적성국인 유라시아나 이스트아시아보다도 더 큰 증오의 대상이었다. 오세아니아가 그중 한 세력과 전쟁 중이면 다른 곳과는 평화를 유지할 수 있었지만 골드스타인은 언제나 증오의 대상이었다. 하지만 그렇게 맹렬한 증오의 대상이면서도 이상하게 그의 영향력은 점점 더 커지는 것 같았다. 게다가 그에게 넘어갈 준비가 되어있는 얼간이들이 새롭게 자꾸 생겨났다. 단 하루도 빠지지 않고 그의 지령에 의해 움직이는 스파이들과 공작원들이 사상경찰에 발각되어 검거되었다. 그는 방대한 그림자 군대의 사령관이었을 뿐 아니라 국가 전복을 꾀하는 지하 음모조직의 우두머리였다. 그 조직의 이름은 '형제단'인 것으로 추정되었다. 또한 골드스타인이 직접 저술했다고 전해지는 이단 이론에 관한 무시무시한 책이 비밀리에 여기저기 돌아다니고 있다는 소문도 있었다. 제목도 없는 책이었다. 사람들은 그것을 단순히 '그 책'이라고 불렀다. 일반 당원들은 가능한 한 '형제단'이니 '그 책'이니 하는 말을 입에 담지 않았다.

프로그램이 2분째로 접어들자 증오는 광기로 변했다. 사람들은 스크린에서 흘러나오는 그 미친 듯한 염소 소리를 뭉개

버리려는 듯 자리에서 펄쩍펄쩍 뛰며 목청껏 고함을 질러댔다. 갈색 머리의 자그마한 여자는 마치 뭍에 올라온 물고기처럼 입을 연신 뻐끔거렸다. 오브라이언의 침착한 얼굴까지도 벌겋게 달아올라 있었다. 그는 의자에 꼿꼿이 앉은 채 밀려오는 파도에 맞서듯 당당한 가슴을 내밀고 벌렁거렸다. 윈스턴 뒤에 앉아 있던 검은 머리의 여자가 "이 더러운 놈아! 이 돼지 새끼야! 에잇, 더러운 놈!"이라고 외치며 갑자기 두꺼운 '신어사전'을 집어 들고 스크린을 향해 던졌다. 사전은 골드스타인의 코를 정통으로 맞히고 바닥에 떨어졌다. 스크린의 염소 목소리는 그에 아랑곳하지 않고 계속 흘러나왔다. 한순간 정신을 차리고 보니 윈스턴은 자신도 다른 사람들과 함께 고함을 지르며 발뒤꿈치로 의자의 가로대를 마구 차고 있다는 사실을 깨달았다.

'2분 증오'가 끔찍한 것은 거기에 의무적으로 참여해야 한다는 데만 있는 것이 아니다. 실은 거의 누구나 어쩔 수 없이 거기에 휘말려 든다는 데 있다. 30초만 지나면 그 어떤 구실이나 핑계도 소용이 없게 된다. 사람들은 공포와 복수심에 무서울 정도로 도취해 버리며, 죽이고 고문하고 큰 쇠망치로 얼굴을 강타하고 싶은 욕망이 마치 전류처럼 모든 사람에게 흘러들어 자신도 모르게 오만상을 찌푸리고 미친 듯 고함을 지르게 되는 것이다.

하지만 사람들이 그때 느끼는 분노는 추상적이고 방향감각도 없는 감정이다. 마치 횃불처럼 그 대상이 순식간에 한쪽에서 다른 쪽으로 바뀔 수도 있는 감정이다. 그렇게, 윈스턴의 증오는 한순간에 골드스타인이 아니라 반대로 빅브라더, 당, 사상경찰을 향했다. 그리고 동시에 스크린에 나와 모든 사람의 증오를 받고 있는 인물에게서 애정을 느꼈다. 하지만 다음 순간 그는 주변 사람들과 하나가 되어 골드스타인을 향해 쏟아놓는 말들이 진실처럼 여겨졌다. 그러자 그의 마음속에 숨어 있던 빅브라더를 향한 증오가 찬양으로 바뀌었다. 빅브라더가 아시아 유목민에 맞서 바위처럼 우뚝 선 수호자처럼 여겨졌고 골드스타인은 생존 여부도 불확실한, 그 목소리의 힘만으로 문명사회를 파괴하려는 사악한 자로 여겨졌다.

사람은 때에 따라서 증오의 대상을 임의대로 바꿀 수 있다. 윈스턴은 마치 악몽에서 깨어나려고 필사적으로 발버둥 치는 사람처럼 필사적으로 증오의 대상을 스크린의 얼굴로부터 등 뒤의 여자에게로 바꾸는 데 성공했다. 생생하면서도 아름다운 환상이 그의 뇌리에 스쳤다. 그는 곤봉으로 그녀를 죽도록 패주고 싶었다. 그녀를 발가벗겨서 말뚝에 묶은 후 마치 성 세바

스찬(고대 로마의 군인이자 선교사. 신앙을 버리기를 거부한 끝에 온몸에 화살을 맞고 곤봉으로 맞아 죽었음-옮긴이 주)처럼 온몸에 화살을 퍼부어주고 싶었다. 그녀를 강간하고 절정에 오르기 직전 목을 베어버리고 싶었다. 게다가 바로 그 순간 그는 자신이 왜 그녀를 증오하는지 전보다 분명하게 알 수 있었다. 그녀가 젊고 아름다웠으며 성적 감정이 없기 때문이었다. 그녀와 동침하고 싶지만 절대로 그렇게 될 수 없기 때문이었다. 두 팔로 안아달라는 듯 매혹적이고 나긋나긋한 허리에 도전적인 순결의 상징인 역겨운 진홍색 띠, '안티 섹스 주니어 연맹'의 진홍색 띠가 감겨 있었기 때문이었다.

'증오'는 절정에 달해 있었다. 골드스타인의 목소리는 정말로 염소 울음소리로 변해 있었으며 잠시 동안 그의 얼굴이 염소로 변했다. 이어서 그 염소 얼굴이 흐물흐물해지면서 유라시아 군인의 얼굴로 바뀌었고, 그 군인이 무시무시한 거인의 모습으로 기관총을 발사하며 스크린 밖으로 뛰쳐나올 것처럼 보였다. 그 바람에 앞에 앉은 사람들이 놀라서 움찔 몸을 뒤로 뺐다. 그런데 거의 동시에 사람들 입에서 안도의 한숨이 새어나왔다. 그 혐오스러운 얼굴이 흐려지면서 검은 머리에 검은 콧수염을 기른, 권력과 신비스러운 고요함이 그득한 빅브라더의

제1부

29

얼굴로 변했던 것이다. 그의 거대한 얼굴이 화면을 그득 채웠다. 아무도 빅브라더가 하는 말을 귀담아듣지 않았다. 그는 단지 몇 마디 격려의 말을 했을 뿐이었다. 그의 말은 마치 시끄러운 전쟁터에서 내리는 지시 같았다. 개개인이 알아듣지는 못했지만 그 말을 했다는 사실 자체로 신뢰감을 회복시켜주는 그런 말 같은 것이었다. 이어서 빅브라더의 얼굴이 사라지고 그 대신 커다란 대문자로 당의 세 가지 강령이 화면에 나타났다.

전쟁은 평화다
자유는 예속이다
무지는 힘이다

그러나 빅브라더의 얼굴은 화면에서 완전히 사라진 것이 아니라 스크린에 그대로 몇 초 동안 남아 있는 것처럼 느껴졌다.
바로 그 순간 그곳의 모든 사람들이 "빅-브라더……! 빅-브라더……! 빅-브라더……!"라고 낮고 느리게, 그리고 리드미컬하게 노래 부르듯 외치기 시작했다. 마치 야만인들이 북소리를 배경으로 맨발로 춤을 추는 것 같았다. 사람들은 30초 동안 계속 똑같은 소리를 냈다. 감정이 북받쳤을 때 들을 수 있는 후렴 같은 것이었다. 부분적으로는 빅브라더의 지혜와 위엄에 대한 찬가였지만 그보다는 자기 최면에 빠진 행동이었고 리드미컬한 소리를 통해 의식을 잠재우는 행동이었다.

윈스턴의 내장이 얼어붙는 것 같았다. '2분 증오'때면 그도 이러한 집단 환각에 빠져들지 않을 수 없었지만 "빅-브라더……! 빅- 브라더……!"라는 비인간적인 노래는 그를 공포에 휩싸이게 만들었다. 물론 그도 다른 사람들과 함께 노래를 불렀다. 다른 행동을 하는 것은 불가능했다. 감정을 속이고 얼굴을 가장하여 다른 사람들 하는 대로 따라 하는 것은 본능적인 반응일 수도 있다. 그러나 자신도 모르게 감추어진 감정이 자신의 눈에 흘낏 드러나는 찰나적인 순간이 있기 마련이다. 그런데 바로 그 순간, 그 의미 있는 일이, 사건이라면 사건이랄 수 있는 일이 벌어진 것이다.

그는 순간적으로 오브라이언과 눈이 마주쳤다. 오브라이언은 일어서 있었다. 그는 안경을 벗었다가 특유의 동작으로 안경을 다시 코에 걸치려 하고 있었다. 바로 그 순간 눈이 마주치면서 윈스턴은 오브라이언이 자신과 똑같은 생각을 하고 있음을 알아챘다. 그렇다, 그는 분명히 알아챘다! 뭔가 무언의 메시지가 오간 것이 분명했다. 두 사람이 마음을 열고 그들의 생각이 두 눈을 통해 전달될 것 같았다. "나는 당신 편이오." 오브라이언이 그에게 말하고 있는 것 같았다. "나는 당신이 무엇을 느끼고 있는지 정확히 알고 있소. 당신이 무엇을 경멸하고 증오하고 혐오하는지 알고 있소. 하지만 걱정할 필요 없소. 나는 당신 편이니까!" 그러나 그런 지적(知的)인 모습은 곧 사라지고 오브라이언은 다른 사람들처럼 불가사의한 표정으로 바뀌었다.

그것이 전부였다. 그런 일이 정말 일어났는지조차 분명하지 않았다. 그리고 그 어떤 결실을 맺을 수 있는 일도 아니었다. 다만 자신 외에도 당을 적대시하는 사람이 있을 수 있다는 믿음이나 희망의 불씨를 살려주었을 뿐이었다. 어쩌면 방대한 지하 조직이 존재한다는 소문이 사실일지도 모른다. '형제단'이 실제로 존재할지도 모른다! 끊임없이 체포와 자백, 처형이 이어지고 있었지만 형제단의 존재가 단순히 신화만은 아니라고 확신할 수는 없었다. 어느 날은 그 존재가 믿어졌다가도 어느 날은 믿지 않았다. 증거가 없기 때문이었다. 있는 것이라고는 그저 무심코 들은 이야기, 화장실 벽에 끼적거려 놓은 낙서, 낯선 사람들이 길에서 만나서 뭔가 의미가 있다는 듯 가볍게 손짓을 하는 행위 정도가 가끔 눈에 띈다는 것뿐이었다. 그런 것은 모두 추측이었고 상상에 맡길 수밖에 없는 일이었다.

그는 오브라이언을 다시 쳐다보지 않고 자신의 사무실로 돌아왔다. 그는 오브라이언과 순간적으로 접촉했다는 사실에 대해 더 이상 생각하려 하지 않았다. 그것은 위험한 일일 수도 있었다. 그들은 약 일이 초 동안 모호한 눈길을 주고받았을 뿐이었고 그것으로 그만이었다. 하지만 폐쇄적인 고독 속에서 살아야만 하는 상황에서는 그것은 기억할 만한 사건이기도 했다.

윈스턴은 노트로 눈길을 돌렸다. 그는 자신이 무기력하게 생각에 잠겨 앉아 있는 동안에 자동 기계처럼 손이 글을 끼적이고 있었다는 사실을 발견했다. 전처럼 서툰 글씨가 아니었다. 그가 손에 쥐고 있는 펜이 매끄러운 종이 위에 미끄러지면서 다음과 같은 글을 대문자로 보기 좋게 써 내려가고 있었던 것이다.

타도하자 빅브라더
타도하자 빅브라더
타도하자 빅브라더
타도하자 빅브라더
타도하자 빅브라더

그 글은 노트 반 페이지를 채우고 있었다.

그는 두려움에 가슴이 쑤시는 듯 아팠다. 하지만 그래봤자 부질없는 짓이었다. 이런 특정한 말들을 써놓았다는 사실 이전에 애당초 일기장을 열었다는 사실 자체가 그만큼 위험한 일이었다. 그는 잠시나마 그 망쳐버린 페이지를 찢고 일기 쓰려는 시도를 포기하겠다고 생각했다.

하지만 그는 그러지 않았다. 그래봤자 소용없다는 것을 알고 있기 때문이었다. 그가 '타도하자 빅브라더'라고 썼건 그 글을 쓰지 않았건 아무런 차이가 없었다. 그가 일기를 계속 쓰건 일기 쓰기를 포기하건 아무 차이가 없었다. 사상경찰은 그 어느 경우건 그를 똑같이 대할 것이다. 그는 이미 본질적인 범죄를 저지른 셈이었다. 만일 그가 펜을 들지 않았다 하더라도 그는 마찬가지로 그 죄를 저지른 셈이 되었을 것이다. 그들은 그것을 '사상범죄(思想犯罪)'라고 불렀다. 사상범죄는 영원히 은폐할 수 없는 죄이다. 얼마 동안, 잘하면 몇 년 동안 은폐하는 데 성공할 수 있을지 몰라도 조만간 발각되고 만다.

체포는 항상 밤에 이루어진다. 갑자기 몸을 흔들어 잠을 깨우고 우악스럽게 어깨를 부여잡는 손, 눈에 들이대는 불빛, 침대 주변의 냉혹한 얼굴들. 대부분의 경우 재판도 없고 체포 영장도 없다. 사람들은 언제나 슬며시, 그것도 밤중에 사라진다. 사라진 사람의 이름은 주민등록에서 삭제되고 그에 관한 모든 기록이 말소되어 버린다. 그가 존재했다는 사실조차 부정되고 결국 잊히고 만다. 그는 폐지되어 사라지며 흔히 쓰는 말로 '증발해 버린다.'

윈스턴은 잠시 동안 흥분 상태에 빠져들었다. 그는 황급히 글씨를 휘갈겨 쓰기 시작했다.

> 그들은 나를 총살하겠지만 상관없다. 그들은 뒤에서 내
> 목에 총을 쏘겠지만 상관없다. 빅브라더를 타도하자. 그
> 들은 언제나 뒤에서 목에 총을 쏜다. 상관없다. 타도하자
> 빅브라더.

그는 뭔가 가볍게 부끄러움을 느끼고 의자에 등을 기대면서 펜을 놓았다. 다음 순간 그는 화들짝 놀랐다. 문에서 노크 소리가 났던 것이다.

벌써! 그는 누구이던 간에 한 번만 노크하고 가버렸으면 하는 부질없는 희망을 품고 생쥐처럼 얌전히 앉아 있었다. 하지만 그럴 리 없었다. 노크 소리는 계속되었다. 시간을 끌면 상황

이 더 악화되리라. 가슴이 마치 북소리가 울리듯 쿵쾅거렸지만 오랜 습관 탓에 그의 얼굴에는 거의 표정이 없었다. 그는 일어나서 무거운 발걸음으로 문 쪽을 향했다.

2

윈스턴이 문손잡이를 잡았을 때 탁자 위에 그대로 펼쳐놓은 일기장이 그의 눈에 들어왔다. 그 위에는 방 저쪽에서도 알아볼 수 있을 만큼 큰 글씨로 '타도하자 빅브라더'라고 쓰여 있었다. 터무니없이 멍청한 짓을 한 것이다. 하지만 그는 공포에 사로잡혀 있으면서도 잉크가 마르기도 전에 노트를 덮어 크림색 종이를 더럽히고 싶지 않았다.

그는 호흡을 가다듬고 문을 열었다. 순간 그에게 포근한 안도감이 밀려왔다. 성긴 머리카락에 주름살투성이의, 핏기없이 찌든 몰골의 여인이 밖에 서 있었다.

"오, 동지," 여자가 메마른 목소리로 푸념하듯 말했다. "동지가 들어오는 소리를 들은 것 같아서요. 함께 가서 부엌 싱크대 좀 봐주시지 않겠어요? 막힌 것 같아서……"

같은 층에 살고 있는 파슨스 부인이었다('부인'이라는 단어를 쓰는 것을 당에서는 못마땅해했다. 그 누구든 '동지'라고 불러야 했다. 하지만 본능적으로 부인이라는 호칭을 쓰게 되는 여자가 있는 법이다.). 그녀는 서른 살 정도였지만 훨씬 더 늙어 보였다. 그녀의 얼굴 주름마다 먼지가 끼어 있는 것 같았다. 윈스턴은 그녀를 따라 복도를 걸어갔다. 이런 식의 비전문가적인 수리 작업은 매일 맞닥뜨리는 귀찮은 일이었다. 1930년경에 지어진 빅토리 맨션은 금방이라도 허물어질 듯 낡은 건물이었다. 천장과 벽에서는 횟가루가 계속 떨어졌고 추운 날씨에는 수도관이 얼어 터졌으며 눈이 올 때마다 지붕에서 물이 샜다. 게다가 난방 장치를 활짝 열어놓더라도 에너지 절약을 이유로 스팀은 반밖에 들어오지 않았다. 자기 힘으로 수리를 할 수 없을 때는 멀리 떨어진 당국의 허가를 받아야 하는데, 창문 하나 고치는 일만 해도 족히 2년은 걸린다.

"톰이 집에 없어서 그래요." 파슨스 부인이 애매한 목소리로 말했다.

파슨스 가족의 방은 윈스턴의 방보다 컸지만 어수선하기 그지없었다. 게다가 건물 전체에서 풍기는 양배추 냄새에다 땀내까지 더해진 고약한 냄새가 코를 찔렀다. 땀내는 지금 그곳에 없는 사람의 것이었다. 옆방에서 누군가 텔레스크린에서 나오는 군악에 장단을 맞추어 빗과 화장지 조각을 흔들어 대고 있었다.

"애들이에요." 파슨스 부인이 그쪽 문을 흘낏 쳐다보며 말했다. "오늘, 밖에 나가지 않았어요. 물론……"

그녀는 중간에 말을 끊는 버릇이 있었다. 더럽고 시커먼 물이 고여 있는 싱크대에서는 양배추 냄새보다 더 지독한 냄새가 풍겼다. 윈스턴은 쭈그리고 앉아 파이프의 이음새를 점검했다. 파슨스 부인이 난감한 표정으로 그를 바라보며 말을 이었다.

"물론 톰이 집에 있었다면 금세 고쳤을 거예요. 이런 일을 좋아하거든요. 손재주가 아주 좋아요."

서른다섯 살의 톰 파슨스는 진리부에 함께 근무하는 동료였다. 그는 뚱뚱했지만 활동적이었고 어찌해 볼 도리가 없을 정도로 멍청했다. 그는 맹목적으로 당에 열성적인 일반 대중의 한 명이었다. 그런 류의 인간들은 아무런 질문도 제기하지 않은 채 초지일관 당에 충성했다. 사실 당의 안정성은 '사상경찰'보다는 차라리 이런 인간들에 의해 유지된다고 보는 것이 옳다. 그는 진리부에서 머리를 쓰지 않아도 되는 하위직에 근무하고 있었지만 체육위원회를 비롯해 단체 하이킹, 자발적인 시위, 저축 운동 등 각종 자발적인 활동을 조직하는 일에서는 주도적인 인물이었다. 그는 왕성한 활동력을 과시하기라도 하듯 어디를 가든 지독한 땀 냄새를 풍겼고 그가 가버린 후에도 땀 냄새는 여전히 사라지지 않았다.

"스패너가 있습니까?" 윈스턴이 이음새의 나사를 만지작거리면서 말했다.

"스패너요?" 파슨스 부인이 맥빠진 표정이 되며 말했다. "모르겠는데요. 아마, 아이들이……"

이어서 아이들이 발소리를 쿵쿵 울리며 거실로 들어가는 요란한 소리가 들렸다. 파슨스 부인이 스패너를 가지고 왔다. 윈스턴은 물을 내려보낸 다음 얼굴을 잔뜩 찌푸린 채 파이프를 막고 있던 머리카락 뭉치를 꺼냈다. 그는 차가운 수돗물로 손을 깨끗이 씻은 다음 옆방으로 들어갔다.

"손들엇!" 사나운 고함소리가 들렸다.

귀여우면서도 야무지게 생긴 아홉 살짜리 사내아이가 테이블 뒤에서 불쑥 튀어나오며 장난감 자동 권총으로 그를 위협했다. 그 애보다 두 살 아래인 누이동생도 나무토막을 들고 오빠 흉내를 냈다. 두 꼬마는 유년 스파이단 제복인 푸른 반바지와 잿빛 셔츠를 입고 있었으며 목에는 붉은 머플러를 두르고 있었다. 윈스턴은 손을 들었지만 기분이 영 언짢았다. 사내아이의 행동이 너무 거칠어서 전혀 장난 같지 않았기 때문이었다.

"너는 반역자다!" 소년이 고함쳤다. "너는 사상범이다! 너는 유라시아의 스파이다! 너를 사살하고 증발시켜버리겠다. 너를 소금 광산으로 보내버리겠다!"

두 아이는 별안간 윈스턴 주변을 돌며 "반역자! 사상범!"이라고 외쳐댔다. 사내아이의 눈에서는 빈틈없는 잔혹성이 번득이고 있었고 윈스턴을 때리거나 차버리고 싶다는 욕망이 이글거리고 있었다. 그리고 지금도 충분히 그럴 수 있을 만큼 다 자랐다는 자부심을 내비치고 있었다. 손에 들고 있는 게 장난감 권총이라서 다행이라고 윈스턴은 생각했다.

파슨스 부인은 불안한 듯 윈스턴과 아이들을 번갈아 바라보았다. 거실의 밝은 불빛에서 보니 얼굴 주름에는 정말로 때가 끼어 있었다.

"좀 시끄럽지요?" 그녀가 말했다. "교수형 구경을 갈 수 없어서 저러는 거예요. 나는 너무 바빠서 데려갈 수 없고 톰은 그 시간에 퇴근할 수 없거든요."

"왜 교수형 구경을 갈 수 없는 거야?" 소년이 큰 소리로 고함을 질렀다.

"교수형이 보고 싶어! 교수형이 보고 싶단 말이야!" 이번에는 여자아이가 깡충깡충 뛰어다니며 읊조렸다.

윈스턴은 그날 저녁 공원에서 유라시아 군인 포로 몇 명이 전범으로 교수형에 처해질 예정이라는 것을 기억해냈다. 한 달에 한 번씩 거행되는 공개 행사였다. 아이들은 늘 그 광경을 보여달라고 보챘다. 윈스턴은 파슨스 부인에게 그만 가보겠다고 말하고 문 쪽으로 몇 걸음 옮겼다. 그런데 채 몇 걸음도 걷지 않아 무언가에 목덜미를 얻어맞았고 심한 통증을 느꼈다. 마치 벌겋게 달군 쇠로 찔린 듯 고통스러웠다. 그는 재빨리 몸을 돌렸다. 파슨스 부인이 아들을 방 안쪽으로 잡아당기고 있었고 아이는 새총을 주머니에 쑤셔 넣고 있었다.

"골드스타인!" 문을 닫았을 때 안에서 소년이 고함쳤다. 하지만 윈스턴이 그 무엇보다 충격을 받은 것은 어머니의 잿빛 얼굴에 나타난 무기력한 두려움이었다.

방으로 돌아온 윈스턴은 재빨리 텔레스크린 앞을 지나 책상 앞에 앉았다. 텔레스크린에서 나오던 음악 소리는 그치고 대신 최근 아이슬란드와 페로 제도 사이에 새로 닻을 내린 유동(流動) 요새에 대한 군대식 말투의 설명이 이어지고 있었다.

'저 비참한 여인은 저 아이들 때문에 두려움 속에서 살아가

겠군'이라고 그는 생각했다. 일이 년 후면 아이들은 그녀에게서 이단의 냄새를 맡으려고 밤낮으로 감시할 것이다. 오늘날에는 거의 모든 아이들이 두려움의 대상이었다. 무엇보다 끔찍한 것은 '스파이단' 같은 조직을 통해 아이들이 통제 불가능한 작은 야만인으로 변한다는 사실, 그것도 체계적으로 변한다는 사실이었다. 아이들은 당의 규율에 반하는 그 어떤 생각이나 행동도 할 수 없게끔 개조된다. 아니, 그 정도가 아니라 당과 당에 관계되는 것은 무엇이든 찬양하게 만들어 버린다. 군가, 행진, 깃발, 하이킹, 모의 총 훈련, 강령 복창, 빅브라더 숭배, 이 모든 것이 그들에게는 일종의 영광스러운 놀이였다. 아이들은 외부의 모든 것을 향해 잔인성을 드러냈다. 국가의 적, 외국인, 반역자, 파업하는 자, 사상범들이 아이들의 잔인함의 대상이었다. 서른 살이 넘은 부모들이 자신의 아이들을 두려워하는 것은 이제 거의 통상적인 일이 되었다. 고자질하는 아이(일반적으로는 '꼬마 영웅'이라고 불렀다.)가 부모가 하는 말에서 얼핏 뭔가 위험한 말을 듣고는 사상경찰에 고발했다는 기사가 일주일이 멀다 하고 「타임스」에 실리는 형편이니 당연한 일이었다.

새총에 맞아 얼얼하던 목의 통증이 가라앉자 윈스턴은 약간 꺼림칙한 기분으로 일기장에 더 쓸 말이 남았는지 궁리해보았다. 그러자 갑자기 오브라이언이 생각났다.

몇 년 전에—몇 년이나 되었을까? 아마 7년 정도 되었을 것이다—그는 캄캄한 방안을 거니는 꿈을 꾸었다. 그런데 곁에 앉아 있는 누군가가 그가 지나칠 때마다 '우리는 어둠이 없는 곳에서 만날 겁니다'라고 말했다. 조용하면서도 단조로운 목소리였다. 그때는 그냥 흘려들었던 그 말이 세월이 지날수록 의미심장하게 여겨졌다. 그가 오브라이언을 처음 본 것이 그 꿈을 꾸기 전인지 후인지는 확실하지 않았다. 그리고 그 목소리가 바로 오브라이언의 목소리임을 알 수 있었던 것이 언제인지도 확실하지 않았다. 하지만 어쨌든 그는 그 목소리의 주인공을 알아냈다. 어둠 속에서 그에게 말을 걸었던 사람은 오브라이언이었던 것이다.

윈스턴은 오브라이언이 친구인지 적인지 확신할 수 없었다. 오늘 아침 눈을 마주치고 난 후에도 여전히 확신할 수 없었다. 게다가 그것이 그다지 중요한 것 같지도 않았다. 그들은 이제 애정이나 당원으로서의 동료애보다 더 중요한 '이해'로 맺어진 사이였다. 오브라이언은 분명히 '어둠이 없는 곳에서 만날 겁니다'라고 말했다. 윈스턴은 그 말이 무슨 뜻인지 알 수 없었다. 단지 어떤 방법으로건 그의 말이 실현될 것만 같았다.

텔레스크린에서는 경음악이 흘러나오고 있었다. 윈스턴은 창가로 가서 텔레스크린을 등지고 섰다. 날은 여전히 쌀쌀하고 맑았다. 어딘가 멀리서 로켓 폭탄이 폭발하는 둔중한 소리가 들려왔다. 요즘에는 일주일에 이삼십 개의 폭탄이 런던에 떨어졌다.

거리에서는 찢어진 포스터가 바람에 펄럭이며 '영사'라는 단어가 눈에 보였다 안 보였다 했다. 영사. 영사의 신성한 강령들. 신어, 이중사고, 과거의 무상함…… 윈스턴은 마치 괴물 같은 세계에서 자신도 괴물이 되어버린 채 길을 잃은 것처럼, 깊은 바닷속 숲을 헤매고 있는 것 같은 기분을 느꼈다. 그는 혼자였다. 과거는 죽어버렸고 미래는 상상조차 할 수 없었다. 지금 살아 있는 자들 중 단 한 명이라도 자기편이 있을까? 당의 통치가 영원히 이어지지 않으리라는 것을 어떻게 알 수 있단 말인가? 마치 그에 대한 답이라도 되는 듯 진리부의 하얀 건물 정면에 나붙은 슬로건이 그의 눈에 다시 들어왔다.

전쟁은 평화다
자유는 예속이다
무지는 힘이다

그는 주머니에서 25센트짜리 동전을 꺼냈다. 그곳에도 같은 슬로건이 선명하게 박혀 있었고 뒷면에는 빅브라더의 얼굴이 새겨져 있었다. 동전에 있는 빅브라더의 눈까지도 그를 노려보고 있었다. 빅브라더의 눈은 동전, 우표, 책 표지, 깃발, 포스터, 담뱃갑 등 어디에나 있었다. 그 눈은 언제나 사람들을 바라보고 그 목소리는 언제나 사람들을 둘러싸고 있었다. 잠들었을 때나 깨어있을 때도, 일하거나 먹을 때도, 집안에서건 밖에서건, 목욕할 때건 침대에 누웠을 때건 그 눈과 목소리에서 벗어날 수는 없었다. 몇 세제곱센티미터의 해골 속 외에는 자기 자신의 것이란 없었다.

윈스턴은 수천 개의 폭탄이 떨어져도 끄덕하지 않을 것 같은 진리부 청사를 바라보았다. 그리고 다시 한번 자신이 무엇을 위해 일기를 쓰고 있는지 자문해 보았다. 미래를 위해서? 과거를 위해서? 오로지 가상에 불과한 그런 시대를 위해서? 게다가 그의 앞에는 죽음이 아니라 소멸만이 있을 뿐이었다. 일기는 재로 화할 것이며 자신은 증기처럼 증발해 버릴 것이다. 오로지 사상경찰만이 그것을 읽어볼 것이다. 그런 후 그의 일기장의 존재 자체를 없애버리고 그것을 기억에서 지워버릴 것이다. 자신의 흔적뿐 아니라 종이에 끼적인 익명의 글마저 물리적으로 존재할 수 없는 판에 어떻게 미래에 호소할 수 있단 말인가?

텔레스크린이 열넷을 쳤다. 십 분 내로 출발해야 한다. 14시 30분까지는 사무실로 돌아가야 한다.

묘하게도 시계 종소리에 기분전환이 된 것 같았다. 그는 아무도 그의 말에 귀를 기울이지 않는, 진실을 말하는 외로운 유령이었다. 하지만 그가 그 말을 하는 한, 그 어떤 모호한 방법을 통해서건 그런 발언은 이어질 것이었다. 인류에게 유산으로 남겨주어야 할 것은 그들에게 말을 들려주는 것이라기보다는 건강한 정신을 유지하는 것이리라. 그는 책상으로 돌아가 펜에 잉크를 묻히고 글을 쓰기 시작했다.

미래를 향해, 과거를 향해, 사고가 자유로운 시대, 사람들이 서로 다르면서도 고독하게 홀로 살지 않는 시대를 향해, 진리가 존재하고 행해진 것이 행해지지 않은 것처럼 될 수 없는 시대를 향해.

획일성의 시대로부터, 고독의 시대로부터, 빅브라더의 시대로부터, 이중사고의 시대로부터―안녕!

그는 자신이 거의 죽은 것과 같다고 생각했다. 그에게는 바로 지금, 자신이 자신의 사상들을 명확하게 정리할 수 있게 된 지금만이 결정적인 발자국을 떼어야 할 때인 것처럼 보였다. 모든 행위의 결과는 그 행위 자체에 들어있기 마련이다. 그는 이렇게 썼다.

사상범죄는 죽음을 가져오는 것이 아니다. 사상범죄 자체가 죽음이다.

이제 자신이 죽은 사람이라는 것을 자각한 이상, 가능한 한 오래 살아남는 것이 중요해졌다. 오른손 두 손가락에 잉크 자국이 얼룩졌다. 언제나 이러한 사소한 실수가 문제를 일으킬 수 있다. 후각이 예민한 사무실의 열성당원들이—아마 여성일 것이다. 갈색 머리의 자그마한 여자거나 픽션국의 검은 머리 여자 같은 부류의 인간들—그가 왜 점심시간에 글을 썼는지, 어째서 한물간 펜을 사용했는지, 대체 무엇을 썼는지 의심하기 시작하리라. 그리고 당국에 슬그머니 고발하리라. 그는 욕실로 가서 조심스럽게 꺼칠꺼칠한 비누로 잉크 자국을 조심스럽게 지웠다.

그는 일기장을 서랍에 넣었다. 일기장을 숨겨보았자 소용없는 일이었지만 최소한 그 일기장이 발각되었는지 아닌지는 확인할 수 있을 것이다. 일기장 끝에 머리카락이라도 붙여 놓으면 더욱 분명하리라. 그는 손가락으로 희뿌연 먼지 덩어리를 눈에 띌 만큼 집어서 겉장 한구석에 올려놓았다. 누군가 일기장을 움직이면 먼지 덩어리는 저절로 떨어져 버리리라.

3

윈스턴은 어머니 꿈을 꾸었다.

그의 생각에 어머니가 사라졌을 때 그는 열 살인가 열한 살이었던 것 같았다. 어머니는 멋진 금발에 키가 컸고 균형 잡힌 몸매였으며 다소 조용하고 행동이 느렸다. 그가 어렴풋이 기억하기로는 아버지는 피부가 검고 야윈 편이었으며 언제나 검은 옷을 말쑥하게 차려입고 안경을 쓰고 있었다. 두 분 모두 50년대 제1차 대숙청 때 희생된 것이 분명했다.

꿈속에서 어머니는 어린 여동생을 품에 안은 채 그의 옆에 깊이 가라앉아 있었다. 여동생은 커다란 눈망울을 굴리는 자그맣고 허약한 아이였다는 것 외에는 기억이 나지 않는다. 어머니와 여동생이 그를 올려다보고 있었다. 그들은 어딘가 지하

같은 곳에 있었다. 예컨대 우물 바닥이거나 무덤 속 같은 곳이었다. 그런데도 그들은 계속 더 아래로 내려가고 있었다. 그들은 침몰하는 배의 객실에 앉아 어두운 물을 통해 그를 올려다보고 있었다. 그는 빛과 공기가 있는 밖에 있었고 그들은 죽음을 향해 가라앉고 있었으며 그가 이곳 높은 곳에 있었기 *때문에* 그들은 저곳 낮은 곳에 있었다. 그도, 그들도 그것을 알고 있었다. 두 사람의 표정이나 마음에서 원망의 기색은 보이지 않았다. 단지 그가 살아남기 위해서는 그들이 죽어야 하고, 그것이 피할 수 없는 운명이라는 것을 알고 있는 듯했다.

그는 무슨 일이 일어났는지는 정확히 기억할 수 없었다. 하지만 어머니와 누이의 목숨이 그를 위해서 희생되었다는 것은 꿈속에서 알 수 있었다. 그 꿈은 특징적인 꿈속 장면이 그대로 남아 있는 채 지적(知的)인 활동과 이어지는 그런 종류의 꿈, 꿈속에서 그 어떤 사실과 생각을 의식하게 되는 꿈, 꿈에서 깨어난 뒤에도 그것들이 여전히 새롭고 가치 있게 여겨지는 그런 종류의 꿈이었다. 지금 윈스턴이 갑자기 충격을 받은 것은, 거의 30년 전에 있었던 어머니의 죽음이 비극적이었고 슬펐다는 사실이었다. 그런 것은 이제는 더 이상 가능하지 않았다. 비극이라는 것은 옛날에나 존재하던 것임을, 아직 사생활과 사랑과

우정이 존재하던 시절, 가족들이 왜 그래야 하는지 알 필요도 없이 그저 서로 의지하던 시절에나 존재하던 것임을 그는 자각하고 있었다. 어머니를 회상하자 그의 가슴이 찢어지는 것 같았다. 어떤 식이었는지는 모르겠지만 어머니는 어머니로서의 성실성이라는 사적이며 결코 변할 수 없는 개념으로 자신을 희생했다. 그런 일은 지금은 일어날 수 없다는 것을 그는 알고 있었다. 오늘날에는 공포와 증오와 고통만 존재할 뿐 정서의 존엄성이나 깊고 복잡한 슬픔 같은 것은 존재하지 않는다. 그는 그 모든 것을 수백 길 푸른 물속으로 가라앉으면서 자신을 올려다보던 어머니와 여동생의 커다란 눈망울에서 본 것 같았다.

갑자기 꿈속의 장면이 바뀌었다. 윈스턴은 비스듬한 햇살이 비치는 여름날 저녁 무렵 푹신한 잔디밭에 서 있었다. 그가 바라보는 풍경은 꿈속에서 하도 자주 보아서 실제 세계에서도 본 것 같은 착각이 들 정도였다. 잠에서 깨어날 때마다 그는 그곳을 '황금의 나라'라고 생각했다. 그곳은 토끼가 풀을 뜯는 목초지였고 어딘가 가까운 곳에서 시냇물이 흐르고 있는 것 같았고 그 속에서 황어가 헤엄치고 있을 것 같았다.

검은 머리의 여자가 들판을 가로질러 그를 향해 걸어오고 있었다. 그녀는 단숨에 옷을 벗어젖히더니 같잖다는 듯 옆으로 집어 던졌다. 희고 매끄러운 몸매였지만 그는 아무런 욕망도 느끼지 않았다. 실제로 그는 그녀의 몸을 거의 보지도 않았다. 그 순간 그는 그녀가 옷을 벗어 던지는 동작에만 사로잡혀 있을 뿐이었다. 우아하면서도 거리낌 없는 그 동작은 문화 전체와 사상체계 전체를 무효화시키는 것 같았고 마치 빅브라더와 당과 사상경찰 모든 것이 단 한 번의 멋진 팔 동작으로 아무것도 아닌 것처럼 쓸려가 버린 것 같았다. 그런 동작 역시 옛날에나 존재하던 것이었다. 윈스턴은 '셰익스피어'라고 중얼거리면서 잠에서 깨어났다.

텔레스크린에서 귀청이 떨어져 나갈 것 같은 호각소리가 30초 동안 계속되었다. 정각 7시 15분, 관리들의 기상 시간이었다. 윈스턴은 몸을 비틀면서 침대에서 빠져나왔다. 알몸이었다. 외부당원에게는 연간 의복비로 3천 쿠폰이 지급되는데 잠옷 한 벌만 해도 6백 쿠폰이었다. 그는 의자에 걸쳐 놓았던 더러운 내의와 바지를 집어 들었다. 삼 분만 있으면 아침 체조가 시작될 것이다. 옷을 입으면서 그는 발작적으로 기침을 했다. 아침에 일어날 때마다 매일 겪는 일이었다.

"삼사십 대 그룹! 자, 어서 자리 잡고 체조 시작!" 텔레스크린에서 앙칼진 여자 목소리가 터져 나왔다.

윈스턴은 텔레스크린 속 여자의 구령에 맞추어 억지로 체조 시간에 걸맞은 유쾌한 표정을 지으며 양팔을 기계적으로 흔들었다. 그는 체조를 하면서 어린 시절의 희미한 기억을 되살리려 애썼다. 하지만 너무 어려운 일이었다. 50년대 이전의 일들은 모두 흐릿해져 버렸다. 무언가 참조할 만한 외적인 기록이 없다면 자기 삶의 윤곽마저 흐려질 지경이었다. 큰 사건은 기억은 나는데도 그런 일이 없었던 것 같았고 작은 사건들도 기억은 나지만 분위기는 전혀 되살릴 수 없었다. 아무것도 확인할 수 없는 긴 공백기가 생긴 것 같았다. 모든 것이 그때와는 달랐다. 심지어 나라들 이름과 지도상에서의 나라의 모습도 바뀌었다. 예를 들어 에어스트립 원도 당시에는 그런 이름이 아니었다. 당시에는 잉글랜드 혹은 브리튼으로 불렸다. 다만 런던만이 그때도 런던이었던 것만은 분명했다.

윈스턴은 자기 나라가 전쟁을 하지 않았던 때가 있었는지 정확히 기억나지 않았다. 어쨌든 한동안 전쟁이 없었던 것 같기는 했다. 하지만 어렸을 때 한차례 공습을 받고 사람들이 혼비백산한 이래 전쟁—물론 똑같은 전쟁은 아니었지만—은 그야말로 한시도 끊기지 않았다. 전쟁 중의 몇 장면은 생생하게 기억이 나지만 누가 언제 누구와 전쟁을 벌였는지 그 내력을 알

1984

아내는 것은 거의 불가능했다. 현존하는 상황에 대한 것 외에는 그 어떤 것에 대한 기록도, 언급도 전혀 없기 때문이었다. 가령 1984년(지금이 1984년이라고 가정하고)에 오세아니아가 유라시아와 전쟁 중이고 이스트아시아와 동맹을 맺고 있다고 치자. 그렇다면 그 관계가 영원히 지속해 온 것처럼 되어버린다. 설령 3, 4년 전에 오세아니아가 유라시아와 동맹을 맺고 있었다 할지라도 그 사실은 지워져 버린다. 공식적으로 파트너를 바꾸는 일은 절대로 일어나지 않는다. 지금 오세아니아는 유라시아와 전쟁 중이다. 그러므로 오세아니아는 유라시아와 언제고 전쟁 중인 상태가 되어버린다. 지금의 적이 언제나 절대 악이며 과거건 미래건 그 절대 악과 손을 잡는 일은 불가능한 것이 되어버린다.

무서운 일은—윈스턴은 텔레스크린의 시범을 따라 체조를 하면서 계속 생각했다—당이 지워버린 과거가 실제로 있었던 사실일지 모른다는 것이다. 만일 당이 과거에 손을 뻗쳐 이런저런 사건을 가리키면서 '이런 일은 일어나지 않았다'라고 말한다면 그것은 고문이나 죽음보다 더 무서운 일이다.

오세아니아는 유라시아와 동맹을 맺어본 적이 없다고 당은 말한다. 그런데 윈스턴 스미스는 오세아니아가 유라시아와 4년 전에 동맹을 맺었던 사실을 알고 있다. 당의 통제 몰래 은밀히 얻을 수 있는 정보를 통해 알게 된 것이었다. 그런데 '앎'이라는 것은 어디 존재하는 것일까? 그것은 오로지 그의 의식 속에, 여차하면 곧 소멸될 수밖에 없는 그의 의식 속에 존재한다. 그리고 만일 다른 모든 사람이 당이 강요하는 거짓을 받아들인다면, 모든 기록이 그렇게 되어있다면, 거짓은 역사로 편입되고 진실이 되는 것이다.

'과거를 지배하는 자가 미래를 지배한다. 현재를 지배하는 자가 과거를 지배한다.'

이것이 바로 당의 슬로건이다. 지금 진실인 것이 영원히 진실이다. 아주 단순한 일이다. 필요한 것은 자신의 기억을 끊임없이 제압하는 것이다. 당에서는 이것을 '현실 제어'라고 불렀으며 신어로는 '이중사고'라고 했다.

"편히 쉬어!" 체조 여교사가 약간 상냥하게 소리쳤다.

윈스턴은 양팔을 늘어뜨린 채 심호흡을 했다. 그의 생각은 이중사고의 미로 속으로 빠져들었다. 알면서 모른 척하는 것, 진실을 훤히 의식하면서 교묘하게 꾸며진 거짓말을 하는 것, 상반된 두 견해를 동시에 받아들이고, 그 둘이 모순 관계임을 알면서도 둘 다 믿는 것, 논리에 어긋나는 논리를 논리로 내세우는 것, 도덕성을 선언하면서 도덕성을 거부하는 것, 민주주의가 불가능하다고 믿으면서 동시에 당이 민주주의의 수호자라고 믿는 것, 잊을 필요가 있는 것은 무엇이든 잊고 그것이 필요하면 다시 기억해내는 것, 그리고는 즉시 다시 잊어버리는 것, 그리고 무엇보다 과정 자체에 그 같은 과정을 도입하는 것—이 모든 것은 정말로 미묘한 것이다. 의식적으로 무의식 상태에 빠지고, 이어서 자신이 방금 행한 최면 상태의 행위까지도 의식하지 못하는 것…… 따라서 '이중사고'라는 단어를 이해하기 위해서도 '이중사고'의 방법을 사용하고 그 과정을 밟아야만 한다.

체조 교사가 다시 주목하라고 하더니 다시 시범을 보이며 따라하라고 했다.

윈스턴은 체조가 싫었다. 기침이 나오는 데다 혼자 명상할 수 있는 시간을 절반쯤을 잃어버리기 때문이었다. 그러면서도 그는 빅브라더에 관해서 처음으로 들은 때가 언제인지 곰곰이 생각해 보았다. 60년대 언제쯤인 것 같았지만 절대로 확신할 수는 없었다. 자신의 기억 외에는 아무런 기록이 없으니 가장 명백한 사실이라 할지라도 확신은 불가능했다. 당사(黨史)에는 빅브라더가 혁명 초기부터 지도자와 수호자로 나와 있다. 게다가 그의 활동 무대는 40년대와 30년대로 소급되어 있다. 이 전설의 어디까지가 사실이고 어디까지가 날조인지는 알 방법이 없다. 심지어 윈스턴은 당이 언제부터 존재했는지도 기억할 수 없었다. 그는 1960년 이전에는 '영사'라는 말을 들어본 적이 없다고 믿었다. 하지만 옛날식 표현인 '영국 사회주의'라는 말은 일찌감치 존재했을 수도 있다. 모든 것이 안개 속으로 녹아버렸다. 물론 당사(黨史)에는 명백히 거짓말이라고 지적할 것도 있었다. 예를 들어 당이 비행기를 발명했다는 당사의 기록은 사실이 아니었다. 윈스턴은 어렸을 때 비행기를 본 적이 있다. 하지만 그것을 증명할 길은 없다. 증거가 없기 때문이다. 그는 생애 딱 한 번, 역사적 사실을 왜곡했음이 분명한 문서를 손에 넣은 적이 있었다. 그런데 그때……

"스미스." 텔레스크린에서 날카로운 소리가 들렸다. "6079번 스미스 W! 그래요, 당신! 허리를 더 굽혀요! 더 잘할 수 있어요. 건성 하는군요. 자, 더 낮게! 좋아요, 동지. 자 편히 쉬면서 나를 좀 봐요."

윈스턴은 온몸에 비 오듯 땀을 흘리고 있었다. 그는 묘한 표정을 짓고 있었다. 당황한 표정을 짓지 말자! 화난 표정 짓지 말자! 눈을 한 번만 깜빡여도 끝장이다! 그는 여교사를 바라보았다. 여교사는 시범을 보이면서 말했다.

"자, 동지들! 여러분도 나처럼 해봐요. 나는 서른아홉 나이에 아이가 넷이나 있어요. 자, 나처럼 무릎을 굽히지 말고 발가락에 손을 갖다 대 봐요. 잘했어요, 동지, 훨씬 좋아졌어요."

그녀는 윈스턴의 동작을 보고 격려하듯 말했다. 그는 몇 년 만에 처음으로 발가락에 손을 갖다 댔다.

4

일과를 시작할 때면 텔레스크린이 옆에 있는데도 불구하고
윈스턴은 한숨이 나오는 것을 어쩔 수 없었다. 윈스턴은 '구술
기록기'를 끌어당겨 주둥이 부분의 먼지를 닦은 다음 안경을
썼다. 이어서 그는 책상 오른쪽에 있는 압축 전송관에서 떨어
져 내린 원통형의 네 개의 작은 종이 뭉치를 펼친 다음 그것들
을 집게로 집었다.

그의 사무실 벽에는 세 개의 구멍이 있었다. 구술기록기 오
른쪽에는 기록 문서를 보내오는 작은 압축관이 있었고 왼쪽에
는 신문들을 보내오는 보다 큰 두 번째 관이, 윈스턴의 팔이 닿
을 만한 거리의 벽에는 쇠창살이 쳐진 직사각형의 커다란 구멍
이 하나 더 있었다. 마지막의 그 큰 구멍은 폐지를 버리는 곳이

었다. 이런 구멍은 사무실마다 있었으며 복도에도 촘촘히 있었으니, 건물 전체에 수천 개, 아니면 수만 개는 있을 터였다. 무슨 연유에서인지 사람들은 이 구멍을 '기억 구멍'이라고 불렀다. 누구든 폐기해야 할 문서 같은 것이 생기면, 심지어 휴짓조각이 주변에서 발견되면 그것들을 집어서 가까운 곳의 '기억 구멍'에 넣었다. 그곳에 넣은 것들은 뜨거운 바람에 휩쓸려 이 건물 어딘가에 깊숙이 숨어 있는 거대한 화덕 안으로 들어갔다.

윈스턴은 그가 펼쳐놓은 네 개의 서류를 살펴보았다. 종이마다 한두 줄의 메시지가 적혀 있었다. 메시지는 내부에서만 통용될 수 있는 약어로—전부는 아니었지만 대개 신어로—작성되어 있었다. 내용은 다음과 같았다.

타임스, 84. 3. 17. B.B 아프리카 오보 정정
타임스, 83. 12. 19. 3개년 계획 83. 4분기 예상, 오자 최신
호 검증
타임스, 84. 2. 14. 풍요부 초콜릿 배급 인용 오보 정정
타임스, 83. 12. 3. B.B 보도. 일일명령 더욱더 안 좋은 언
급 무인언급 완벽 다시쓰기 상사 제출

윈스턴은 은근히 흡족해하면서 네 번째 메시지를 옆으로 밀어 놓았다. 복잡한 데다 책임까지 따르는 일이라서 마지막으로 처리하는 게 나을 것 같았다. 비록 두 번째 일은 통계를 좀 뒤져봐야 하겠지만 어쨌든 나머지 세 개는 늘 해오던 일이었다.

윈스턴은 텔레스크린 위의 '백 넘버'를 돌려서 「타임스」 해당 호들을 요청했다. 몇 분도 지나지 않아 요청한 신문들이 압축 전송관을 통해 미끄러져 나왔다.

그가 받은 메시지는 변경 혹은 정정이 요구되는 글이나 신문 기사에 관한 내용이었다. 첫 번째 메시지를 예로 들어 설명하면 다음과 같다. 3월 17일자 「타임스」에는 빅브라더가 전날 행한 연설 기사가 실렸다. 그 기사에서 빅브라더는 남인도 전선은 평온한 대신 유라시아군이 곧 북아프리카 공격에 나설 것이라고 예측했다. 하지만 실제는 달랐다. 유라시아군 최고사령부가 북아프리카를 내버려 두고 북인도 공격에 나선 것이다. 결국 실제로 일어났던 일을 빅브라더가 예측했던 것으로 기사를 고칠 필요가 있었다. 다음 것은 소비품의 생산량에 대한 예상치를 나중의 공식 발표에 맞게 정정하는 작업이었다. 세 번째는 매우 간단해서 이삼 분이면 고칠 수 있었다. 얼마 전에 풍요부는 1984년에는 초콜릿 배급량을 절대로 줄이지 않겠다고 약속했다(공식적으로는 '절대 서약'이라고 불렀다.). 그런데 실제로는 초콜릿 배급량이 30그램에서 20그램으로 줄었다. 따라서 처음에 약속했던 내용을, 언제 배급량이 줄어들지도 모른다는 경고 정도로 고쳐놓으면 그만이었다.

윈스턴은 각각의 메시지를 처리한 다음 구술기록기로 정정한 것들을 「타임스」의 해당호에 철해서 전송관 속으로 밀어 넣었다. 그런 후 그는 거의 무의식적으로 메시지 원본과 그가 끼적인 노트들을 화염이 이글거리는 화덕으로 통하는 '기억 구멍'에 던져 넣었다.

그는 자신이 밀어 넣은 정정 글들이 전송관을 거쳐 미로 속으로 들어가면 어떤 일이 벌어지는지 자세히는 아니더라도 대강은 알고 있었다. 간단히 말해 정정된 기사들을 이전 기사들과 대조하여 신문을 다시 인쇄한다. 그런 후 원래의 신문을 폐기하고 정정 기사가 실린 새 신문을 신문철에 꽂는다. 이 같은 과정은 신문에만 적용되는 것이 아니다. 서적과 정기 간행물, 팸플릿, 포스터, 전단지, 영화, 녹음테이프, 만화, 사진 등, 조금이라도 정치적·사상적 색채를 띠는 것이라면 문학이든 기록이든 상관없이 모든 것에 적용되었다. 그리하여 매일 매일, 매 순간, 과거는 현재화되었다. 이런 방법을 통해, 당이 예견한 것은 문서에 의해 정확한 것으로 증명이 되었고 상황의 요구와 충돌되는 뉴스 목록이나 의견 표시들은 기록에서 영구 삭제되었다. 역사 전체가 필요하면 깨끗이 지우고 다시 쓸 수 있는 양피지 사본 같은 것이 되어버리는 것이다. 일단 그 과정을 거치고 나면 그 누구도 그 속에 허위가 섞여 있다고 주장할 수도, 증명할 수도 없었다.

윈스턴은 풍요부의 통계를 재조정하면서 이런 일은 위조로 볼 수도 없으리라고 생각했다. 위조가 진실을 허위로 바꾸는 것이라면 그가 하는 작업은 하나의 난센스를 다른 난센스로 바꾸는 것에 불과했다. 그가 다루는 대부분의 자료는 현실 세계와는 아무런 관련이 없었으며 심지어 노골적인 거짓과도 무관한 것이라고 볼 수 있었다. 대비할 만한 진실이 없는 곳에 거짓이 없는 건 당연하다. 처음 발표된 통계도 현실과 무관했고 수정된 통계 역시 마찬가지였다. 예를 들어 풍요부에서 4분기 구두 생산량을 1억 4천5백만 켤레로 예상했다고 치자. 그런데 실제 생산량은 6천2백만 켤레였다. 윈스턴은 예상 수치를 4천5백만 켤레로 크게 낮추어 정정 기록한다. 예상량을 초과 달성했다고 선전하기 위해서 흔히 쓰는 수법이었다. 하지만 문제는 실제 생산량으로 발표된 6천2백만 켤레도 현실과는 전혀 무관하다는 데 있다. 아마 구두는 한 켤레도 생산되지 않았다는 것이 더 진실에 가까울 것이다. 아니, 그보다는 아무도 구두 생산량을 알지 못할 뿐 아니라 그에 대해 관심이 없다는 것이 훨씬 진실에 가깝다. 단지 사람들은 매 분기 천문학적인 구두 생산량이 통계로 발표되지만 오세아니아 인구의 절반이 맨발로 다닌다는 사실만은 정확히 알고 있었다. 그리고 크건 작건 모든 종류의 기록은 모두 그런 식이었다. 모든 것이 어둠의 세계로 사라져버렸고 마침내 날짜조차도 불분명해져 버렸다.

윈스턴은 사무실을 흘낏 둘러보았다. 맞은편 책상에서 체구가 작고 빈틈이 없어 보이는 사내가 구술기록기 주둥이에 입을 바싹대고 열심히 일하고 있었다. 틸럿슨이라는 이름의 사내였다. 그는 텔레스크린과 뭔가 비밀스러운 이야기를 나누고 있는 것 같았다. 그가 고개를 들더니 안경 너머로 윈스턴을 향해 적의가 담긴 눈길을 보냈다.

윈스턴은 틸럿슨에 대해 거의 아는 것이 없었다. 그가 무슨 일을 하고 있는지조차 알지 못했다. 기록국 직원들은 자신이 하는 일을 남들에게 이야기하는 것을 꺼렸다. '2분 증오' 때 함께 아우성을 치는 사이였지만 윈스턴은 직원들 중 이름조차 모르는 사람이 열 명도 넘었다. 그의 옆 책상에서 일하는 갈색 머리의 자그마한 여자는 이미 증발된 사람들, 따라서 존재했다고 할 수도 없는 사람들의 이름을 출판물에서 찾아내어 삭제하는 일을 하고 있었다. 그녀의 남편이 몇 년 전에 증발했으니 그녀는 자신에게 적격인 일을 하고 있는 셈이었다. 몇 개의 칸막이 책상 너머에는 앰플포스라는 남자가 앉아 있었다. 온순하고 나약한 성격에 꿈을 꾸는 듯한 인상의 사내였다. 귀에 털이 많이 난 그는 운율을 맞추는 데 놀라운 재능을 지니고 있어서 이념적으로는 불온하지만 이런저런 이유로 명시 선집에 수록될 필요가 있는 시들의 수정본을—그들은 결정본이라고 불렀다—작성하는 일을 맡고 있었다.

그런데 쉰 명 정도의 직원이 일하고 있는 이 사무실은 거대하고 복잡한 기록국 산하의 일개 분과, 달리 말해 하나의 세포에 불과했다. 위, 아래, 옆 사무실에서 다른 수많은 사람들이 이루 상상하기도 어려울 정도의 다양한 일을 하고 있었다. 기록국 산하 거대한 인쇄소에서는 사진을 위조하는 설비가 갖춰진 가운데 편집부원들과 조판 전문가들이 일하고 있었으며 텔레스크린 분과에는 엔지니어와 프로듀서, 성대모사가 탁월한 성우들이 일하고 있었다. 수정된 원고를 보관하는 거대한 창고도 있었으며 원본을 없애기 위한 비밀 소각장도 있었다. 그리고

1984

이 모든 작업을 통솔하고, 과거에 벌어진 일 중 보존할 것과 위조할 것, 폐기할 것을 정하는, 정체를 알 수 없는 지도부가 따로 있었다.

결국 진리부 내의 한 기구로서의 기록국의 임무는 단순히 과거를 재구성하는 데 국한되지 않았다. 그 임무는 오세아니아의 시민에게 신문, 영화, 교과서, 텔레스크린 프로그램, 연극, 소설 등 거의 전 분야에 걸친 정보, 교육, 오락을 제공하는 것이었다. 또한 진리부의 임무는 당의 다양한 요구를 들어주는 일을 하는 데서 그치지 않았다. 그 모든 작업을 프롤레타리아를 위하여 보다 낮은 수준으로 다시 반복하는 일도 해야 했다. 진리부에는 프롤레타리아 문학, 음악, 드라마, 오락 등을 다루는 별도의 부서가 있었으며 그곳에서는 온갖 종류의 질이 낮은 신문, 선정 소설, 포르노 영화 등을 만들어 내보냈다.

윈스턴은 '2분 증오'가 시작되기 전에 세 가지 일을 끝낼 수 있었다. 이윽고 '2분 증오'가 끝나자 그는 곧바로 자기 자리로 돌아와 책장에서 신어사전을 꺼냈다. 그는 구술기록기를 옆으로 밀어 놓고 안경을 닦은 다음 앞서 미뤄놓았던 중요한 일을 시작했다. 그는 좀 전에 옆으로 밀쳐 놓았던 메시지를 펼쳐서 다시 읽어 보았다.

제1부

67

타임스, 83. 12. 3. B.B 보도. 일일명령 더욱더 안 좋은 언
급 무인언급 완벽 다시쓰기 상사 제출

그 글을 구어(舊語), 즉 표준 영어로 바꾸면 다음과 같이 될 것
이다.

1983년 12월 3일 자 「타임스」에 실린 빅브라더의 일일
명령에 대한 기사는 극히 불만족스러운 데다가 존재하
지도 않는 사람에 대해 언급하고 있다. 완전히 다시 써서
철하기 전에 초고를 상사에게 제출하라.

윈스턴은 문제의 기사를 읽어보았다. 빅브라더의 일일 명령
은 주로 FFCC라는 군수조직을 치하하는 내용으로 이루어져 있
었다. FFCC는 유동 요새의 해병들에게 담배를 비롯해 다른 위
문품들을 공급하는 조직이었다. 일일 명령에는 그 조직을 이끌
고 있는 내부당의 고위 인물인 위더스 동지에 대한 언급도 있
었다. 그는 2등 특별 무공훈장을 받은 인물로 적혀 있었다.
3개월 후 FFCC는 별다른 이유 없이 해체되었다. 위더스와
그의 측근들이 숙청되었으리라고 짐작되었지만 텔레스크린에

서는 일체 그에 대한 언급이 없었다. 반역자나 사상범들에 대한 공개재판과 함께 관련자들이 수천 명씩 공개 처형되는 일이 있기도 했지만 그런 일은 2년에 한 번씩 올까 말까 한 구경거리였다. 대개의 경우 당의 미움을 산 사람들은 흔적도 없이 사라지고 그 소식은 들리지 않았다. 그들에게 무슨 일이 일어났는지 알 만한 단서는 전혀 없었다. 윈스턴이 개인적으로 알고 있는 사람만 해도 그런 식으로 행방을 감춘 사람이 서른 명은 되었다.

윈스턴은 종이 집게로 콧등을 톡톡 쳤다. 맞은편 책상의 틸럿슨은 아직도 구술기록기에 비밀 이야기를 하듯 몸을 구부리고 있었다. 그러다 잠깐 머리를 들더니 다시금 안경 너머로 적대적인 눈초리를 번득였다. 틸럿슨 동지도 자기와 같은 일을 하고 있는 것은 아닐까 하는 생각이 문득 윈스턴에게 들었다. 충분히 그럴 법한 일이었다. 이처럼 교묘한 일을 단 한 사람에게 맡길 리 없었다. 아마 지금쯤 열 명도 더 되는 사람들이 빅 브라더의 연설문을 작성하고 있는지도 모른다. 그런 후 내부당 지도급 인사들이 그중에서 적절한 것을 골라 다시 편집한 후 복잡한 과정을 거쳐 영구 문서에 기록되리라. 그리하여 선택된 거짓말은 영원히 기록으로 남아 진실이 되어버리리라.

윈스턴은 위더스가 왜 숙청되었는지 알 수 없었고 알 필요도 없었다. 숙청이나 증발이 권력 유지의 중요 수단인 만큼, 정치적인 이유 때문이리라고 짐작할 수 있을 뿐이었다. 위더스가 이미 죽었음을 알려줄 수 있는 유일한 단서는 '무인언급'이라는 표현이었다. 체포된 경우에는 이런 표현을 절대로 쓰지 않는다. 하지만 위더스는 이미 '무인' 즉 없는 사람이다. 그는 존재하지 않고 존재하지도 않던 사람이다. 윈스턴은 단순히 빅브라더의 연설 의도를 바꾸는 것만으로는 불충분하리라고 생각했다. 아예 애당초의 주제와는 전혀 무관한 내용으로 바꾸는 것이 나으리라.

그는 새로운 이야기를 완전히 조작해 내기로 결심했다. 갑자기 그에게 마치 미리 준비라도 해놓은 듯 오길비 동지라는 인물이 떠올랐다. 빅브라더는 일일 명령을 통해서 초라한 신분의 하급 당원으로서 본받을 만한 삶을 살다가 죽은 동지들을 기려야 한다고 말하곤 했다. 윈스턴의 상상력 속에서 오길비 동지는 최근에 전선에서 영웅적인 활동을 하다가 전사한 사람이었다. 오늘 오길비 동지의 명복을 빌고 기려 주리라. 물론 오길비 동지라는 사람은 존재하지 않았지만 몇 줄의 글과 두어 장의 가짜 사진만 있다면 그를 생존했던 인물로 만들 수 있으리라.

윈스턴은 잠시 생각에 잠겼다가 구술기록기를 앞으로 끌어당겨 빅브라더와 비슷한 말투로 말하기 시작했다. 빅브라더의 말투는 군대식이고 현학적인 데다가 질문을 했다가 자신이 곧바로 대답하는 독특한 버릇이 있었기에 흉내 내기가 쉬웠다.

오길비 동지는 세 살 때부터 북과 기관총과 모형 헬리콥터만 갖고 놀았을 뿐 다른 장난감은 거들떠보지도 않았다. 그는 여섯 살 때―당의 특별배려로 규정보다 일 년 빨리―스파이단에 들어갔고 아홉 살에 스파이단의 리더가 되었다. 그는 열한 살 때 숙부의 대화를 엿듣고 숙부를 사상경찰에 고발했다. 숙부의 대화에서 불온한 성향이 있음을 눈치챈 것이다. 열일곱 살 때 그는 지방 '안티 섹스 주니어 연맹'을 결성했다. 그는 열아홉 살에 수류탄을 고안했다. 평화부에서 그 수류탄을 채택한 결과 첫 실험에서 단 한 방에 유라시아 포로들을 서른한 명이나 죽일 수 있었다. 그는 스물세 살 때 전투 도중 사망했다. 중요문서를 지닌 채 인도양 상공을 비행하던 도중 적군 제트기의 피격을 받은 것이다. 그는 몸무게를 늘리기 위해 기관단총을 둘러메고 중요문서를 지닌 채 헬리콥터에서 바다로 뛰어들어 최후를 맞이했다. 빅브라더는 누구나 부러워할 수밖에 없는 최후라고 말했다. 그리고 오길비 동지의 삶은 더없이 순결하며 한결 같다고 덧붙였다. 오길비 동지는 술을 한 방울도 입에 대지 않았으며 담배도 피우지 않았고 체육관에서 하루 한 시간 운동하는 것 외에는 어떤 오락도 즐기지 않았다. 그는 독신 서약을 했다. 결혼해서 가정을 돌보게 되면 하루 스물네 시간을 몽땅 당을 위해 헌신할 수 없다는 생각에서였다. 그는 언제나 '영사' 강령에 대한 이야기만 했다. 그에게는 적군인 유라시아 군대를 격퇴하고 스파이, 파업자, 사상범, 반역자들을 모조리 잡아 없애는 것 외에는 아무런 목표도 없었다.

윈스턴은 오길비 동지에게 특별 훈장을 줄까 망설이다가 주지 않기로 했다. 그러려면 하나부터 열까지 까다로운 조건을 다 맞춰야 했기 때문이었다.

그는 다시 한번 맞은편 책상의 라이벌을 흘끗 쳐다보았다. 이제는 틸럿슨이 자기와 똑같은 일을 하고 있다는 확신이 점점 강해졌다. 누구 원고가 채택될 것인지는 알 수 없었지만 윈스턴은 자신의 것이 채택되리라고 자신했다. 한 시간 전만 해도 상상의 대상조차 아니었던 오길비 동지는 이제 하나의 사실이 되었다. 죽은 사람은 창조해낼 수 있지만 살아 있는 사람은 그럴 수 없다는 사실이 그에게 묘한 충격을 주었다. 현재 속에 존재한 적이 없던 오길비 동지가 이제 과거 속에 존재한다.

1984

그리고 일단 날조 행위 자체가 잊히고 나면 그는 샤를마뉴 대제나 줄리어스 시저처럼 확실한 근거를 갖고 진짜로 존재하게 되리라.

5

지하 깊숙이 자리 잡은, 천장이 낮은 식당에서 점심 식사를 하려고 사람들이 줄지어 서 있었다. 식당 안은 이미 만원이었고 귀가 먹먹할 정도로 시끄러웠다.

"자넬 찾고 있었는데 여기서 만났군." 윈스턴의 등 뒤에서 누군가 말했다.

윈스턴은 등을 돌렸다. '조사국'에서 근무하고 있는 친구 사임이었다. 아마 '친구'라는 말은 정확한 표현이 아닐 것이다. 이제 '친구'는 없고 '동지'만 있었다. 하지만 다른 동지들보다는 사이가 더 좋은 동지들이 있을 수 있었다. 사임은 언어학자로서 신어 전문가였다. 그는 신어사전 11판 편집 일에 종사하고 있는 방대한 전문가 조직의 일원이었다. 검은 머리에 작은 몸집의 사내로서 윈스턴보다 키가 작았다. 커다란 눈이 툭 튀어나와 있었는데 왠지 애처로워 보이면서도 남을 비웃는 것 같기도 했으며 누군가에게 말을 걸 때면 무언가 면밀하게 살피는 것 같았다.

"자네에게 혹시 면도날이 있나 해서······"

"없어! 나도 여기저기 돌아다니며 찾았어. 하지만 어디에도 없더군." 윈스턴이 서둘러 말했다. 뭔가 찜찜한 기분이었다.

누구나 사람을 만나면 면도날을 얻으려 했다. 사실 윈스턴은 아직 사용하지 않은 면도날 두 개를 감춰놓고 있었다. 지난 몇 달 동안 면도날 공급이 부족했다. 가끔 당원용 상점에서 필수품이 동날 때가 있었다. 때로는 단추가, 때로는 털실이, 또 어떤 때는 구두끈이 부족했다. 그런데 요즘은 면도날이 없었다. 면도날은 이제 '자유시장'에서 구걸하다시피 해야 겨우 구할 수 있었다.

"나도 6주째 같은 면도날을 쓰고 있어." 윈스턴이 둘러댔다.

줄이 앞으로 약간 움직였다가 멈췄다. 두 사람 차례가 되자 윈스턴과 사임은 쟁반을 배식대 위에 올려놓았다. 두 사람의 쟁반 위에 각자 규정된 음식—철제 접시에 담긴 불그죽죽한 스튜, 빵 한 덩어리, 치즈 한 조각, 밀크를 넣지 않는 빅토리 커피

한잔, 사카린 한 알—이 놓였다.

"저기 텔레스크린 아래 자리가 있군. 가는 길에 진이나 한 잔 사 갖고 가세."

두 사람은 손잡이가 없는 머그잔에 따라준 술을 쟁반에 올려 놓은 후 보아둔 자리로 갔다. 자리에 앉은 두 사람은 진을 들이킨 후에 해면처럼 흐물흐물한 고기가 들어있는 스튜를 퍼먹기 시작했다. 두 사람은 식사하는 동안 아무 말이 없었다.

식사가 끝나자 윈스턴이 먼저 입을 열었다. 식당 안이 시끄러워서 큰 소리로 말해야만 했다.

"사전은 어떻게 돼가나?"

신어사전 이야기가 나오자 사임의 얼굴이 밝아졌다. 그는 사상적으로 철저한 정통파였다.

"그럭저럭. 나는 형용사를 맡고 있지. 정말 매력적인 작업이야."

그는 스튜 접시를 옆으로 밀어 놓고 섬세한 한쪽 손으로는 빵을 다른 손으로는 치즈를 든 채 소리를 지르지 않고 이야기를 나누기 위해 몸을 앞으로 기울였다.

"제11판이 결정판이야." 그가 말했다. "지금 마지막 손질을 하고 있어. 제대로 모양을 갖추면 사람들이 다른 말은 쓰지 않게 될 거야. 우리가 작업을 끝내면 자네 같은 친구들은 처음부터 다시 배워야 할 걸세. 자네가 보기에는 우리가 새로운 단어를 만들어내는 것 같지? 절대로 아니야! 사실 우리는 매일 수십, 수백 개의 단어를 없애고 있어. 언어에 뼈대만 남도록 발라내고 있는 거지. 11판에는 2050년이 되면 폐기될 단어들은 단한 단어도 수록되지 않을 걸세.”

사임은 빵을 덥석 물고 씹지도 않고 삼켰다. 얼굴에 생기가돌았고 냉소의 기색이 완전히 사라지고 없었다. 그가 눈을 빛내며 말을 이었다.

“단어를 없앤다는 건 정말 멋진 일이야. 동사나 형용사에도쓸데없는 것들이 엄청나게 많아. 하지만 폐기해야 할 명사도수백 개가 넘는다네. 동의어뿐 아니라, 반의어도 많아. 단지 한단어의 반대만을 뜻하는 단어가 굳이 존재해야 할 이유가 대체 어디 있나? 한 단어 자체에 이미 그 반대 의미가 포함되어있는데 말일세. ‘좋은 good’이라는 단어를 예로 들어보세. 이미 ‘좋은’이라는 단어를 쓰고 있는데 굳이 ‘나쁜 bad’이라는 단어가 존재할 필요가 어디 있나? 그냥 ‘안 좋은 ungood’이라고 하면 될 텐데. 게다가 그게 훨씬 나아. ‘나쁜’이라는 단어보다 더 정확하게 반대의 뜻을 나타내니까. 그리고 ‘좋은’이란 말의 뜻을 강조하고 싶을 때도 굳이 ‘뛰어난 excellent’이라든지

'엄청난 splendid' 같은 애매모호하고 쓸모없는 단어 같은 것들을 쓸 필요가 어디 있나? '더 좋은 plusgood'이라고 하면 충분하고 더 강조하고 싶으면 '더욱더 좋은 doubleplusgood'이라고 하면 충분하지 않은가? 물론 우리는 지금 그런 식의 표현을 이미 사용하고 있지. 신어사전 최종판에는 그런 표현만 수록될 걸세. 그러니까 좋다, 나쁘다라는 개념 전체를 단 여섯 단어로—따지고 보면 한 단어이지만—모두 표현할 수 있다는 말일세. 어떤가 윈스턴, 정말 멋지지 않은가? 물론 원래 B.B의 아이디어였다네."

그는 뒤늦게 생각난 듯 빅브라더의 아이디어였다는 말을 덧붙였다. 그러자 윈스턴의 얼굴에 얼핏 맥 빠진 듯한 표정이 스쳤다. 사임은 그 표정을 놓치지 않았다. 그는 윈스턴이 자신의 말에 흥미를 느끼지 않는다고 생각하고 거의 서글픈 표정으로 말했다.

"윈스턴, 자네는 신어의 진가를 인정하지 않는군. 심지어 자네는 신어로 글을 쓸 때도 구어에 대해 생각하고 있어. 자네가 「타임스」에 가끔 쓰는 글을 읽어봤네. 좋은 글들이야. 하지만 자네는 마음속으로 구어에 집착하고 있어. 구어의 모호하고 쓸데없는 그늘에 집착하고 있어. 자네는 단어를 없애는 일이 얼마나 멋진 일인지 도무지 이해하지 못하고 있어. 전 세계에서 매년 어휘 수가 줄어드는 언어가 신어뿐이라는 사실을 자네 알고 있지?"

물론 윈스턴은 그 사실을 알고 있었다. 그는 사임을 향하여 동의한다는 듯 미소를 지었다. 사임은 빵을 한입 더 베어 물더니 말을 이었다.

"자네는 신어의 목적이 사고의 폭을 좁히는 데 있다는 것을 모르고 있나? 결국 우리는 '사상범죄'라는 것이 애당초 불가능하게 만들 걸세. 그런 것을 표현할 말이 없어질 테니까. 필요한 개념은 정확히 한 단어로 표현될 걸세. 그 의미를 엄격하게 정의(定義)할 것이고 그 외의 부수적인 의미는 지워지고 잊힐 걸세. 지금 11판에서 주안점을 두고 있는 사항이 바로 그것이지. 하지만 그 작업은 내가 죽은 후에도 계속될 걸세. 세월이 흐를수록 단어의 수는 줄어들고 의식의 폭은 그만큼 줄어들 걸세. 물론 지금도 사상범죄를 저지른 뒤에 이유를 대거나 변명하는 건 불가능하지. 단지 자기 수양이나 현실통제력이 부족해서 저지를 수 있는 죄만 지을 뿐이야. 하지만 종국에는 그런 것조차 필요 없게 될 걸세. 언어가 완벽해졌을 때 혁명이 완수될 걸세. '신어'는 '영사'이고 '영사'는 '신어'일세."

거기까지 말한 후 사임은 흡족한 표정으로 덧붙였다.

"이보게, 윈스턴, 2050년이 되면 우리가 지금 나누고 있는 대화를 이해할 수 있는 사람이 단 한 명이라도 살아 있을 것 같은가?"

"글쎄, 혹시 예외가……" 윈스턴이 망설이며 뭔가 말하려다가 입을 다물었다.

"프롤들은 예외가 아닐까?"라는 말이 혀끝까지 나왔지만 그는 입을 다물었다. 그 발언이 어떤 식으로건 정통에 어긋나는 것은 아닌지 미심쩍었기 때문이었다. 하지만 눈치가 빠른 사임은 윈스턴이 무슨 말을 하려던 것인지 금세 알아챘다.

"프롤들은 인간이 아닐세." 그가 경솔하게 말했다. "2050년까지는—아마 그 전이 되겠지만—구어로 표현된 지식은 모두 없어질 걸세. 과거의 문학은 모두 사라질 거야. 초서, 셰익스피어, 밀턴, 바이런은 신어 판으로만 존재하게 될 걸세. 뭔가 다른 것으로 바뀔 뿐 아니라 그전에 받아들여지던 것과는 반대되는 뜻을 지니게 되는 거지. 심지어 당의 문학도 바뀔 것이고 슬로건도 바뀔 거라네. 자유라는 개념이 사라진 마당에 어떻게 '자유는 예속이다'라는 슬로건이 존재할 수 있겠나? 사상의 분위기 자체가 달라질 것이네. 실은 우리가 지금 이해하고 있는 의미에서의 사상 자체가 존재하지 않게 될 걸세. 정통성이라는 것은, 생각하지 않는 것, 생각할 필요조차 없는 것을 의미하니까. 정통성이란 무의식, 즉 의식이 아예 없는 것을 말한다네."

머지않아 사임은 증발되리라. 윈스턴에게 문득 그런 깊은 확신이 들었다. 그는 너무 지적(知的)이다. 그는 너무 정확하게 보고 분명하게 말한다. 당은 그런 인물을 좋아하지 않는다. 언젠가 그는 사라지리라. 그의 얼굴에 훤히 쓰여 있었다.

윈스턴은 사임이 자신을 경멸하고 있으며 싫어하고 있다는 것을 잘 알고 있었다. 게다가 그럴 만한 근거만 있으면 자신을 사상범으로 고발할 수도 있다는 것을 잘 알고 있었다. 그럼에도 불구하고 그가 증발될 것이라고 생각하니 슬펐다. 사임에게는 단점이 있었다. 그에게는 신중함, 무관심, 일종의 우둔함 같은 것이 없었다. 그렇다고 그를 비정통파라고 말할 수는 없었다. 그는 '영사'의 원칙들을 신봉하고 빅브라더를 숭배하며 승리의 소식에 열광하고 이단자들을 철두철미 증오했다. 하지만 그는 하지 않아도 될 말을 자주 지껄였고 책을 너무 많이 읽었으며 '마로니에 카페'에 너무 자주 드나들었다. 그 카페에 드나들지 말라는 법은 없었지만 그곳은 여전히 뭔가 불온한 장소였다. 당의 신임을 잃은 옛 지도자들이 최종적으로 숙청당하기 전에 그곳에 모이곤 했으며 전해지는 말에 의하면 골드스타인도 십여 년 전에 그곳에 모습을 보였다고 한다. 열성만으로는 충분하지 못하다. 정통성은 의식 없음이다.

"저기 파슨스가 오는군." 사임이 고개들 들어 앞을 보며 말했다.

그의 말투에는 '저런 멍청하기 짝이 없는 놈'이라는 경멸감이 숨어 있었다. 빅토리 맨션에서 윈스턴과 이웃해 살고 있는 파슨스가 다가오고 있는 모습이 보였다. 금발이며 통통한 몸집에 중간 키인 그의 얼굴은 마치 개구리 같았다. 서른다섯 살의 나이에 벌써 목덜미와 허리에 두툼한 비곗살이 붙어 있었지만 행동은 민첩했고 아이처럼 유치한 데가 있었다. 외모 전체가 꼭 덩치만 큰 아이 같았고 '스파이단' 제복을 입혀 놓아도 어울릴 것 같았다.

그는 두 사람에게 인사한 후 땀 냄새를 풀풀 풍기며 자리에 앉았다. 그가 나타나자 사임은 그를 외면하며 손가락 사이에 볼펜을 낀 채 글씨가 빽빽하게 적힌 기다란 종이를 펼치고 그 내용을 검토했다.

"점심 시간에도 일을 하는군." 파슨스가 사임을 보고 말하더니 윈스턴을 향해 고개를 끄덕였다.

"이보게 스미스, 자네를 찾고 있던 참이야. 자네 기부금 내는 걸 잊었더군."

"무슨 기부금?" 윈스턴이 자동적으로 돈이 있는지 몸을 더듬었다. 봉급의 4분의 1은 의연금으로 내놓게 되어있었는데 그 종류가 너무 많아서 일일이 기억하기 어려웠다.

"증오주간 기부금 말이야. 집집마다 다 내는 거. 내가 우리 구역 수금을 맡았어. 자네 2달러 내기로 약속했지?"

윈스턴이 꾸깃꾸깃 접힌 더러운 지폐를 파슨스에게 건네자 파슨스는 돈을 받은 후 조그만 수첩에 뭐라고 적어 넣었다.

"그런데 이보게," 파슨스가 수첩을 챙겨 넣으며 말했다. "어제 우리 꼬마 녀석들이 자네에게 새총을 쐈다며? 호되게 야단을 쳐주었네. 다시 그런 짓을 하면 새총을 압수하겠다고 했지."

"처형장에 가지 못해서 좀 화가 났던 모양이야."

"맞아, 바로 그 말을 하려던 거야. 정신은 똑바로 박힌 애들 아닌가? 두 놈 다 말썽을 좀 부리긴 하지만 아주 똑똑해. 지난 주에 우리 딸년이 행군을 나갔을 때 무슨 일을 했는지 아나? 뭔가 수상한 사람을 발견하고는 행군에서 이탈해서 다른 계집애 둘을 데리고 두 시간 동안 그자를 뒤쫓았다네. 그리고는 애머샴에 도착하자마자 그자를 순찰 중인 경찰에 넘겼다는 거야."

"걔들이 왜 그런 행동을 한 거지?" 윈스턴이 약간 망설이며 물었다. 파슨스가 의기양양하게 말을 이었다.

"내 딸애가 그놈을 적군 스파이로 생각한 거야. 말하자면 낙하산을 타고 침투한 스파이 같은 것 말일세. 그런데 우리 딸애가 뭘 보고 수상하게 생각한 줄 알아? 이게 정말 중요한 거야. 아, 글쎄 그자가 이상한 신발을 신고 있었다는 거야. 딸애 말로는 그런 신발을 신은 사람은 본 적이 없었대. 그러니 분명 외국 사람이리라고 생각했다더군. 어때, 일곱 살짜리가 정말 똑똑하지 않은가?"

"그래, 그 사람은 어떻게 되었나?" 윈스턴이 물었다.

"물론 모르지. 하지만 만일 이렇게 되었더라도 뭐 놀랄 일인가……" 파슨스가 총을 겨누는 시늉을 하면서 입으로 총소리를 내더니 덧붙였다. "전쟁 중이잖아."

그때 마치 그의 말을 확인해주려는 듯 텔레스크린에서 우렁찬 나팔소리가 울렸다. 하지만 텔레스크린을 통해 전해진 소식은 군대 승리 소식이 아니라 풍요부에서 보내는 공지사항이었다. 텔레스크린에서는 우리가 생산 전선에서 승리를 거둔 소식을 전하게 되어 기쁘다, 생활수준이 작년보다 20% 이상 향상되었다고 전하면서 각종 통계를 늘어놓았다. 윈스턴은 네 개비밖에 남지 않은 담배를 피우며 텔레스크린 소식을 들었다. 내일 배급 때까지 피우려면 아껴야만 했다. 텔레스크린에서는 초콜릿 배급량을 일주일에 20그램으로 올려준 데 대해 빅브라더에게 감사하는 자발적인 집회가 열렸다는 소식을 전하고 있었다.

'아니, 바로 어제 초콜릿 배급량을 20그램으로 줄인다고 방송하지 않았나? 겨우 스물네 시간 만에 그것을 잊어버리는 게 가능하단 말인가?'라고 윈스턴은 생각했다. 그렇다, 그들은 그 사실을 꿀꺽해버린 것이다. 짐승처럼 아둔한 파슨스 같은 자는 쉽게 그 사실을 잊어버렸다. 그와 같은 존재들은 지난주 초콜릿 배급량이 30그램이었다고 말하는 자는 그 누구든 적발해서 증발시키고 말겠다는 열의에 휩싸여 나머지 사실들을 모두 꿀꺽 삼켜버리고 있었다. 그리고 사임 역시 '이중사고'와 같은 보다 복잡한 방식으로 그 사실을 삼켜버렸다. 그렇다면 오로지 윈스턴만이, 홀로 기억을 간직하고 있단 말인가?

텔레스크린에서는 터무니없는 통계수치가 계속 쏟아져 나왔다. 작년에 비해 식량, 의복, 주택, 가구, 연료, 선박, 헬리콥터, 서적, 유아 등 모든 것이 늘어났다. 질병과 범죄와 정신병 외에는 모든 것이 늘어났다. 매년 매 순간 사람도 물건도 빠른 속도로 증가하고 있었다. 윈스턴은 식탁에 떨어진 희멀건 수프 국물을 숟갈로 찍어서 줄을 그어가며 생각에 잠겼다. 지금의 물리적 생활환경을 생각하니 자신도 모르게 울화가 치밀었다. 전에도 늘 이랬던가? 음식 맛은 늘 이렇게 형편없었던가? 그는 식당 안을 둘러보았다. 천장은 낮고 식탁마다 더러운 사람들이 우글거렸다. 숟갈은 휘어졌으며 쟁반은 흉하게 우그러졌다. 싸구려 술과 커피 냄새가 진동하고 있었다. 갑자기 위가 방금 받아들인 음식을 거부하듯 울렁거렸다. 마치 마땅히 누려야 할 권리를 거부당한 데 대해 항의하는 것 같았다. 이렇게 형편없는 환경 속에서 불결과 궁핍에 시달리며, 형편없는 담배, 맛없는 음식으로 인해 병들어간다면 이것도 자연의 섭리라고 할 수 있을까?

윈스턴은 다시 한번 식당 안을 둘러보았다. 푸른 제복을 입고 있는 모든 사람이 추해 보였다. 그들이 다른 옷을 입고 있다 할지라도 추하긴 마찬가지였을 것이다. 이런 사람들을 실제로 눈으로 보지 못한다면 이 나라에는 당이 이상형으로 제시하고 있는 사람들—청년은 큰 키에 근육질이고 처녀는 금발에 명랑한 성격이어야 하고 햇볕에 그을린 건강한 피부와 봉긋한 가슴을 지녀야 한다—이 대부분이라고 생각하리라. 하지만 실제는 이상형과 달랐다. 윈스턴이 보기에 에어스트립 원의 주민들 대부분이 체격은 작았으며 피부가 검었고 영양실조로 추한 몰골이었다. 정부 부처에 딱정벌레 같은 인간들이 늘고 있는 것은

1984

86

흥미로운 일이었다. 일찍부터 통통해진 땅딸막한 체구의 인간들, 짧은 다리에 행동은 민첩한 인간들, 유난히 작은 눈에 얼굴이 통통하고 수수께끼 같은 표정의 인간들…… 당의 지배하에서는 이런 타입의 인간들이 가장 잘 번성하는 것 같았다.

나팔소리와 함께 풍요부의 공지가 끝나자 텔레스크린에서는 다시 음악이 흘러나오기 시작했다. 파슨스는 풍요부의 통계에 감동했는지 "풍요부는 올해 정말 대단한 일을 했어"라고 말했다. 풍요부 방송이 끝나자 옆 식탁에 앉은 사내가 마치 오리가 꽥꽥거리듯 마주 앉은 여자에게 당을 찬양하고 '골드스타인'의 완전 제거를 외쳐대고 있었다. 그때 무슨 이유에서였는지 윈스턴에게 갑자기 파슨스 부인의 모습, 그녀의 숱이 적은 머리, 주름에 먼지가 낀 얼굴이 떠올랐다. 2년 내로 그녀의 자식들이 그녀를 사상경찰에 고발하리라. 파슨스 부인은 증발해 버리리라. 사임도 증발해 버리리라. 윈스턴 자신도 증발해 버리리라. 오브라이언도 증발해 버리리라. 하지만 파슨스는 결코 증발하지 않으리라. 옆에서 오리처럼 꽥꽥거리는 저 남자도 증발하지 않으리라. 정부 기관의 복도를 뛰어다니는 딱정벌레 같은 인간들도 증발하지 않으리라. '2분 증오' 시간에 텔레스크린에 나온 골드스타인을 향해 신어사전을 집어 던진 픽션국의 그 검은 머리 여자도 증발하지 않으리라. 살아남기 위한 조건이 무엇인지 쉽게 말할 수는 없었지만 윈스턴은 누가 살아남고 누가 없어질 것인지 본능적으로 알 것 같았다.

바로 그 순간 그는 갑자기 움찔하며 몽상에서 깨어났다. 옆 식탁에 앉은 여자가 고개를 살짝 돌려 그를 바라보고 있었다. 바로 방금 생각했던 바로 그 검은 머리의 여자였다. 그녀는 곁눈으로 이상하리만치 열심히 그를 바라보고 있었다. 그와 눈이 마주치자 그녀는 재빨리 시선을 거두었다.

윈스턴의 등줄기에 식은땀이 흘렀다. 그녀는 왜 자신을 주시하고 있었을까? 왜 자신을 쫓아온 것일까? 불행히도 그는 자신이 이곳에 도착했을 때 이미 그녀가 자리를 잡고 있었는지, 아니면 자신이 도착한 이후에 그녀가 왔는지 기억할 수 없었다. 어쨌든 '2분 증오' 때도 그녀는 바로 자기 뒤에 앉아 있었다. 그럴 이유라곤 전혀 없었는데도 말이다.

그녀에 대해 그가 했던 생각이 다시 떠올랐다. 아마도 그녀는 사상경찰의 일원은 아닐지도 모른다. 하지만 무엇보다 위험하기 짝이 없는 아마추어 정탐꾼인지 모른다. 나를 얼마나 오래 쳐다보았을까? 공공장소 혹은 텔레스크린이 미치는 범위 안에서 혼자 공상에 잠긴다는 것은 위험한 일이다. 언제 자신의 생각이 통제력을 잃고 바깥에 그 흔적을 드러낼지 모르는 일이다. 어떤 경우건 못마땅한 표정을 지어도 처벌 대상이 된다. 그것을 가리키는 신조어까지 있으니 '표정죄'가 바로 그것이다.

여자는 다시 그에게서 등을 돌렸다. 어쩌면 그를 뒤쫓는 것이 아닌지도 모른다. 이틀 연속 그녀가 가까이 앉게 된 것은 우연일 수도 있다.

"이보게, 내가 이 말을 해주었던가?" 파슨스가 킬킬거리며 다시 입을 열었다. "우리 집 두 녀석이 늙은 여자 상인 치맛자락에 불을 붙였다는 이야기 말일세. 아, 글쎄 B.B의 얼굴이 나온 포스터에 소시지를 싸고 있더라지 뭔가. 살금살금 다가가서 치마에 대고 성냥을 그었다더군. 엄청 뜨거웠을 거야. 어리긴 해도 정말 제법 아닌가? 요즘 스파이단에서 그런 식으로 철저히 훈련을 시킨다네. 우리 때보다 나아. 그 애들이 요즘 뭘 지급받는지 아나? 열쇠 구멍으로 남들 이야기를 엿들을 수 있는 귀 나팔이라네. 딸애가 가지고 와서 시험해 보더니 그냥 듣는 것보다 두 배는 더 잘 들린다는 거야. 물론 장난감일 뿐이야. 그래도 정말 대단한 아이디어 아닌가?"

순간 갑자기 텔레스크린에서 날카로운 호각소리가 울렸다.

작업 복귀 신호였다. 세 사람은 자리에서 벌떡 일어나 엘리베이터로 몰려가는 사람들 속에 휩쓸렸다.

6

윈스턴은 일기를 쓰고 있었다.

3년 전이었다. 어두운 밤, 큰 기차역 근처 좁은 골목길에 서였다. 그녀는 거의 빛을 내지 않는 가로등 아래, 문 옆에 서 있었다. 짙은 화장을 한 젊은 얼굴의 여자였다. 나는 가면이라도 쓴 것처럼 하얗게 분을 바른 모습, 새빨갛게 입술을 칠한 모습에 끌렸다. 거리에는 아무도 없었고 텔레스크린도 없었다. 그녀는 2달러를 요구했다. 나는……

윈스턴은 더 이상 써내려갈 수가 없었다. 그는 눈을 감고, 자꾸만 떠오르는 광경을 짜내버리려는 듯 손가락으로 눈을 눌렀다. 목청껏 욕설을 퍼붓고 싶은 충동이 솟구쳤다. 자신을 괴롭히는 기억을 지워낼 수만 있다면 무슨 짓이건, 난폭한 짓이건 시끄러운 짓이건 고통스러운 짓이건 저지르고 싶었다.

그는 자신의 가장 큰 적은 자신의 신경조직이라고 생각했다. 마음속 긴장은 어느 때건 자칫하면 눈에 띄는 증상으로 나타날 수 있다. 무의식적인 동작으로 나타날 수도 있으며 무엇보다 치명적으로 위험한 것은 잠꼬대이다. 그런 것은 도저히 막아낼 방법이 없다.

그는 호흡을 가다듬고 계속 일기를 써내려갔다.

나는 그녀를 따라 문을 지나 뒤뜰을 가로질러 지하의 부엌으로 들어갔다. 벽에 침대가 붙어 있었고 탁자 위에 램프가 있었다. 심지는 한껏 낮춰져 있었다. 그녀는……

그는 이를 악물었다. 침이라도 뱉어내고 싶었다. 그는 지하실 부엌의 그 여자와 아내 캐서린을 동시에 생각했다. 윈스턴은 결혼했다. 아니, 어쨌든 결혼했었다. 그가 아는 한 아내가 아직 죽지 않았으므로 그는 아마도 여전히 결혼한 몸이었다.

지하실 부엌의 후텁지근한 공기에서 풍기던 냄새, 더러운 옷, 싸구려 향수가 뒤섞인 그 냄새가 다시 풍기는 것 같았다. 그 역한 냄새는 유혹적이었다. 당의 여성은 그 누구도 향수를 쓰지 않았고 그럴 엄두도 내지 못했다. 프롤만이 향수를 썼다. 그의 마음속에서 향수 냄새는 간음과 한데 엉켜 있었다.

그가 여자를 따라간 것은 거의 2년 만에 처음 저지르는 일탈 행위였다. 물론 창녀와의 관계는 금지되어 있었다. 하지만 이따금 용기를 내어 어길 만한 규칙이기도 했다. 위험하긴 했지만 생사가 걸린 문제는 아니었다. 창녀와 함께 있다가 발각되면 5년의 강제노역형에 처해진다. 다른 위반이 없으면 그 이상의 처벌은 없다. 따라서 현장에서 발각되지 않을 수만 있다면 쉽게 시도해볼 만하다. 빈민가에는 자신의 몸을 팔겠다는 여자들이 수두룩했다. 심지어 진 한 병으로도 여자를 살 수 있었다. 프롤들에게는 진을 마시는 것이 금해져 있었기에 그들은 진을 구하기 어려웠다.

사실 당에서는 당원들에게 암암리에 매춘을 장려하고 있었다. 완전히 억누르기 어려운 본능의 출구 구실을 할 수 있기 때문이었다. 단순한 방탕은 그것이 은밀히 이루어지는 한, 또한 향락으로 이어지지 않는 한 그다지 문제가 되지 않았다. 당에서 절대로 용서할 수 없는 것은 당원들 간의 성행위였다. 하지만 그런 일이 실제로 일어나리라고는—비록 대숙청 때마다 죄인들이 단골로 자백하는 죄 중의 하나였지만—상상조차 할 수 없었다.

당의 목적은 남녀 간에 깊은 애정 관계가 형성되어 당의 통제가 어려운 지경에 빠지는 것을 막자는 데 있는 것이 아니었다. 겉으로 표명되지 않은 진짜 목적은 성행위에서 모든 쾌락을 제거하는 데 있었다. 부부간의 관계건 불륜이건 문제가 되는 것은 사랑이 아니라 성적인 충동과 쾌락이었다. 당원들 간의 결혼은 해당 위원회의 승인을 받아야 했는데 두 남녀가 육체적으로 서로 끌렸다는 인상을 주는 순간 결혼은 곧바로 취소되었다. 결혼의 유일한 공식적인 목적은 당에 봉사할 아이를 생산하는 데 있었다. 성교는 마치 관장처럼 역겨운 행위로 간주되었다. 그리고 어렸을 때부터 금욕을 강조하기 위해 '안티 섹스 청소년 동맹' 같은 것이 생겼으며 아이는 모두 인공수정(신어로 인수라고 불렀다.)으로 낳아서 공공기관에서 키우게 되어 있었다. 윈스턴은 당이 왜 그런 노력을 하는지 깊이 생각해보지 않았지만 어쨌든 여자들에게는 어느 정도 성공을 거두고 있었다.

그는 다시 캐서린을 생각했다. 헤어진 지 9년이나 10년, 아니면 11년쯤 되었을 것이다. 그는 자신이 결혼한 몸이라는 것을 거의 잊고 지냈다. 둘은 겨우 15개월 정도 함께 살았다. 당에서는 이혼을 허락하지 않았지만 아이가 없는 경우에는 별거를 은근히 권장했다.

캐서린은 키가 크고 멋진 금발의 늘씬한 여자였으며 몸놀림도 우아했다. 이목구비도 아주 뚜렷해서 겉보기에는 고상한 여자였다. 그런데 결혼하자마자 윈스턴은 그녀에 대해 속속들이 알게 되었다. 그녀는 온통 어리석고 저속했으며 머리가 텅 빈 여자였다. 그녀의 머릿속에는 당의 슬로건만 들어있었으며 당이 주는 것은 무엇이든 다 받아 삼켰다. 그는 그녀에게 '살아 있는 사운드 트랙'이라는 별명을 붙여주었다. 하지만 그녀와 딱한 가지 문제만 없었어도 어떻게든 함께 살았을 것이다. 그것은 바로 섹스 문제였다.

그가 그녀의 몸에 손을 대기만 해도 그녀는 움츠러들고 굳어버렸다. 그녀를 안으면 마치 나무 조각으로 만든 인형을 안는 것 같았다. 그녀는 눈을 감고 저항도 협조도 하지 않은 채 그저 '감수하는' 자세로 누워있었다. 윈스턴은 당황스럽고 끔찍했다. 하지만 둘이 육체적 접촉을 않고 지내자고 합의를 했더라면 그럭저럭 함께 지낼 수 있었을 것이다. 그런데 묘하게도 그것을 거부한 것은 캐서린이었다. 그녀는 아이를 가져야만 한다고 말했다. 따라서 별다른 일이 없는 한 일주일에 한 번씩 규칙적으로 그 행위를 해야만 했다. 그날이 되면 캐서린은 아침부터 오늘 해야 할 일을 잊지 말라고 상기시켜주기까지 했다. 그녀는 그 행위에 두 가지 이름을 붙였다. 그중 하나는 '아이 만들기'였고 다른 하나는 '당에 대한 우리의 의무'였다. 그 행위를 하기로 한 날이 다가오면 윈스턴은 심한 두려움에 사로잡혔다. 그러나 다행히도 아이가 생기지 않았고 결국 그녀는 그 행위를 포기하는 데 동의했다. 그리고 얼마 가지 않아 그들은 갈라섰다.

윈스턴은 들리지 않을 정도로 조용히 한숨을 내쉬었다. 그는 다시 펜을 잡고 일기를 쓰기 시작했다.

> 그녀는 침대에 몸을 던졌다. 그리고는 단도직입적으로,
> 정말로 더할 나위없이 상스럽고 혐오스럽게 치마를 위로
> 들어 올렸다. 나는……

그러자 싸구려 향수 냄새를 맡으며, 동시에 당의 최면술에 얼어붙은 캐서린의 하얀 몸뚱이를 떠올리며 서 있던 자신의 모습이 다시 그려졌다. 왜 늘 이래야만 한단 말인가? 왜 몇 년에

한 번씩 이런 지저분한 짓을 하는 대신 자신만의 여자를 가질
수 없단 말인가? 하지만 진정한 연애라는 것은 생각조차 할 수
없는 일이었다. 당의 여성들은 모두 똑같았기 때문이었다. 순
결은 당에 대한 충성의 상징으로 그녀들 마음속에 각인되었다.
어릴 때부터의 철저한 훈련과 운동, 냉수욕으로, 학교와 스파이
단, 청년연맹에서 주입하는 쓰레기 같은 말들, 강연, 행진, 노래,
슬로건, 군가 등으로 인해 자연스러운 감정은 모두 추방되었다.
그의 이성은 예외가 있을 수 있다고 그에게 말하고 있었지만
그의 마음은 그것을 믿지 않았다. 그녀들은 애당초 당이 의도
한 대로 난공불락이었다. 그가 사랑받는 것 이상으로 바란 것
은, 생애 딱 한 번만이라도 그 순결이라는 거짓 덕목의 벽을 허
물어보는 것이었다. 성공적으로 치러진 성행위는 반역이었다.
욕망은 사상범죄였다. 만일 그가 캐서린을 일깨워서 만족스러
운 성행위를 할 수 있었다면 캐서린이 그의 아내임에도 불구하
고 그것은 '유혹죄'를 지은 셈이 되었을 것이다.

　어쨌든 나머지 이야기는 마저 써야 했다. 그는 일기를 다시
써내려갔다.

　나는 등불의 심지를 올렸다. 불빛에 비친 그녀를 보니……

윈스턴은 처음으로 그녀를 자세히 볼 수 있었다. 불빛 아래 자세히 보니 그 여자는 늙은 여자였다. 얼굴에는 덕지덕지 화장을 해서 마치 마분지 가면처럼 금이 갈 것 같았다. 머리도 희끗희끗했다. 그러나 정말 소름이 끼친 것은 벌려진 그녀의 입 안을 보았을 때였다. 그 안은 마치 동굴 속처럼 시커멓게 보였다. 그녀에게는 이가 하나도 없었다.

그는 급히 휘갈겨 썼다.

불빛에 비친 그녀의 얼굴을 보니 적어도 쉰 살은 된 늙은
여자였다. 하지만 나는 개의치 않고 그 일을 해치웠다.

그는 다시 손가락으로 눈꺼풀을 눌렀다. 마침내 일기를 쓰긴 했지만 달라진 것은 아무것도 없었다. 이런 식의 치료법은 효력이 없었다. 목청껏 욕설을 퍼붓고 싶은 충동이 그 어느 때보다 강하게 일었다.

7

윈스턴은 일기에 썼다.

희망이 있다면 그것은 프롤에게 있다.

희망이 있다면 프롤에게 있을 수밖에 없다. 오세아니아 인구의 85%를 차지하는 그들, 멸시받는 그 우글거리는 집단만이 당을 절멸시킬 수 있기 때문이다. 당은 내부적으로는 전복될 수 없다. 그 안에 적이 있더라도 적들은 모일 수도 없고 서로 알아볼 수도 없다. 전설적인 형제단이 존재한다 할지라도 두세 명 이상의 구성원이 함께 모이는 것은 애당초 불가능하다. 주고받는 눈짓이나 억양이 수상하다던가, 귓속말을 나누는 것 자체가 반역으로 간주되기 때문이다. 하지만 프롤은 자기들이 지닌 힘을 자각하는 것만으로 충분하다. 그들에게는 별도의 음모가 필요하지 않다. 그냥 들고 일어나서 말이 파리 떼를 쫓듯이 몸을 흔들기만 하면 된다. 그들은 마음만 먹으면 당장 내일이라도 당을 산산조각 낼 수 있다. 조만간 그들에게 그런 생각을 하게 될 날이 올 것이다. 하지만 아직은⋯⋯!

그는 이어서 썼다.

> 그들은 자각하지 않는 한 절대로 반란을 일으키지 않을 것이다. 그리고 그들은 반란을 일으킨 뒤에야 자각하게 될 것이다.

아무래도 당의 교재에 적힌 대목을 베낀 것 같다고 그는 생각했다. 물론 당은 프롤들을 속박으로부터 해방시켰다고 주장한다. 그러면서도 당은 프롤들이 태생적으로 열등한 족속이기 때문에 몇 가지 단순한 규칙을 적용해서 동물처럼 예속 상태에 두어야 한다고 가르친다. 실제로 프롤에 대해서는 알려진 게 별로 없다. 많이 알아야 할 필요도 없다. 그들이 계속 일하고 아이를 낳는 한 그들의 다른 행동들은 하나도 중요하지 않다. 아르헨티나 초원에 방목해 놓은 소들처럼 내버려 두면 그들은 그들의 선조들이 누렸던 삶, 그들에게 자연스러워 보이는 삶의 패턴으로 돌아가게 될 것이다. 그들은 빈민굴에서 나고 성장하여 열두 살이면 노동에 나선다. 그리고 아주 잠깐 아름다움과 성적 욕망이 꽃피는 시절을 경험하고는 스무 살에 결혼한다. 서른 살에 중년에 이르고 예순 살이면 대부분 죽는다. 힘든 육체노동, 가사와 양육, 이웃 간의 작은 다툼, 영화, 축구, 맥주, 그리고 무엇보다 도박이 그들의 마음을 잔뜩 사로잡고 있다. 그들을 통제하는 것은 어렵지 않다. 사상경찰 몇 명을 그들 가운데 심어 놓고 위험하다고 판단되는 자를 제거해버리면 그만이다. 그렇다고 그들에게 굳이 당의 이데올로기를 가르치려 할 필요는 없다. 프롤이 강한 정치적 감정을 갖는 것은 바람직하지 않기 때문이다. 그들에게 요구되는 것은 원시적인 애국심일 뿐이다. 노동시간을 늘이거나 배급량을 줄일 때 그 애국심을 이용해 그들이 자연스럽게 호응하게 만들면 된다. 때로는 그들이 불만에 빠질 때도 있다. 하지만 그 불만이 제 방향을 잡아 표출되는 경우는 없다. 전체적인 맥락을 이해하지 못하고 사소한 것에 불평을 늘어놓기 때문이다. 따라서 그 이면의 거대한 해악을 포착하는 경우는 없다.

대부분 프롤의 집에는 텔레스크린이 없다. 경찰들도 그들의 삶에는 별로 간섭하지 않는다. 그들을 조상 대대로 내려오는 관례에 따르도록 내버려 두고 섹스에 대한 당의 청교도적인 잣대도 그들에게는 강요하지 않는다. 난잡한 성행위도 처벌받지 않고 이혼도 허락된다. 프롤들이 원했다면 종교의 자유도 허락했을지도 모른다. 그들은 의심할 가치조차 없다. 당의 슬로건에 나와 있듯이 '프롤과 동물은 자유롭다.'

윈스턴은 팔을 아래로 뻗어 조심스럽게 정맥류 궤양 부위를 긁었다. 다시 가렵기 시작한 것이다. 그는 늘 그렇듯 혁명 이전의 삶은 어땠을까 궁금했지만 언제나 실상을 알아낼 길은 없다는 결론에 도달할 수밖에 없었다. 그는 파슨스 부인에게서 빌린 어린이용 역사 교과서를 서랍에서 꺼내어 그 한 구절을 일기에 옮겨 적기 시작했다.

교과서 내용은 혁명 이전의 런던이 지금처럼 아름다운 도시가 아니었다는 말로 시작되고 있었다. 당시 모든 사람이 굶주렸으며 극심한 노동에 시달리면서도 채찍질만 맞았다는 내용, 인민들의 삶은 소수 부자들의 노예와 같은 삶이었다는 내용이 이어졌다.

그 내용의 어느 정도가 거짓일까? 어쩌면 오늘날 보통 사람들의 삶이 혁명 이전보다 훨씬 낫다는 것이 사실일지도 모른다. 그것이 사실이 아니라는 증거는 어디에도 없다. 있는 것이라고는 뼛속 깊이 느끼고 있는 무언의 항변, 지금의 생활 형편이 참을 수 없으며 전에는 분명히 달랐을 것이라는 본능적인 느낌뿐이다.

현대 생활의 가장 두드러진 특징이 잔인함이나 불안정성이 아니라 다만 그 적나라함, 추악함, 무관심이라는 사실에 그는 놀랐다. 주변에서 볼 수 있는 삶은 텔레스크린에서 쏟아져 나오는 거짓말뿐 아니라 당이 달성하려는 이상과는 닮은 점이 하나도 없었고 그 점은 프롤뿐 아니라 당원도 마찬가지였다. 당이 설정해 놓은 이상은 거대하고 찬란했지만 주변에서 보이는 것은 지하철 안 자리다툼, 구멍 난 양말 깁기, 사카린 구걸, 담배꽁초 모으기 등 사소하고 추잡하기 짝이 없는 것들이었다. 반면에 당이 설정해 놓은 이상은 강철과 콘크리트의 세계였으며 괴물 같은 기계와 가공할 무기가 그 위력을 발휘하는 세상이었다. 그 세상은 전사들과 광신자들의 땅으로서 모두 혼연일체가 되어 행진하고, 모두 같은 생각을 하며, 모두 같은 슬로건을 외치고, 끊임없이 일하고 싸우고 의기양양해 하는 곳, 이단자를 박해하는 곳, 똑같은 얼굴의 3억 인민이 사는 곳이었다.

그러나 현실은 영양실조에 걸린 사람들이 구멍 난 구두를 신고 어슬렁거리는 곳, 집에서는 늘 양배추와 오물 냄새가 나는 지저분하고 황폐한 도시일 뿐이었다. 그에게는 런던의 모습이 마치 백만 개의 쓰레기통으로 이루어진 광활한 폐허처럼 보였다. 그리고 그러한 런던의 이미지에 주름진 얼굴에 머리숱이 적은, 궁상맞게 막힌 하수구를 뚫고 있는 파슨스 부인의 모습이 겹쳐졌다.

그는 다시 손을 아래로 뻗어서 발목을 긁었다. 텔레스크린에서는 계속해서 오늘날의 국민이 오십 년 전 국민보다 더 잘 먹고, 잘 입고, 더 좋은 집에서 살며, 더 오래 살고, 더 적게 일하고, 더 건강하고, 더 행복하고, 더 지성적이며, 더 좋은 교육을 받고 있다는 증거를 통계로 보여주고 있었다. 하지만 당의 주장은 단 한 번도 증명된 적도 없었고 반론이 제기된 적도 없었다. 마치 미지의 두 항목을 놓고 비교를 하는 것과 같았다. 역사책에 쓰여 있는 것이나 사람들이 아무 의심 없이 받아들이고 있는 것들이 순전히 환상일 수 있었다.

모든 것이 안개 속인 양 흐릿해졌다. 과거는 지워졌고 지워졌다는 사실도 잊었고 거짓이 진실이 되어버렸다. 윈스턴 생애 딱 한 번 날조 행위의 구체적이고 확실한 증거를 지녔던 적이 있었다. 그는 그 증거를 그의 손가락 사이에 30초가량 지녔었다. 아마 1973년이었던 같았다. 그가 캐서린과 헤어질 무렵이었다. 하지만 그와 관련된 사건이 일어난 것은 그보다 7, 8년 전이었다.

이야기는 최초의 혁명지도자들에 대한 대숙청이 행해졌던 60년대 중반에 시작된다. 초기 혁명지도자 중 빅브라더만 제외하고는 1970년까지 목숨을 부지한 사람은 거의 없었다. 모두 배반자나 반혁명분자임이 드러났다. 골드스타인은 도망쳐서 아무도 모르는 곳에 숨어 버렸고 몇몇은 실종되었으며 대부분은 공개재판에서 죄를 자백한 뒤 처형되었다. 마지막까지 살아남은 자들 중에 존스와 아런슨과 러더포드가 있었다. 그들은 1965년에 체포되었다. 통상 그랬듯이 이들도 1년 이상 종적을 감추어서 생사를 알 수 없었다. 그런데 갑자기 모습을 드러내더니 그들의 죄를 자백했다. 그들은 적과 내통했다고 자백했고 (당시에는 유라시아가 적이었다.) 공금을 횡령했으며 당에 충성하는 당원들을 여럿 살해했다고 자백했다. 그들은 혁명이 일어나기 오래전부터 빅브라더의 지도력에 반기를 드는 음모를 꾸몄고 수백 명의 사람을 죽음에 몰아넣은 파업을 주도했다고 자백했다. 그들은 죄를 자백한 후 사면되어 당에 복귀했으며 겉만 번지르르한 한직(閑職)을 맡았다. 이들은 자신들이 왜 그런 잘못을 저지르게 되었는지 분석하고 다시는 그런 짓을 저지르지 않겠다는 장문의 비굴한 글을 「타임스」에 실었다.

그들이 석방된 지 얼마 지나지 않았을 때 윈스턴은 '마로니에 카페'에서 우연히 그들을 보았다. 윈스턴은 그들에게 호기심을 느끼지 않을 수 없었다. 윈스턴보다 훨씬 나이가 많은 그들은 당의 초창기 영웅들 중 몇 명 남지 않은 위인(偉人)들이었다. 그들에게서는 지하투쟁과 내전 시절의 신비스러운 매력이 희미하게나마 풍기고 있었다. 그렇지만 그들은 범법자였고 적이었으며 접촉하면 안 되는 인물들이었고, 일이 년 내로 완전히 사라질 것이 분명한 인물들이었다. 사상경찰의 손아귀에 걸려든 인물은 그 누구든 절대로 빠져나갈 수 없었다. 그들은 무덤으로 들어가기만을 기다리는 시체와 다름없었다.

그들 주변에는 아무도 없었다. 그런 사람들과 가까이하는 것은 현명한 짓이 아니었다. 그들은 그 카페 특산품인 정향나무 향의 진이 담긴 술잔을 앞에 두고 묵묵히 앉아 있었다. 한적한 15시였다. 윈스턴은 자신이 어쩌다 그 시간에 그 카페에 들어가게 되었는지 기억이 나지 않았다. 카페는 거의 텅 비어 있었다. 텔레스크린에서는 깡통 두드리는 것 같은 음악이 흘러나오고 있었다. 세 사람은 꼼짝도 하지 않은 채 구석 자리에 앉아 있었다. 웨이터가 주문하지도 않았는데 그들에게 잔에 든 진을 새로 갖다 주었다. 그들 옆 테이블에는 체스보드가 놓여 있었지만 아무도 체스를 두려 하지 않았다. 그런데, 약 30초 정도나 지났을까, 텔레스크린에서 무언가 변화가 생겼다. 음악 가락과 곡조가 바뀐 것이다. 뭐라 설명하기 힘든 독특한 음악이었다. 뭔가 깨지는 것 같기도 하고 당나귀 울음소리 같기도 했으며 조롱하는 것 같기도 했다. 곧이어 텔레스크린에서 노래가 흘러나왔다.

울창한 마로니에 나무 아래
나 그대를 팔고 그대는 나를 팔았네.
그들이 그곳에 누워 있고 나는 여기 누워 있다네.
울창한 마로니에 나무 아래

세 사람은 여전히 꼼짝 않고 있었다. 그런데 윈스턴이 우연히 러더포드의 쭈글쭈글한 얼굴을 보았을 때 그의 눈에는 눈물이 가득 고여 있었다. 그는 유명한 풍자 만화가였다. 아런슨도 낙담한 표정이었다. 그들의 그런 모습을 보고 윈스턴은 원인을 알 수 없는 전율을 느꼈다.

　얼마 뒤 세 사람은 다시 체포되었다. 석방되자마자 새로운 음모를 꾸몄다는 것이었다. 그들은 재판에서 죄를 모두 자백하고 처형되었다. 그리고 그들의 비극적인 종말은 당사(黨史)에 모두 기록되었다. 후세에 경고하기 위해서였다.

　그로부터 5년이 지난 어느 날 윈스턴은 압축 전송관에서 배달되어 온 서류 뭉치를 풀다가 종이쪽지를 한 장 발견했다. 다른 서류들 사이에 있다가 우연히 끼어든 것이 분명했다. 그것은 반 페이지쯤이 떨어져 나간 십 년 전의 「타임스」였다. 남은 부분이 신문 윗부분이어서 날짜를 알 수 있었다. 거기에는 뉴욕에서 열린 당 행사 사진이 실려 있었다. 사진 속 인물들 중에서 존스와 아런슨, 러더포드의 얼굴이 유난히 눈에 띄었다. 잘 못 보았을 리가 없었다. 게다가 사진 밑에는 그들 이름까지 적혀 있었다.

　그런데 주목해야 할 것은 그 세 사람이 두 번의 재판에서 바로 그날 자신들이 유라시아에 있었다고 자백했다는 사실이었다. 그들은 캐나다의 어느 은밀한 비행장에서 시베리아로 날아가 유라시아군 참모들은 만나 군사기밀을 팔아넘겼다고 자백했다. 그날은 우연히 성 요한 축일(6월 24일)이었기에 윈스턴의 뇌리에 남아 있었다. 그들의 자백은 수많은 다른 책자에 수록되어 있었다. 그렇다면 결론은 뻔했다. 자백이 허위라는 것이었다.

물론 새삼스러운 것은 아니었다. 그전에도 윈스턴은 숙청당한 사람들이 고발당한 범죄를 실제로 저질렀다고 생각하지는 않았다. 그렇지만 이 쪽지는 구체적 증거였다. 이를테면 기존의 지질학 이론을 뒤집어 버릴 수 있는 화석 같은 것이 엉뚱한 지층에서 발굴된 것과 같았다. 이것은 폐기된 과거의 한 편린이었다. 이 편린이 세상에 공포되어 그 의미가 알려진다면 당을 산산조각 낼만한 위력을 지닌 것이었다.

윈스턴은 하던 일을 계속했다. 그는 사진을 알아보고 그것이 무엇을 의미하는지 알아차리자마자 그것을 다른 종이로 얼른 덮었다. 다행히 그가 그것을 펼쳤을 때 텔레스크린에는 그 뒷면이 비쳤다. 그는 노트를 무릎에 올려놓은 채 의자를 뒤로 밀어 가능한 한 텔레스크린으로부터 몸을 멀리했다. 얼굴을 무표정하게 꾸미는 것은 어려운 일이 아니었고 호흡도 애만 쓰면 가다듬을 수 있었다. 하지만 두근거리는 가슴은 어쩔 도리가 없었다. 텔레스크린은 그런 소리를 기막히게 감지해 냈다. 그는 대략 십 분 정도 지났다고 생각했다. 그는 자신이 사진을 갖고 있다는 사실이 들통날까 봐 노심초사하다가 그것을 다른 휴지들과 함께 기억 구멍에 던져 넣었다. 이제 저 사진은 일이 분 내로 재가 되어 영원히 사라지리라. 그리하여 그 과거는 영원히 지워지리라. 과거는 이미 변조되었고 앞으로도 영원히 변조되리라. 그것이 10년, 아니 11년 전의 일이었다. 아마 지금이었다면 그는 무슨 수를 써서라도 그 쪽지를 간직했을 것이다. 그런데 당시에 손가락 사이에 그 쪽지를 쥐었다는 그 사실 자체가 그에게 변화를 불러일으켰다는 사실이 신기했다. 그는 생각했다 '이제는 사라지고 없어진 그 증거가 한 번 나타났다는 사실 자체가 당의 지배력을 약화시킬 수 있는 것일까?'

사실 윈스턴을 악몽처럼 괴롭히고 있는 것은 그렇게 과거가 지워지고 조작된다는 사실 자체가 아니었다. 그는 왜 그처럼 거대한 사기(詐欺)가 행해지는 것인지 그 이유를 분명하게 이해할 수 없어서 괴로웠다. 물론 과거를 날조함으로써 당이 즉각적으로 무슨 이익을 얻어낼 수 있는지는 분명히 알 수 있었다. 하지만 그 궁극적 동기가 무엇인지는 불가사의했다. 그는 다시 펜을 들고 일기를 썼다.

나는 방법은 안다. 그러나 그 이유는 모른다.

1984

그는 전에도 수차례 그랬던 것처럼 자신이 미치광이가 아닌지 의아했다. 아마 미치광이는 단지 소수에 불과할 것이다. 언젠가 지구가 태양 주변을 돈다고 믿는 자가 미치광이 취급을 받던 때가 있었다. 그러나 오늘날에는 과거는 변할 수 없다고 믿는 사람이 미치광이 취급을 받는다. 자기 혼자 그렇게 믿고 있는지도 모른다. 그리고 자기 혼자 그렇게 믿고 있다면 그는 미치광이이다. 하지만 자신이 미치광이일 수도 있다는 생각 때문에 괴롭지는 않았다. 그가 두려워하는 것은 자신이 잘못된 믿음을 갖고 있을지도 모른다는 사실, 바로 그것이었다.

그는 어린이용 역사책을 들고 속표지에 실린 빅브라더의 초상을 바라보았다. 두 눈이 최면을 걸듯 윈스턴의 눈을 응시하고 있었다. 마치 그 무언가 거대한 힘이 찍어 누르고 있는 것 같았다. 그 힘이 두개골을 뚫고 들어와 뇌를 강타하는 것 같았다. 그리고 신념을 위협하고 설득하여 자신의 판단으로 얻은 증거를 부인하게 만드는 것 같았다. 마침내 당은 2 더하기 2는 5라고 공포할 것이고 모두 그것을 믿게 될 것이다. 조만간 그들이 그렇게 공포하리라는 것은 명약관화한 일이다. 그들의 상황 논리는 그것을 요구하고 있다. 경험의 유효성뿐 아니라 외적인 현실의 존재마저도 그들의 철학에 의해 교묘하게 부인될 것이다. 이제 이단들의 이론이 상식이 되었다.

당신이 다른 생각을 한다고 그들이 당신을 죽이리라는 사실이 무서운 게 아니다. 그들이 옳을 수도 있다는 사실이 무서운 것이다. 도대체 2 더하기 2는 4라는 사실을 어떻게 알 수 있단 말인가? 중력이 작용하고 있다는 사실을 어떻게 알 수 있단 말인가? 과거는 변할 수 없다는 것을 어떻게 알 수 있단 말인가? 과거와 외부 세계가 오로지 마음속에서만 존재하고 마음 자체를 조종할 수 있는 것이라면? 그렇다면 어떻게 될 것인가?

하지만 아니다! 갑자기 그에게 용기가 솟아났다. 그리고 무슨 연관이 있는 것도 아니면서 갑자기 오브라이언의 얼굴이 떠올랐다. 그는 오브라이언이 자기편이라는 사실을 전보다 더 강하게 확신할 수 있었다. 그는 오브라이언을 위해서, 오브라이언을 향해서 일기를 쓰고 있었다. 그것은 아무도 읽지 않게 될 편지, 하지만 어느 특정한 사람에게 보내는, 또한 사실에 근거한 끊임없는 편지와도 같은 것이었다.

당은 눈으로 보고 귀로 들은 증거를 거부하라고 말한다. 그것이 그들의 최종적이고 핵심적인 명령이었다. 그는 자기 앞에 도열해 있는 거대한 힘을 생각하고 가슴이 덜컹 내려앉았다. 당내 지식인 그 누구라도 논쟁에서 그를 쉽게 무너뜨리리라.

그가 대답은커녕 이해조차 할 수 없는 그런 논리를 그들은 내세우리라. 하지만 나는 옳다! 그들이 틀렸고 나는 옳다! 명백한 것, 어리석은 짓, 진리는 수호되어야 한다. 자명한 것은 존재하고 그것은 진실이니, 끝까지 붙들어라! 굳건한 세상은 존재하고 그 법칙은 변하지 않는다. 돌멩이는 단단하고 물은 축축하며 허공의 물체는 지구 중심부를 향해 떨어진다. 그는 오브라이언에게 말을 걸고 있다는 느낌으로, 또한 자명한 이치를 밝힌다는 기분으로 글을 썼다.

> 2 더하기 2는 4라고 말할 수 있는 자유. 만일 그것이 허용
> 된다면 나머지는 저절로 뒤따르리라

8

길 안쪽 어디에선가 커피 끓이는 냄새가 풍겨왔다. 빅토리 커피가 아니라 진짜 커피를 끓이는 냄새였다. 윈스턴은 저도 모르게 걸음을 멈추었다. 짧은 찰나였지만 그는 반쯤 잊어버린 그의 유년기로 돌아갔다. 그런데 문이 쾅 닫히면서 커피 냄새가 마치 소리가 끊기듯 사라져버렸다.

그는 보도를 따라 몇 킬로미터를 걸었다. 정맥류 궤양이 욱신거렸다. 그는 지금 무모한 짓을 하고 있는 중이었다. 지역 공동체 센터 저녁 모임에 불참한 것이다. 3주 동안 두 번째였다. 저녁 모임 참석 여부는 꼼꼼하게 체크되었다. 원칙적으로 당원은 여가를 누릴 수 없었으며 잠잘 때를 제외하고는 절대로 혼자 있어서는 안 되었다. 일하거나 식사하거나 잠잘 때를 제외하고는 어떤 식으로라도 단체 오락에 참여해야 했다. 고독의 냄새를 풍기는 것, 심지어 혼자 산책을 하는 것도 얼마간 위험한 짓이었다. 신어로는 그런 것을 '자생(自生)'이라고 불렀다. 개인주의와 기행(奇行)을 뜻하는 단어였다.

하지만 오늘 저녁 청사 밖으로 나오자 4월의 향기가 그를 유혹했다. 하늘은 올해 들어 처음으로 따뜻한 푸른빛을 띠고 있었다. 그는 지역 모임의 시끄러움, 지겨운 게임, 강연, 진에 취해 과장되게 드러내 보이는 허울뿐인 동지애 같은 것을 참아 낼 수 없을 것 같았다. 그는 충동적으로 버스 정류장에서 발길을 돌린 다음 런던의 미로를 헤맸다. 처음에는 남쪽으로, 이어서 동쪽으로, 다시 북쪽으로, 자신이 지금 어디를 걷고 있는지도 생각하지 않은 채 그냥 낯선 거리를 걸었다.

그는 일기장에 '희망이 있다면 그것은 프롤에게 있다'라고 썼었다. 신비스러운 진실이면서 명백하게 터무니없는 그 구절이 그에게 다시 생각났다. 그는 동북 지역의 더럽고 우중충한 빈민가에 와 있었다. 더러운 몰골의 사람들이 들끓는 거리였다. 몇 사람만이 가끔 윈스턴에게 호기심과 경계심이 뒤섞인 눈초리를 던졌을 뿐 대부분 그를 거들떠보지도 않았다. 그들의 눈초리에 적개심은 들어있지 않았다. 그들의 눈초리에서 보이는 것은 낯선 동물을 대할 때와 비슷한 일종의 경계심, 순간적인 긴장감뿐이었다. 그런 거리에서 푸른 제복의 당원을 본다는 것은 흔한 일이 아니었기 때문이었다. 만약 순찰 중인 경찰에 걸리기라도 하면 그를 불러 세우고 이렇게 물을 것이다.

"동지, 신분증 좀 봅시다. 여기서 뭘 하고 있는 거요? 언제 일터에서 나왔소? 이곳이 집으로 가는 길이요……?"

낯선 길을 통해 집으로 가지 말라는 법은 없다. 하지만 만일 사상경찰이 그 이야기를 듣는다면 분명 예의주시할 것이다.

지저분한 거리를 걷다 보니 어느 집 모퉁이에 세 명의 사내가 서 있었다. 그중 한 명이 신문을 펼쳐 들고 있었고 나머지 두 명은 어깨너머로 열심히 신문을 들여다보고 있었다. 대단히 중요한 뉴스를 읽고 있는 것 같았다. 윈스턴이 곁을 지나칠 때 두 사람이 언쟁을 벌이기 시작했다. 금방이라도 주먹이 오갈 것처럼 격렬한 논쟁이었다.

"아니, 내 말 못 알아듣겠어? 지난 14개월 동안 7로 끝나는 숫자는 한 번도 없었다니까!"

"아니, 있었어!"

"없었다니까! 지난 2년 동안 당첨번호를 꼬박꼬박 적어 왔다고! 7로 끝나는 숫자는 없었어!"

1984

116

"있었어! 7도 당첨됐어! 2월, 그래, 지난 2월 둘째 주였어!"

"뭐야? 2월? 제길! 내가 분명히 적어 놨다니까! 그런 숫자는 없었어……"

"제발 그만해!" 세 번째 남자가 소리쳤다.

그들은 복권 이야기를 하고 있는 중이었다. 윈스턴은 30미 터쯤 가다가 뒤를 돌아다보았다. 그들은 여전히 열띤 말싸움을 하고 있었다. 매주 어마어마한 당첨금이 걸려 있는 복권은 프 롤들이 열렬한 관심을 보이는 공공 이벤트였다. 복권이 살아가 야 할 유일한 이유까지는 아니더라도 아주 중요한 이유는 된다 고 말하는 프롤들이 아마 수백만 명은 될 것이었다. 복권은 그 들의 기쁨이자 어리석음이었고 그들의 진통제이자 정신적인 자극제였다.

윈스턴은 풍요부에서 관장하는 복권 발매와는 아무런 연관 이 없었다. 하지만 그는 당첨금이 거의 허수(虛數)라는 것을 알 고 있었다(당원이라면 누구나 아는 사실이었다.). 실제로는 아주 소액의 당첨금만이 지급되었으며 거액의 당첨금을 받았다고 알려진 자는 실제로는 존재하지 않는 인물이었다. 오세아니아 내의 지 역 간 실제 통신망이 구축되어 있지 않았기에 그런 식의 조작 은 어려운 일이 아니었다.

윈스턴은 내리막길로 접어들었다. 전에 이 근처에 와본 적이 있는 것 같다는 느낌이 들었다. 급하게 꺾인 길을 돌아 나오자 골목으로 내려가는 계단이 나왔다. 계단에서는 사람들이 채소를 팔고 있었다. 그제야 윈스턴은 자신이 어디에 와 있는지 정확히 알 수 있었다. 그 골목은 큰길로 이어지고 다음 모퉁이를 돌아 5분쯤 내려가면 지금 일기장으로 쓰고 있는 노트를 샀던 고물상이 나온다. 그리고 그로부터 별로 멀지 않은 곳에 펜대와 잉크를 샀던 자그마한 문방구가 있다.

그는 멍한 상태에서 자신도 모르게 고물상 쪽으로 향했다. 주택들 사이에 어두침침하고 조그만 가게들이 드문드문 자리 잡고 있는 골목이었다. 그는 색이 바랜 세 개의 금속 공이 문 위에 달려있는 어느 가게 앞에 섰다. 그가 일기장을 샀던 바로 그 고물상 앞이었다.

가슴을 저리게 만들 정도의 공포가 그에게 몰려왔다. 애당초 일기장을 샀다는 사실 자체만으로도 충분히 경솔한 행동이었다. 그는 다시는 이 근처에 오지 않으리라 맹세했었다. 그런데 멍하게 방심하고 있는 사이에 두 발이 제멋대로 그를 이곳으로 이끈 것이다. 그가 일기장을 펼쳐 들고 그 무언가를 쓴 것은 바로 이런 식의 무모한 자살 충동 같은 것으로부터 자신을 보호하기 위해서였는데…… 21시 가까이 되었는데도 상점 문은 열려 있었다. 그는 보도에서 어슬렁거리는 것보다는 안으로 들어가는 것이 의심을 덜 받을 것 같다는 생각에 문을 열고 안으로 발걸음을 옮겼다. 만일 누가 물으면 면도날을 사러 왔다고 대답하면 되리라.

주인은 허약한 모습에 허리가 굽은 60대 노인이었다. 그의 긴 코는 인자한 인상을 풍겼고 온순한 눈은 두꺼운 안경 때문에 이지러져 보였다. 머리는 백발이었지만 눈썹은 아직 검고 숱이 많았다. 안경을 쓴 데다 검정 벨벳으로 만든 재킷을 입고 있었기에 어딘가 음악가나 작가 같은 지성적인 분위기를 풍기고 있었다. 목소리는 힘이 없었지만 부드러웠으며 억양은 대다수의 프롤과는 달리 품격이 있었다.

"당신이 보도에 서 있을 때 알아봤소." 노인이 그를 보자 즉각 말했다. "여성용 기념 앨범을 사 간 분이지요? 참 좋은 종이로 만든 거지. 그런 종이는 50년 동안 생산되지 않았을 거요."

그는 안경 너머로 윈스턴을 힐끗 살펴보더니 말을 이었다.

"뭐, 특별히 필요한 거라도 있습니까? 아니면 그냥 둘러보러 온 거요?"

"그냥 지나던 길이었습니다." 윈스턴이 애매하게 말했다. "특별히 원하는 건 없습니다."

"괜찮아요." 노인이 말했다. "어차피 선생 마음에 드는 물건은 없을 테니까."

그렇지 않아도 비좁은 가게 안이 더 비좁게 보일 만큼 잡동사니들이 가득 차 있었지만 조금이라도 쓸모 있는 것은 하나도 없었다. 그런데 구석의 탁자 위에 놓여 있는 물건 하나가 윈스턴의 눈길을 끌었다. 램프 불빛을 받아 부드럽게 빛나고 있는 둥글고 매끄러운 물건이었다. 윈스턴은 그것을 집어 들었다.

한쪽 면은 둥그렇고 다른 쪽 면은 평평한 반구형의 묵직한 유리 덩어리였다. 그런데 색깔이나 유리의 감촉이 마치 빗방울처럼 묘하게 부드러웠다. 게다가 그 안에는 둥근 표면 때문에 확대되어 보이는 분홍빛의 야릇한 나선형 물체가 들어있었다. 얼핏 보기에 장미꽃 같기도 했고 말미잘 같기도 했다.

"저 안에 든 게 뭐지요?" 그 물건에 혹한 윈스턴이 물었다.

"산호라는 거요." 노인이 말했다. "인도양에서 왔을 겁니다. 보통 저렇게 유리 속에 박아 둔다오. 백 년 정도는 됐을 거요. 보기에는 그보다 더 오래된 것 같지만."

"아름답네요." 윈스턴이 말했다.

"아름답지요." 노인이 동의했다. "하지만 요즘은 그런 식으로 말하는 사람이 없지."

노인이 기침을 하며 덧붙였다.

"자, 그걸 사고 싶다면 4달러만 내요. 옛날에는 8파운드에 팔리던 건데. 가만있자, 8파운드면…… 어허, 계산이 안 되네. 암튼 아주 큰돈이지. 하지만 요즘 누가 진짜 골동품에 눈길이나 주겠소. 뭐, 남아 있는 것도 거의 없지만……"

윈스턴은 즉시 4달러를 지불하고 탐내던 물건을 주머니에 넣었다. 그 물건이 아름답기 때문이기도 했지만 현재와는 다른 과거에 속하는 물건을 손에 넣는 것 같은 기분에 이끌렸던 것이다. 아마 옛날에는 종이를 눌러두는 문진(文鎭)으로 사용됐음직한 그 물건이 지금은 아무 쓸모도 없다는 것이 더욱 매력적이었다. 주머니에 그것을 넣으니 묵직하긴 했지만 겉으로 표시가 나지 않는 것이 다행이었다. 당원이 그런 물건을 지니고 다니는 것은 이상한 일이었고 의심받을 만한 행위였다. 그 무엇인가 오래된 것, 게다가 아름다운 것을 지니고 있으면 막연히나마 의심을 받았다. 윈스턴은 노인이 3달러나 2달러에도 응했을 것임을 알 수 있었다.

"위층에도 둘러보지 않겠소?" 노인이 말했다. "많지는 않지만 몇 가지 물건이 있어요. 불을 들고 한번 올라가 봅시다."

노인은 다른 램프에 불을 붙이더니 허리를 구부린 채 낡은 계단을 올라갔다. 윈스턴은 그 뒤를 따랐다. 위층으로 올라가자 노인은 좁은 복도를 지나 어느 방으로 들어갔다. 마치 방안에 누가 살고 있기라도 한 듯 가구들이 잘 정리되어 있었고 바닥에는 카펫이 깔려 있었다.

"아내가 죽기 전까지 우리는 이 방에서 지냈다오." 노인이 마치 변명이라도 하듯 말했다. "아내가 죽은 뒤 가구를 하나씩 팔아 치웠소. 저건 마호가니 침대요. 빈대가 득실거리긴 하지만 아름다운 침대지."

노인이 방 전체를 밝힐 수 있도록 램프를 높이 쳐들었다. 희미한 불빛에 비친 방이 묘하게도 윈스턴의 마음을 끌었다. 위험하기는 하겠지만 일주일에 몇 달러만 주면 이 방을 세 얻어 지낼 수도 있겠다는 생각이 들었다. 하지만 언감생심, 마음속에 떠오르자마자 얼른 팽개쳐버려야 하는 생각이었다. 그럼에도 불구하고 그 방이 그에게 일종의 향수를, 일종의 머나먼 추억을 불러일으켰다. 그는 이런 방에 앉아 있으면 어떤 기분이 들 것인지 정확하게 알 수 있을 것 같았다. 불이 활활 타오르는 벽난로 옆 안락의자에 앉아, 발을 난로 울에 걸치고 주전자를 난로 위에 올려놓은 채, 홀로, 정말로 아무 걱정 없이, 감시하는 사람도, 뒤쫓는 사람도 없이, 오로지 주전자의 물 끓는 소리와 벽시계 똑딱거리는 소리만 들으며 조용히 앉아 있는 그 기분……

"여긴 텔레스크린이 없군요." 윈스턴이 자신도 모르게 중얼거렸다.

"오, 나는 그런 건 가져본 적이 없소." 노인이 말했다. "너무 비싸잖소. 그런 게 필요하다는 생각이 든 적도 없고. 저쪽 구석에 접었다 폈다 할 수 있는 책상이 하나 있는데. 사용하려면 손을 좀 봐야겠지만 멋진 겁니다."

윈스턴은 다른 쪽 구석에 있는 책꽂이에 마음이 끌려 그쪽으로 다가갔다. 책꽂이 안에는 잡동사니들만 있었다. 다른 지역도 마찬가지였지만 그곳 프롤 지역에서도 책은 모두 몰수되거나 파기되었다. 오세아니아 어느 지역에서도 1960년 이전에 발간된 서적은 존재하지 않았다. 램프를 들고 어슬렁거리던 노인은 침대 맞은편 벽난로 옆의 벽에 걸려 있는 액자 앞에 섰다.

윈스턴이 그 그림을 보고 말했다.

"저 건물을 알고 있습니다. 이제는 폐허가 됐지요. 정의궁(正義宮) 바깥 거리에 있는 건물이지요."

"맞소. 법원 밖에 있는 건물이지. 몇 년 전에 폭격당했지요.

제1부

한때는 교회이기도 했소. 성 클레멘트 데인이라는 이름의 교회였다오."

노인은 쓸데없는 말을 지껄였다고 생각했는지 멋쩍은 미소를 지으며 덧붙여 말했다.

"오렌지와 레몬, 성 클레멘트의 종이 말하네."

"그게 무슨 뜻입니까?"

"아, 어렸을 때 부르던 노래요. 다음에는 '그대는 내게 3파딩 (1961년 폐기된 영국의 청동화폐. 1/4 페니-옮긴이 주)의 빚을 졌지. 성 마틴의 종이 말하네'라는 구절이 나온다오. 그리고 끝 구절도 생각이 나네. '그대 침실을 밝힐 촛불이 오네. 그대 목을 뎅겅 자를 도끼가 오네.' 무도곡이어서 사람들은 그 노래를 부르며 춤을 췄지."

윈스턴은 성 마틴 교회가 어디에 있었냐고 노인에게 물었다. 노인은 아직 빅토리 광장 옆에 있으며 입구가 삼각형이라고 대답했다. 윈스턴은 그 건물을 잘 알고 있었다. 지금은 각종 선전 자료들을 전시하는 일종의 박물관으로 사용되고 있는 건물이었다. 윈스턴은 성 클레멘트 교회와 성 마틴 교회가 몇 세기 건물일까, 잠시 생각해 보았다. 하지만 런던에 있는 건물들의 연대를 알아내는 것은 언제나 어려운 일이었다. 뭔가 크고 멋진 건물은 겉모양이 멀쩡히 새것 같으면 무조건 혁명 이후에 지어진 건물로 평가받았으며 오래된 낡은 건물은 무조건 '중세'라는 애매한 시기에 지어진 것으로 치부되었다. 즉 자본주의 시대에는 가치 있는 것은 아무것도 만들어내지 못했다는 것이었다. 그러니 책에서 역사에 대해 아무것도 알아낼 수 없는 것처럼 건물을 통해서도 역사를 배울 수는 없었다. 동상, 비문, 기념비, 거리 이름 등, 과거를 조명해줄 수 있는 것은 체계적으로 조작되었다.

윈스턴은 성 클레멘트 교회 그림을 사지 않았다. 유리 문진보다 간수하기 어려울 뿐 아니라 액자를 떼어내어 집으로 가져가려면 번거로우리라는 생각에서였다.

그는 방안을 어슬렁거리며 몇 분 동안 노인과 더 이야기를 나누었다. 노인의 이름은 채링턴이었다. 그는 예순세 살의 홀아비로 그 상점에서 30년 동안 살아왔다고 했다. 그의 이야기를 듣는 동안 윈스턴의 머릿속에서는 그가 불렀던 노래가 맴돌았다. '오렌지와 레몬, 성 클레멘트의 종이 말하네. 그대는 내게 3파딩의 빚을 졌지.' 마치 그의 귀에 어디선가 울리는 교회 종소리가 들리는 것 같았다. 하지만 아무리 기억을 더듬어 보아도 교회 종소리를 들어본 적은 없었다.

그는 채링턴 씨와 헤어져 혼자 계단을 내려왔다. 문 앞에서 어디로 갈 것인지 망설이는 자신의 모습을 노인에게 보이고 싶지 않아서였다. 그는 적당한 시기에, 말하자면 한 달 정도 지난 다음에 다시 한번 그의 가게에 찾아오는 모험을 감행하기로 작정했다. 그것은 저녁 모임에 빠지는 것보다는 덜 위험한 일일 것이다. 실은 일기장을 산 후에 상점 주인이 믿을만한 사람인지 아닌지도 모르는 채 그 집에 다시 찾아갔다는 사실만큼 어리석은 짓도 없었다. 하지만……!

그래, 다시 한번 찾아와야지, 라고 그는 생각했다. 그 아름다운 잡동사니들을 더 사고 싶었다. 성 클레멘트 데인의 판화를 액자에서 떼어내어 제복 윗도리 안에 숨겨 집으로 가져가고 싶었다. 채링턴의 기억 속에 남아 있는 나머지 노래 가사들을 끄집어내고 싶었다. 그리고 상점 위층의 방을 빌리겠다는 정신 나간 계획이 다시 머릿속에 번득였다. 그는 흥분한 나머지 약 5초가량 방심했던 것 같았다. 그는 밖을 살펴보지도 않은 채 거리로 나섰다. 게다가 즉흥적으로 노래까지 흥얼거렸다.

오렌지와 레몬, 성 클레멘트의 종이 말하네
그대는 내게 3 파딩의 빚을 졌지

성 마틴……

갑자기 가슴이 얼어붙는 것 같았고 간이 철렁 내려앉는 것 같았다. 푸른 제복의 사람이 10미터도 떨어지지 않은 곳에서 다가오고 있었다. 바로 픽션국에 근무하는 검은 머리의 여자였다. 어두컴컴했지만 그녀임을 쉽게 알아볼 수 있었다. 그녀는 그의 얼굴을 빤히 쳐다보더니 마치 그를 알아보지 못한 듯 지나쳐 버렸다.

윈스턴은 잠시 몸이 마비되어 꼼짝도 할 수 없었다. 그는 오른쪽으로 방향을 틀더니 자신이 길을 잘못 들었다는 것도 의식하지 못한 채 무거운 발걸음을 옮겼다. 어쨌든 한 가지 의문은 풀린 셈이었다. 그 여자가 자신을 감시하고 있다는 것은 이제 의심의 여지가 없었다. 그녀가 그를 뒤쫓아 이곳까지 온 것이 분명했다. 그렇지 않고서야 같은 날 저녁, 당원 거주지역으로부터 몇 킬로미터나 떨어진 이곳 어두컴컴한 골목을 그녀 혼자 걷는다는 것은 있을 수 없는 일이었다. 그녀가 사상경찰 요원이건 단순히 비공식적인 아마추어 정탐꾼이건 아무런 차이가 없었다. 그녀가 그를 감시하고 있다는 사실 하나만으로 충분했다.

그가 잘못 접어든 길을 되돌려 무거운 걸음걸이로 집으로 돌아왔을 때는 22시가 넘은 시각이었다. 23시 30분이면 전기는 끊길 것이다. 그는 부엌으로 들어가서 빅토리 진을 거의 찻잔 가득 부어 마셨다. 그리고는 구석에 박혀 있는 책상 앞에 앉아서 일기장을 꺼냈다. 그러나 그는 곧바로 일기장을 펴지는 않았다. 텔레스크린에서는 여자가 귀에 거슬리는 목소리로 애국가를 부르고 있었다. 그는 일기장의 대리석 무늬 표지를 뚫어지게 바라보며 의식 속에서 그 노래를 몰아내려고 애썼다. 하지만 부질없는 짓이었다.

그들이 오는 것은 밤이다. 언제나 밤이다. 그들이 체포하기 전에 자살하는 것이 최선이다. 그렇게 하는 사람도 분명히 있다. 많은 실종자들은 실은 자살한 사람들이다. 하지만 총이나 효과 빠른 독을 구하기 어려운 세상에서 자살을 하려면 엄청난 용기가 필요하다. 그는 생물학적으로 느끼는 고통과 공포가 그 얼마나 쓸모없는 것인가 하는 생각에 놀랐다. 인간의 몸은 특별한 노력이 필요한 바로 그 순간에 무기력하게 얼어붙어 버리는 배신을 행한다. 그는 재빨리 행동해서 검은 머리의 여자를 없애버리고 그녀의 입을 막아버릴 수도 있었을 것이다. 그녀의 뒤를 재빨리 쫓아가서 돌멩이로 머리를 후려치거나 주머니에 들어있는 문진으로 해치울 수도 있었을 것이다. 그러나 그는 폭력을 행사한다는 것은 생각만 해도 끔찍하다는 생각에 단념했었다. 그는 극도로 위험한 상황에 처해 있었기에 오히려 행동할 힘을 잃고 말았다. 위기의 순간에 싸워야 할 것은 외부의 적이 아니라 바로 자기 자신의 몸이라는 사실에 그는 충격을 받았다. 지금도, 진을 마셨음에도 불구하고 배에서 느껴지는 통증이 그의 생각을 계속 방해했다. 겉보기에 영웅적인 상황이건 비극적인 상황이건 사태는 마찬가지라는 것을 그는 깨달았다. 전쟁터에서건 고문실에서건 침몰하는 배 안에서건 인간은 싸워야 할 진정한 상대가 무엇인지 잊는다. 육체가 우주 전체를 그 안에 채울 때까지 부풀어 오르기 때문이다. 두려움에 얼어붙거나 고통으로 비명을 지를 수밖에 없는 상황에 처해 있지 않더라도 마찬가지이다. 삶은 굶주림이나 추위, 불면증에 맞서서 싸우는, 위통과 치통에 맞서서 싸우는 순간, 순간의 연속일 뿐이다.

윈스턴은 일기를 펼쳤다. 무엇이든 써 내려가는 것이 중요했다. 텔레스크린 속의 여자는 새로운 노래를 부르고 있었다. 그녀의 목소리가 날카로운 유리 조각처럼 그의 뇌리에 박히는 것 같았다. 그는 오브라이언 생각을 하려고 애썼다. 그를 위해서, 혹은 그를 향해서 일기를 쓰고 있는 것 아닌가? 하지만 오브라이언 대신 사상경찰이 그를 체포한 뒤에 자신에게 일어날 일이 뇌리에 떠올랐다. 당장에 사형에 처한다면 아무 문제될 게 없다. 어차피 사형은 예정되어 있는 일이다. 하지만 처형되기 전에 자백 과정을 반드시 거쳐야만 한다(누구나 그 사실에 대해 알고 있었지만 아무도 그에 대해서는 이야기하지 않았다.). 바닥에 넙죽 엎드려 살려달라고 소리를 지르고 뼈가 부서지도록 얻어맞고 이는 으스러지고 머리카락은 피로 엉겨 붙을 것이다. 언제나 끝은 똑같을 것이건만 왜 그런 일을 겪어야 한단 말인가? 왜 며칠, 혹은 몇 주일 안에 생을 마감할 수 없단 말인가? 그 누구도 발각되지 않을 수 없고 그 누구도 자백하지 않을 수 없다. 일단 사상범으로 낙인찍히면 정해진 날짜에 죽게 되어있다. 그런데 왜 이런 공포가, 그로 인해 바뀔 것은 아무것도 없는 그런 공포가 미래 시간 속에 놓여 있단 말인가?

그는 다시 오브라이언의 모습을 떠올리려 애써 보았다. 이번에는 어느 정도 성공할 수 있었다. 오브라이언은 "우리는 어둠이 없는 곳에서 만날 겁니다"라고 윈스턴에게 말했다. 그는 그것이 무슨 의미인지 알았다. 혹은 안다고 생각했다. 어둠이 없는 곳이란 상상 속의 미래이리라. 누구도 한 번도 본 적이 없지만 예지의 힘으로 누구나 신비스럽게 동참할 수 있는 그런 세계…… 하지만 계속 그의 귀에 대고 앵앵거리는 텔레스크린 소리 때문에 생각을 이어갈 수 없었다. 그는 담배를 입에 물었다. 오브라이언 대신 빅브라더의 얼굴이 떠올랐다. 며칠 전에 그랬듯이 그는 주머니에서 동전을 꺼내 가만히 들여다보았다. 묵직하고 조용한 그 얼굴이, 마치 보호자와 같은 그 얼굴이 그를 올려다보고 있었다. 그 검은 콧수염 밑에 어떤 미소가 숨겨져 있는 것일까? 마치 묵직한 조종(弔鐘)처럼 슬로건이 다시 그에게 떠올랐다.

전쟁은 평화다
자유는 예속이다
무지는 힘이다

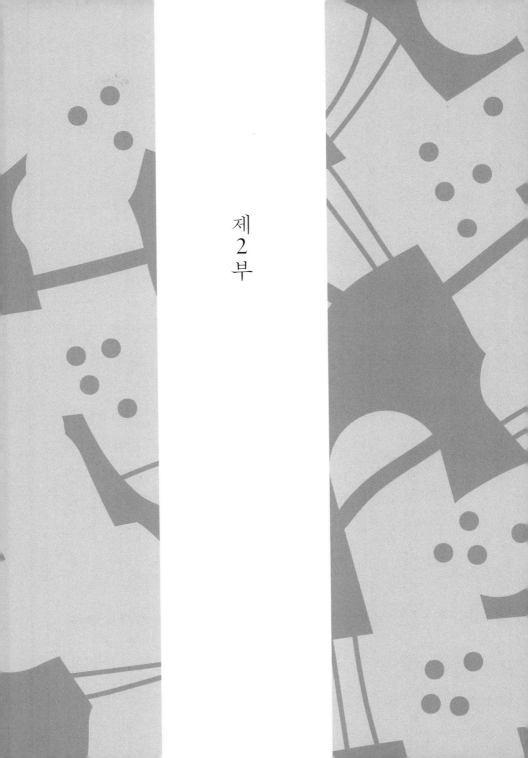

제
2
부

1

아침에 윈스턴은 화장실에 가기 위해 사무실에서 나왔다.

환하게 불이 켜진 긴 복도 끝에서 어떤 사람이 그를 향해 다가오고 있었다. 검은 머리의 여자였다. 그날 저녁 고물상 앞에서 그녀와 마주친 지 나흘이 지났다. 여자가 가까이 다가왔을 때 그는 그녀의 오른팔에 붕대가 감긴 것을 알 수 있었다. 붕대의 색깔이 제복 색깔과 같아서 멀리서는 알아볼 수 없었다. 아마 소설 줄거리의 뼈대를 만들어내는 커다란 만화경이 돌아갈 때 손을 다친 모양이었다. 픽션국에서는 흔히 벌어지는 일이었다.

둘 사이의 거리가 4미터 정도 되었을 때였다. 그녀가 갑자기 비틀거리다가 그대로 넘어지며 날카로운 비명을 질렀다. 다친 팔 쪽으로 넘어진 것이 분명했다. 윈스턴은 우뚝 멈춰 섰다. 여자가 무릎을 꿇고 일어섰다. 얼굴이 누르스름한 우윳빛으로 변해 있었기에 입술이 전보다 더 붉어 보였다. 그녀의 눈이 고통보다는 공포에 가까운 빛을 띠고 그를 응시하고 있었다.

묘한 감정이 윈스턴의 마음을 흔들었다. 자신 앞에 자기를 죽이려는 적(敵)이 있었다. 동시에 뼈를 다쳐 고통스러워하는 한 인간이 앞에 있었다. 그는 본능적으로 그녀를 돕기 위해 그녀 쪽으로 다가갔다. 그녀가 붕대를 감은 팔 쪽으로 넘어지는 순간 그는 마치 자신의 몸을 다치기라도 한 것 같은 느낌이 들었던 것이다.

"다쳤습니까?" 윈스턴이 물었다.

"괜찮아요. 팔이 좀…… 곧 나을 거예요."

심장이 마구 두근거리는 듯한 말투였다. 안색이 더할 나위 없이 창백해져 있었다.

"뼈가 부러지지는 않았나요?"

"아뇨, 괜찮아요. 그냥 잠시 아팠을 뿐이에요."

그녀가 성한 팔을 내밀자 윈스턴이 그녀를 부축해 일으켰다. 안색이 조금 전보다 한결 나아 보였다.

"괜찮아요." 그녀가 되풀이 말했다. "손목에 충격을 약간 받았을 뿐이에요. 고맙습니다, 동지!"

그런 후 그녀는 마치 아무 일도 없었다는 듯 가려던 방향으로 걸어갔다. 그 모든 것이 단 30초 만에 벌어진 일이었다. 감정을 얼굴에 드러내지 않는 버릇을 마치 본능처럼 습득하고 있었기에 누구든 무슨 일이 일어나도 텔레스크린 앞에서 태연히 서 있을 수 있었다. 하지만 그가 그녀를 도와 일으켜 세우려는 순간 그녀가 무언가 그의 손에 건네준 것을 알았을 때, 아주 짧은 순간이었지만 그는 놀라움을 감출 수 없었다. 그녀가 의도적으로 그런 행동을 했다는 것은 의심의 여지가 없었다. 뭔가 작고 납작한 것이었다. 그는 화장실 안으로 들어가면서 그것을 주머니에 넣고는 손으로 만져보았다. 네모 모양으로 접힌 종이쪽지였다.

그는 오줌을 누면서 손가락으로 주머니 속의 종이쪽지를 폈다. 무언가 메시지가 적혀 있는 것이 분명했다. 그는 대변보는 칸으로 들어가서 읽어볼까 생각하다가 포기했다. 텔레스크린의 감시가 그곳만큼 집요한 곳도 없었다.

자리로 돌아온 그는 종이쪽지를 되는대로 책상 위 다른 서류들 사이로 던지고는 안경을 끼고 구술기록기를 자기 쪽으로 잡아당겼다. 심장이 마구 뛰었다.

쪽지에 무슨 내용이 적혀 있든 정치적 의미를 띤 것이 분명했다. 그는 두 가지 가능성이 있다고 생각했다. 그중 가장 그럴 듯한 것은 그가 의심하던 대로 그녀가 사상경찰이리라는 것이 었다. 왜 그런 식으로 쪽지를 전달했는지 모르겠지만 나름대로 이유가 있을 것이다. 아마 협박이나 소환한다는 내용, 혹은 자살하라는 명령이 적혀 있으리라. 어쩌면 모종의 함정일지도 모른다.

그런데 아무리 억누르려 해도 다른 또 하나의 가능성이 자꾸 고개를 들었다. 그 메시지가 사상경찰로부터 온 것이 아니라 지하단체로부터 왔을 수도 있으리라는 가능성이었다. 그렇다면 '형제단'이 실제로 존재하는지도 모른다! 그녀가 그 일원인지도 모른다! 물론 터무니없는 생각일 것이다. 그래도 그 쪽지를 받는 순간 문득 그런 생각이 드는 것을 어쩔 수 없었다. 그 메시지가 죽음을 의미한다는 생각, 그러면서도 그 사실을 믿으려 하지 않는 마음 등이 갈등을 일으켜 그의 가슴은 터질 것 같았다. 그는 구술기록기에 대고 숫자를 중얼거리면서 목소리가 떨리지 않게 하려고 무진 애를 써야만 했다.

그는 작업을 끝낸 서류 뭉치를 압축 전송관에 밀어 넣었다. 8분이 지났다. 그는 안경을 치켜올리며 한숨을 내쉬고는 다음 일거리를 끌어당겼다. 종이쪽지는 그 위에 놓여 있었다. 그는 그것을 펴보았다. 그 위에는 정서(正書)되지 않은 큰 글씨가 적혀 있었다.

당신을 사랑해요.

그는 잠시 동안 너무 넋이 빠져 그 위험한 물건을 기억 구멍에 넣는 것조차 잊고 있었다. 그 쪽지에 지나친 관심을 보이는 것이 위험한 일인 줄 알면서도 그는 그 글을 다시 한번 읽어보지 않을 수 없었다. 그 글이 정말 거기 적혀 있는지 확인하고 싶어서였다.

그는 오전 내내 일을 제대로 할 수가 없었다. 무엇보다 텔레스크린에 마음의 동요를 감추는 것이 너무나 힘들었다. 그는 점심시간만이라도 혼자 있고 싶었다. 하지만 바보 같은 파슨스가 땀 냄새를 풍기며 증오주간 준비에 대해 장광설을 늘어놓는 바람에 짜증이 나는 것을 어쩔 수 없었다. 하지만 절대로 짜증을 내는 모습을 보여서는 안 된다는 것이 더 힘든 일이었다.

오후에는 좀 나았다. 현재 의혹에 싸여 있는 어느 고위당원의 평판을 떨어뜨리기 위해 2년 전의 생산보고서를 날조하는 복잡한 일을 해야 했고 그 일에 두 시간 동안 몰두해 있느라 여자 생각을 잊을 수 있었다.

근무 뒤에 그는 맛없는 저녁을 먹어 치운 후 '지역 공동체 센터' 야간 집회에 참석했다. 모임은 지루하기 짝이 없었지만 그는 그날 저녁 그 집회에서 빠져나가겠다는 생각을 한 번도 하지 않았다. '*당신을 사랑해요*'라는 글을 보는 순간 살아남아야겠다는 욕망이 솟구쳐 올랐고 제아무리 사소한 것일지라도 위험한 짓을 저지르는 것은 어리석게 여겨졌다. 그는 23시가 되어서야 집으로 와서 침대에 누웠다. 어둠 속에서는 소리를 내지 않고 얌전히 있는 한 텔레스크린으로부터 안전했다. 그는 마음 놓고 생각에 잠길 수 있었다.

해결해야 할 실질적인 문제가 있었다. 어떻게 그 여자와 접촉해서 만날 약속을 하느냐는 문제였다. 그는 그녀가 자신에게 함정을 판 것인지도 모른다는 생각은 이제 전혀 하지 않았다. 그녀가 쪽지를 건네줄 때 흥분해 있던 모습으로 보아 절대로 그럴 리 없다는 것을 그는 알고 있었다. 분명 그녀는 정신을 잃을 정도로 두려워하고 있었다. 그에게는 그녀를 물리치고 싶은 생각이 추호도 없었다. 불과 닷새 전만 해도 그는 돌멩이로 그녀의 머리를 후려칠 생각을 했었다. 하지만 이제 그런 건 하나도 중요하지 않았다. 그는 꿈속에서 보았던 그녀의 벌거벗은

제2부

139

젊은 육체를 떠올렸다. 그는 그녀 역시 다른 사람들처럼 멍청하리라고, 그녀의 머릿속에는 거짓과 증오만이, 뱃속에는 얼음만이 차 있을 것이라고 생각했었다. 하지만 지금은 그녀를 잃을지도 모른다는, 그 젊고 하얀 육체가 자신으로부터 달아나버릴지도 모른다는 생각에 몸이 후끈 달아올랐다. 한시라도 빨리 그녀와 접촉하지 않으면 그녀가 변할지도 모른다는 사실이 그 무엇보다 두려웠다. 하지만 그녀와 만나려면 어마어마한 어려움이 앞에 놓여 있었다. 그는 그녀와 만날 수 있는 수많은 방법을 머리에 떠올리고는 마치 탁자 위에 늘어놓은 물건을 고르듯 하나씩 검토해 나갔다.

그는 그녀가 픽션국에 근무한다는 것만 알고 있을 뿐 그녀에 대해 알고 있는 것이 아무것도 없었다. 그녀가 어디 사는지 몇 시에 퇴근하는지도 몰랐다. 픽션국에 무턱대고 들어가서 그녀를 찾는다는 건 말도 안 되는 일이었고 청사 밖에서 어슬렁거리다가 그녀의 뒤를 따라가 그녀의 집을 알아내는 것도 안전한 방법이 아니었다. 분명 남의 눈에 띌 것이 분명했다. 그렇다고 편지를 써서 보내는 방법은 아예 생각조차 할 필요가 없었다. 모든 우편물은 배달 전에 개봉되어 검열을 받는 것이 관례였다. 사정이 그렇다 보니 실제로 편지를 쓰는 사람은 거의 없

1984

었다. 결국 그는 식당에서 만나는 것이 가장 안전한 방법이리라고 생각했다. 만약 텔레스크린에서 비교적 멀리 떨어진 곳에 그녀가 혼자 앉아 있을 때 핑곗거리를 만들어 그녀 곁으로 갈 수만 있다면 시끄러운 소음을 틈타 짧은 시간이라도 몇 마디 말을 나눌 수 있으리라.

그로부터 일주일 동안 그는 마치 계속 꿈속을 헤매는 것 같은 나날들을 보냈다. 다음 날 그는 그녀를 식당에서 보았다. 하지만 그녀는 그가 식당을 나설 때 식당에 들어섰다. 그녀의 교대 시간이 바뀐 모양이었다. 다음 날은 일과 시간에 맞춰서 그녀가 나타났지만 다른 여자 셋과 함께였고 게다가 바로 텔레스크린 앞이었다. 이어지는 사흘 동안 그녀는 식당에 모습을 보이지 않았다. 그의 심신은 참을 수 없을 정도로 예민해져서 접하는 모든 동작과 소리, 접촉하는 것, 듣는 말들이 모두 견딜 수 없을 정도로 고통스러웠다. 심지어 잠을 잘 때도 그녀의 환영으로부터 자유롭지 못했다. 일기장에도 손을 대지 않았다. 위안이 될 수 있는 것은 오로지 일 뿐이었다.

그녀가 증발했거나 자살했을 수도 있다는 가장 불길하고 절망적인 생각마저 들었을 때 그녀가 다시 나타났다. 팔에서 붕대를 풀고 반창고만 붙인 채였다. 하지만 그날도 그는 그녀에게 말을 걸지 못했다. 그다음 날은 그녀가 멀찌감치 혼자 앉아 있는 모습을 보고 윈스턴은 그녀에게 다가가려 했다. 하지만 그의 등 뒤에서 누군가 그의 이름을 부르는 바람에 포기해야 했다. 바보 같은 얼굴의 윌셔라는 청년이었다. 그가 부르는데 거절하고 다른 식탁으로 가는 것은 위험한 일이었다.

다음 날 그는 평소보다 일찍 식당으로 갔다. 그녀는 어제 그 자리에 혼자 앉아 있었다. 전날 윈스턴이 그쪽으로 오던 모습을 보았던 것이 틀림없었다. 배식을 받은 후 윈스턴은 두근거리는 가슴을 억제하며 그 여자의 식탁 앞에 앉았다.

그는 그녀를 쳐다보지 않았다. 그는 쟁반을 내려놓고 급히 음식을 먹었다. 누군가 오기 전에 재빨리 말을 해야만 했다. 하지만 그는 두려움에 사로잡혀 있었다. 그녀가 먼저 접근해온 지 일주일이 지났다. 그녀의 마음이 바뀌었는지도 모른다. 아니, 분명히 바뀌었을 것이다! 이런 일이 성공적으로 끝날 리 없다. 이런 일은 실제 삶에서는 일어나지 않는다! 만일 귀에 털이 많은 시인 앰플포스가 쟁반을 든 채 앉을 곳을 찾으려고 서성이는 모습이 눈에 들어오지 않았다면 그는 끝내 그녀에게 말 한마디 하지 못했을지도 모른다. 어렴풋이나마 앰플포스는 윈스턴에게 애착심을 지니고 있었다. 윈스턴이 눈에 띄게 되면 그는 분명히 이쪽 테이블로 올 것이다. 행동할 수 있는 시간은 일 분 정도밖에 없는 셈이었다. 윈스턴이 낮게 중얼거리며 말을 걸었다. 윈스턴과 그녀는 강낭콩으로 만든 스튜를 떠먹으면서 서로 얼굴을 쳐다보지도 않은 채 감정이 전혀 담기지 않은 어조로 몇 마디 필요한 말을 교환했다.

"몇 시에 일이 끝납니까?"

"18시 30분이요."

"어디서 만날 수 있을까요?"

"빅토리 광장이요, 기념비 근처."

"사방에 텔레스크린이 있는데요."

"사람들이 많으면 상관없어요."

"무슨 신호라도?"

"아뇨, 그럴 필요 없어요. 제가 사람들 틈에 끼어들기 전에는 가까이 오지 마세요. 그리고 저를 보지도 마세요. 그저 가까운 곳에 계시면 돼요."

"몇 시에?"

"19시요."

"알았어요."

앰플포스는 윈스턴을 보지 못하고 다른 식탁에 앉았다. 여자는 식사를 재빨리 끝내고 자리에서 일어났고 윈스턴은 담배를 피우며 잠시 앉아 있었다.

윈스턴은 약속된 시간이 되기 전에 빅토리 광장으로 갔다. 그는 거대한 돌기둥의 받침대 주위를 어슬렁거렸다. 돌기둥 꼭대기에는 빅브라더의 동상이 서 있었다. 약속 시각이 5분이 지났건만 여자의 모습은 보이지 않았다. 윈스턴은 다시 두려워졌다. 그녀는 오지 않는다. 그녀의 마음이 변했다! 그는 교회 건물을 바라보며 마음을 진정시키려 애썼다. 바로 그때 기념비 받침대 주변에 서 있는 그녀의 모습이 그의 눈에 들어왔다. 그녀는 돌기둥에 붙어 있는 포스터에 눈길을 주고 있었다. 더 많은 사람들이 모여들기 전에 그녀에게 접근하는 것은 위험한 일이었다. 사방 건물 박공마다 텔레스크린이 있었다. 순간 어디선가 떠들썩한 소리가 나더니 왼쪽 어디에선가 대형 트럭들 엔진 소리가 들려왔다. 사람들이 광장을 건너 그쪽으로 뛰어가는 모습이 보였다. 그 여자도 기념비 받침대 위의 사자상을 돌아 재빨리 군중 틈에 섞였다. 윈스턴도 따라갔다. 유라시아 포로들을 수송하는 트럭 행렬이 지나가고 있다는 것을 윈스턴은 사람들이 떠드는 소리를 통해 알 수 있었다.

이제 발 디딜 틈도 없이 수많은 군중들이 광장 남쪽으로 몰려들고 있었다. 윈스턴은 사람들을 헤집고 들어가 팔을 뻗으면 닿을 수 있는 거리까지 그녀에게 접근했다. 둘은 어깨를 나란히 하고 앞쪽만 바라보았다.

　이윽고 트럭들이 지나가자 사람들은 고함을 지르며 구경하느라 온통 정신이 팔려있었다. 하지만 윈스턴은 트럭에 눈길조차 주지 않았다. 정신이 온통 다른 곳에 가 있었기 때문이었다. 그녀의 어깨와 오른쪽 팔꿈치가 그의 몸에 닿았다. 그녀의 뺨이 체온이 느껴질 정도로 가까이 있었다. 그녀는 식당에서와 마찬가지로 그 상황을 재빨리 이용했다. 그녀는 그때처럼 표정없이 거의 입술만 움직이며 중얼거리듯 말했다. 그녀의 목소리는 거리의 소음과 덜컹거리는 트럭 소리에 묻혀서 다른 사람들에게는 전혀 들리지 않았다.

　"제 말 들리세요?"

　"네."

　"일요일 오후에 나올 수 있으세요?"

　"네."

　"그렇다면 잘 들으세요. 기억해 두셔야 해요. 패딩턴 역으로 가서……"

제2부

145

그녀는 마치 군인처럼 놀라울 정도로 정확하게 그가 찾아가야 할 길을 일러주었다. 30분간 기차를 타고 갈 것, 역사 밖으로 나오면 왼쪽으로 방향을 잡고 2킬로미터 길을 따라 걸어갈 것, 문설주가 없는 문이 나타나면 그 문을 지나 들판을 가로지를 것, 이어서 풀이 무성한 오솔길을 지나 관목들 사이의 샛길로 접어들 것, 그러면 이끼가 끼어 있는 고목이 있음. 마치 그녀의 머릿속에 지도가 그려져 있는 것 같았다.

"전부 기억할 수 있어요?"

길을 일러준 뒤 그녀가 나지막이 중얼거렸다.

"네"

"먼저 왼쪽으로, 이어서 오른쪽, 다시 왼쪽, 이어서 문설주 없는 문."

"알겠어요. 그런데 몇 시에?"

"15시쯤에요. 좀 기다리셔야 할지도 몰라요. 저는 다른 길로 갈 거예요. 분명히 다 기억하실 수 있지요?"

"네"

"그럼 어서 빨리 제 곁을 떠나세요."

하지만 그들은 몰려든 군중들 틈에 꽉 끼어 옴짝달싹할 수도 없었다. 순간 그녀의 손이 그의 손을 더듬는 듯하더니 갑자기

1984

146

꽉 쥐었다가 놓았다.

아마 채 10초도 안 되는 순간이었을 것이다. 하지만 아주 오랫동안 손을 맞잡고 있었던 것만 같았다. 그 짧은 시간에 그는 그녀의 손 세세한 부분까지 모두 알 수 있었다. 그는 그녀의 긴 손가락, 맵시 있는 손톱, 힘든 일로 못이 박혀 있는 손바닥, 손목 아래 부드러운 살결 등을 단번에 탐사했다. 잠시 손으로 느낀 것뿐인데도 눈으로 본 것처럼 훤히 알 수 있을 것 같았다. 동시에 그는 갑자기 그녀의 눈동자 색을 자신이 모르고 있다는 데 생각이 미쳤다. 아마 갈색이리라. 하지만 머리가 검은 사람이 푸른 눈동자인 경우도 있다. 고개를 돌려 그녀의 얼굴을 바라보는 것은 정말 어리석은 짓이리라. 그들은 군중들 틈에 끼어 남의 눈에 띄지 않게 손을 맞잡고 앞쪽만 바라보았다. 지나가는 포로 수송 차량의 한 늙은 포로 한 명이 슬픈 듯한 눈으로 윈스턴을 바라보고 있었다.

2

윈스턴은 빛과 그늘이 얼룩져 있는 오솔길로 접어들었다. 왼쪽 들판에는 블루벨꽃이 지천으로 피어 있었다. 대기가 피부에 입을 맞추는 것 같았다. 5월 2일이었다. 깊은 숲속 어디에선가 산비둘기 구구대는 소리가 들렸다.

윈스턴은 약속보다 조금 일찍 도착했다. 이곳까지 오는 데 별다른 어려움은 없었다. 그 여자가 이미 경험이 있음이 분명했기에 여느 때처럼 두렵지도 않았다. 그녀가 어디 안전한 장소를 찾아놓았다고 믿을 수 있을 것 같았다.

일반적으로 시골이 런던보다 안전하다고 생각할 수는 없었다. 물론 시골에는 텔레스크린이 없다. 그러나 어딘가 마이크가 숨겨져 있어서 목소리로 신분이 들통날 수 있었다. 게다가 남의 주목을 받지 않은 채 혼자 여행한다는 것은 쉬운 일이 아니다. 100킬로 미만의 거리를 이동할 때는 여권에 도장을 받을 필요가 없었지만 역 근처를 순찰하는 경찰 눈에라도 띄면 당원증을 조사받고 귀찮은 질문 공세에 시달릴 수도 있었다. 그런데 다행히 경찰은 눈에 띄지 않았고 역에서 내려 걸어오는 동안 뒤를 돌아보았지만 미행하는 사람도 없었다.

오솔길이 넓어졌고 조금 더 가자 그녀가 말한 대로 관목 숲 사이에 샛길이 나타났다. 시계가 없었지만 아직 15시는 되지 않은 게 분명했다. 발아래 블루벨꽃 천지였다. 그는 무릎을 꿇고 꽃을 꺾었다. 시간도 보낼 겸 그녀에게 꽃다발을 만들어주고 싶다는 생각이 문득 들었던 것이다. 그는 제법 커다란 꽃다발을 만든 후 그 은은한 냄새를 맡았다. 그때 등 뒤에서 무슨 소리가 들렸다. 그는 몸이 얼어붙는 것 같았다. 나뭇가지 밟는 소리가 분명했다. 그는 계속 블루벨꽃을 꺾었다. 그것이 최선이었다. 그 여자인지도 모르지만 혹시 미행을 당했는지도 모른다. 뒤를 돌아보는 것은 죄를 자백하는 것과 같은 짓이다. 그는 꽃을 한 송이, 또 한 송이 꺾었다. 누군가의 손이 그의 어깨를 가볍게 건드렸다.

그는 고개를 들었다. 그 여자였다. 그녀는 아무 말도 하지 말라는 듯 고개를 젓더니 관목 숲을 헤치고 숲 사이 좁은 샛길로 재빨리 걸어갔다. 자신 있는 걸음걸이로 보아 전에 이미 와본 적이 있음이 분명했다. 윈스턴은 꽃다발을 꼭 쥐고 그녀를 따라갔다. 이윽고 그녀가 말했듯 이끼 긴 고목이 쓰러져 있는 모습이 보였다. 그녀는 나무를 가볍게 뛰어넘어 관목 숲을 헤집고 들어갔다. 윈스턴은 그녀의 뒤를 따랐다. 허리에 두른 진홍색 띠로 인해 곡선이 선명하게 드러난 그녀의 엉덩이와 날씬한 몸을 보자 갑자기 자신의 꾀죄죄한 몰골에 대해 열등감이 느껴졌다. 지금이라도 그녀가 돌아서서 자기를 쳐다본다면 뒷걸음질을 칠 것만 같았다. 그녀가 이런 훤한 대낮에 자신의 모습을 본 적이 없을 것이라는 생각에 그는 더욱 기가 꺾였다.

이윽고 자연적으로 형성된 공터가 나타났다. 잔디가 깔린 작은 언덕 같은 곳으로서 큰 키의 어린나무들에 둘러싸여 완벽하게 숨겨진 장소였다.

"다 왔어요." 그녀가 걸음을 멈추고 뒤를 돌아보며 말했다.

그녀는 몇 걸음 떨어진 곳에서 그녀와 마주 보고 섰다. 그녀에게 다가갈 용기가 나지 않았다. 그녀가 말을 이었다.

"저기 샛길에서는 말을 할 수가 없었어요. 마이크가 숨겨져 있을지도 모르거든요. 있을 것 같지는 않지만 혹시 모르잖아요.

그 돼지 같은 놈들이 우리 목소리를 알아낼지도 몰라요. 하지만 여기는 괜찮아요."

그는 여전히 그녀에게 다가갈 용기가 나지 않았다.

"여기는 괜찮다고요?" 그는 바보처럼 그녀의 말을 되받았다.

"그럼요. 저 나무들을 보세요."

공터를 둘러싸고 있는 물푸레나무들은 사람 허리보다 가늘었다. 벌목되었다가 다시 자라난 것 같았다.

그녀가 다시 말했다.

"마이크를 숨길만큼 큰 나무들은 없어요. 게다가 저는 전에도 이곳에 와봤거든요."

윈스턴은 그제야 그녀 곁으로 갈 수 있을 것 같았다. 블루벨 꽃이 바닥에 우수수 떨어졌다. 마치 꽃들끼리 땅으로 떨어지기로 합의를 본 것 같았다. 그는 그녀의 손을 잡았다.

그가 그녀에게 말했다.

"지금껏 내가 당신의 눈이 무슨 색깔인지 몰랐다면 믿을 수 있겠어요?"

그녀의 눈동자는 밝은 갈색이었다. 그가 계속 말했다.

"내 모습을 이제야 비로소 똑바로 보았을 텐데 그래도 나를 상대할 마음이 듭니까?"

"그럼요."

"나는 서른아홉 살이요. 도저히 떼어낼 수 없는 아내도 있소. 게다가 정맥류 궤양도 앓고 있고. 의치도 다섯 개나 해 박았소."

"상관없어요." 여자가 말했다.

다음 순간, 누가 먼저랄 것도 없이 둘은 서로 껴안고 있었다. 윈스턴은 도저히 믿을 수 없다는 느낌뿐이었다. 젊고 발랄한 여자의 몸이 그의 몸에 꼭 붙어 있고 검은 머리카락이 그의 얼굴을 간질이고 있었다. 정말이었다! 정말로 그녀가 고개를 쳐들고 있었고 그는 그녀의 크고 붉은 입술에 키스하고 있었다. 게다가 그녀는 그의 목을 껴안고 내 사랑, 소중한 사람이라고 속삭이고 있었다. 그는 그녀를 풀밭에 눕혔다. 그녀는 순순히 시키는 대로 했다. 그는 무슨 짓이건 하고 싶은 대로 할 수 있었다. 하지만 그는 그냥 그녀를 껴안는 것 외에는 아무런 육체적 욕망을 느낄 수 없었다. 그저 지금 그대로 모든 것이 믿을 수 없고 자랑스러울 뿐이었다. 이런 일이 일어날 수 있었다는 사실이 기쁠 뿐 욕정은 일지 않았다. 너무 급작스레 젊고 아름다운 몸이 그에게 주어져 놀라웠고 게다가 여자 없이 살아온 세월에 익숙해져 있었기 때문이었다. 그녀가 몸을 일으키더니 머리카락에 붙은 블루벨꽃을 털어냈다. 그리고는 팔로 그의 허리를 두르고 그에게 기대어 앉았다.

"자기, 괜찮아요. 서두를 것 없어요. 오후 내내 시간이 있잖아요. 여기 정말 멋진 밀회 장소지요? 단체 행군 때 길을 잃었다가 우연히 발견했어요. 만일 누가 온다면 100미터 밖의 발자국 소리도 다 들려요."

"당신 이름이 뭐지요?"

"줄리아예요. 당신 이름은 알아요. 윈스턴이지요? 윈스턴 스미스."

"어떻게 알아낸 거요?"

"뭔가 알아내는 데는 내가 자기보다 훨씬 나을 거예요. 내가 당신에게 쪽지를 전해주기 전에 저에 대해서 어떻게 생각하고 있었는지 말해 줄래요?"

그는 그녀에게 거짓말을 하고 싶지 않았다. 기분 좋지 않은 말로부터 시작되는 사랑도 있는 법이리라.

"당신을 보기만 해도 증오했소." 그가 말했다. "당신을 강간하고 죽이고 싶었소. 이 주일 전에는 돌멩이로 당신의 머리를 후려칠까 하는 생각까지 했소. 솔직히 말해서 당신이 사상경찰과 무슨 관련이 있다고 생각했소."

그녀가 밝게 웃었다. 자신의 위장술이 아주 훌륭했다는 생각에서였으리라.

"제 말과 행동이 그랬으니 당연하지요. 제가 꼬투리라도 잡으면 당신을 사상범으로 고발해서 처형시키리라고 생각했어요?"

"그래요, 그런 식으로 생각했소. 당신도 알다시피 대부분 여자들이 그렇지 않소?"

"이것 때문에 더 그렇게 생각했겠네요." 그녀가 '안티 섹스 주니어 연맹'의 진홍색 허리띠를 풀어 나뭇가지에 걸면서 말했다.

"사실 겉보기에는 저는 그런 부류의 여자예요. 게임도 잘하고 스파이단 리더이기도 해요. 일주일에 사흘은 '안티 섹스 주니어 연맹' 일을 자발적으로 하기도 해요. 그 말도 안 될 정도로 살벌한 표어들을 붙이러 몇 시간이고 런던을 돌아다니기도 하고요. 행진할 때는 늘 깃발을 잡아요. 언제나 명랑해 보이고 무슨 일이든 열심이에요. 군중들하고 있을 때면 언제나 고함을 질러요. 안전하게 지내기 위한 유일한 방법이니까요."

윈스턴은 정말로 궁금하던 것을 물었다.

"당신은 젊소. 나보다 열 살이나 열다섯 살은 젊은 것 같소. 그런데 왜 나 같은 남자에게 끌린 거요?"

"당신 얼굴에서 뭔가를 봤어요. 기회가 왔다고 생각했죠. 나는 당에 충성하지 않는 사람을 꼭 집어낼 수 있어요. 당신을 보자마자 그놈들에게 저항하고 있는 걸 알 수 있었어요.”

　그놈들이란 당원, 특히 내부당원을 말하는 것 같았다. 그는
이곳보다 안전한 곳은 없으리라고 생각하면서도 그들을 노골
적으로 비웃고 증오하는 그녀의 말투에 적이 불안했다. 게다가
그는 그녀가 상스러운 말을 함부로 하는 것을 보고 놀랐다. 당
원들에게는 욕설이 금지되어 있었고 윈스턴은 어떤 경우건 큰
소리로 욕설을 한 적이 거의 없었다. 하지만 줄리아는 당, 특히
내부 당에 대해 말할 때는 뒷골목 담벼락 낙서에서나 볼 수 있
는 험한 말을 쓰지 않고는 못 배기는 것 같았다. 그는 그런 그
녀의 모습이 싫지 않았다. 그것은 그녀가 당에 대해 반감을 갖
고 있음을 드러내는 신호 같았다. 그것은 자연스럽고 건강했다.

　그들은 공터를 떠나 볕과 그늘이 얼룩져 있는 숲속을 거닐었
으며 둘이 나란히 걸을 수 있을 만큼 넓은 길이 나오면 서로 허
리를 감쌌다. 허리띠를 풀어서인지 그녀의 허리는 더 나긋나긋
하고 부드러웠다. 둘은 속삭이듯 소리를 낮춰 이야기했다. 공터
밖으로 나오자 줄리아가 말없이 걷는 게 낫겠다고 말했다. 그들
이 숲 가장자리에 이르자 그녀가 그를 멈춰 세우더니 속삭였다.

　“숲 밖 환한 데로 나가지 말아요. 누군가 보고 있을지도 몰라
요. 이 나뭇가지 뒤에 숨어 있으면 괜찮을 거예요.”

둘은 개암나무 그늘에 서 있었다. 햇빛이 촘촘한 나뭇잎들 사이로 얼굴을 따갑게 비추고 있었다. 윈스턴은 멀리 들판을 바라보았다. 그는 그 풍경을 알아볼 수 있을 것만 같아서 가볍게 충격을 받았다. 분명 낯이 익었다. 오래되어 황폐해진 목장, 그곳을 가로지르고 있는 샛길, 여기저기 두더지가 파놓은 흙두둑. 건너편 낡은 울타리에는 느릅나무 가지들이 미풍에 보일락 말락 흔들리고 무성한 나뭇잎들이 여인의 머리칼처럼 살랑거리고 있었다. 보이지는 않지만 근처 어딘가에 황어가 헤엄치고 있는 시냇물이 흐르고 있으리라.

"이 근처 어딘가에 시냇물이 있소?" 그가 속삭이듯 물었다.

"맞아요. 개울이 있어요. 저쪽 들판 끝에 실제로 있어요. 큰 고기들도 있어요. 버드나무 아래 웅덩이를 내려다보면 물고기들이 꼬리를 흔들며 헤엄치는 게 보여요."

"거의 '황금의 나라'로군." 그가 중얼거렸다.

"황금의 나라요?"

"아니, 아무것도 아니요. 언젠가 꿈에서 이런 풍경을 보았소."

"저것 좀 봐요." 줄리아가 속삭였다.

개똥지빠귀 한 마리가 그들로부터 5미터 정도 떨어진 거리에 있는 거의 그들 눈높이의 나뭇가지에 내려앉았다. 그 새는 아마 그들을 못 본 모양이었다. 새는 햇빛 속에 있었고 그들은 그늘 속에 있었다. 새는 마치 해에게 인사라도 하듯 고개를 까닥하더니 노래를 부르기 시작했다. 주변이 하도 조용해서 깜짝 놀랄 만큼 크게 들렸다. 윈스턴과 줄리아는 꼭 껴안은 채 새가 부르는 노래에 매료되었다. 새는 노래를 계속했다. 윈스턴은 일종의 경의(敬意)를 느끼며 새를 바라보았다. 누구를 위하여, 무엇을 위하여 저 새는 노래하는 걸까? 무엇 때문에 외로운 나뭇가지 끝에 앉아 허공으로 사라질 노래를 불러대는 것일까? 그는 문득 근처 어딘가에 마이크가 숨겨져 있지 않을까 생각했다. 만일 마이크가 숨겨져 있다면 그와 줄리아는 속삭이듯 이야기를 나누었으니 그들이 한 말을 포착하지는 못했겠지만 새소리는 잡아냈을 것이다. 어쩌면 마이크 장치와 연결된 한쪽 끝에서 작은 딱정벌레 같은 사내가 열심히 *그것에* 귀를 기울이고 있는지도 모른다. 하지만 새소리의 물결이 점점 더 거세짐에 따라서 윈스턴은 생각을 이어갈 수 없었다. 마치 일종의 액체 같은 것이 위에서 쏟아져 내려 나뭇잎 사이로 비치는 햇빛과 뒤섞이는 것 같았다. 그는 생각을 멈추고 오로지 느끼기만 했다. 그의 팔에 둘린 그녀의 허리는 부드럽고 따뜻했다. 그가 그녀의 몸을 돌렸고 둘은 가슴이 맞닿았다. 그녀의 몸이 그의 안으로 녹아드는 것 같았다. 그녀의 몸은 마치 유연한 물길처럼 그의 손길에 모든 것을 맡기고 있었다. 두 사람의 입술이 다시 합쳐졌다. 좀 전에 나누었던 딱딱한 입맞춤과는 달랐다. 두 사람은 얼굴을 떼고 깊은숨을 몰아쉬었다. 새가 놀랐는지 날개를 퍼덕이며 날아올랐다.

윈스턴은 입술을 그녀의 귀에 대고 속삭였다.

"자, 이제……"

그러자 그녀가 속삭였다.

"여기선 안 돼요. 공터로 돌아가요. 거기가 더 안전해요."

둘은 조금 전의 은신처로 다시 돌아갔다. 어린나무들로 둘러싸인 그곳에 이르자 그녀가 돌아서서 그를 마주 보았다. 그들의 숨결이 급해졌지만 그녀의 입가에는 다시 미소가 떠올라 있었다. 그녀는 잠시 그를 바라보더니 제복 지퍼에 손을 갖다 댔다. 그렇다, 바로 이것이었다! 그가 꿈속에서 보았던 것과 똑같았다. 그녀는 그가 꿈속에서 상상했던 그대로 재빠르게 옷을 벗었다. 그녀가 옷을 바닥에 팽개쳤을 때 그것은 문명 전체를 폐기하는 듯한 장엄한 몸짓 바로 그것이었다. 그녀의 육체가 태양 아래에서 하얗게 빛났다. 하지만 한동안 그는 그녀의 육체를 바라보지 않았다. 이윽고 그의 시선이 대담한 미소를 희미하게 띤 그녀의 얼굴, 주근깨가 있는 그녀의 얼굴에 닻을 내렸다. 그는 그녀 앞에 무릎을 꿇고 그녀의 손을 잡았다.

"전에도 해봤어요?"

"그럼요. 수백 번, 아니 수십 번……"

"당원들과?"

"네, 언제나 당원들이었어요."

"내부 당원들과?"

"그 돼지 같은 놈들과는 안 했어요. 하지만 그저 기회만 있으면 하려는 놈들은 많아요. 겉보기만큼 경건한 놈들이 아니에요."

그의 가슴이 뛰었다. 그녀는 수십 번 이것을 했다. 그는 수백 번, 수천 번이었으면 좋겠다고 생각했다. 당원이 부패했다는 암시를 들으면 그는 언제나 강렬한 희망에 사로잡혔다. 알게 무언가? 당은 안에서 썩고 있는지 모른다. 그들이 부단한 노력을 예찬하고 금욕을 강요하는 것은 내부의 부패를 감추기 위한 단순한 술책인지도 모른다. 만약 그들 모두에게 나병이나 매독을 퍼뜨릴 수만 있다면 기꺼이 그렇게 하리라! 그들을 부패하게 만들고 약화시키고 전복시킬 수 있는 것이라면 무엇이든! 그는 그녀를 주저앉혔고 둘은 무릎을 꿇은 채 얼굴을 맞대었다.

"들어봐요. 당신이 더 많은 남자와 관계하면 할수록 나는 당신을 더 사랑할 겁니다. 이해할 수 있어요?"

"네, 충분히요."

"나는 순결을 증오하오. 선(善)을 증오하오. 그 어디에서건 그 어떤 미덕도 존재하지 않기를 바라오. 모든 사람이 다 뼛속까지 썩었으면 좋겠소."

"그렇다면, 나는 분명 자기에게 걸맞은 상대예요. 나는 뼛속까지 썩었거든요."

"당신, 이걸 좋아해요? 나와 하는 걸 좋아하느냐고 묻는 게 아니에요. 이것 자체를 좋아하느냐고 묻는 거예요."

"너무 좋아해요."

그는 무엇보다 바로 그 대답을 듣고 싶었다. 한 사람을 향한 사랑이 아닌 동물적인 본능! 단순한 무차별적인 단순한 욕망! 바로 그것이 당을 산산조각 낼 수 있는 힘이었다. 그는 그녀를 블루벨꽃들이 흩어져 있는 풀밭에 눕혔다. 이번에는 아무런 어려움이 없었다. 숨 가쁘게 오르내리던 호흡이 정상적으로 돌아오고 일종의 행복한 무기력 상태에 빠지자 그들은 떨어졌다. 태양은 더 뜨거워진 것 같았다. 둘 다 졸렸다. 그는 손을 뻗어 바닥에 놓여 있던 그녀의 제복을 끌어당겨 그녀의 몸에 덮어 주었다. 둘은 즉시 잠에 빠져들어 반 시간가량 깨어나지 않았다.

윈스턴이 먼저 잠에서 깨어났다. 그는 몸을 일으켜 손바닥을 베개 삼아 평화롭게 잠들어 있는 주근깨투성이 얼굴을 바라보았다. 입을 제외하고는 아름답다고 말하기 어려운 얼굴이었다. 자세히 보니 눈가에는 한두 줄 주름도 있었다. 짧고 검은 머리카락은 유난히 숱이 많고 부드러웠다. 갑자기 아직 그녀의 성(姓)도 모르고 그녀가 사는 곳도 모른다는 생각이 들었다.

눈앞에 보이는 젊고 강한 육체, 깊은 잠에 빠져 있는 육체를 보고 있자니 연민의 정과 보호하고 싶다는 감정이 그에게 일었다. 하지만 개똥지빠귀가 노래하던 개암나무 밑에서 느꼈던 무분별한 사랑의 감정은 돌아오지 않았다. 그는 제복을 옆으로 살짝 치우고 그녀의 부드럽고 하얀 옆구리를 찬찬히 살펴보았다. 옛날에는 남자가 여자의 몸을 보고 욕정을 느꼈고 그것이 전부였지, 라고 그는 생각했다. 하지만 오늘날은 순수한 사랑이나 순수한 욕정은 있을 수 없었다. 그 어떤 감정도 순수하지 않았다. 모든 것이 공포, 그리고 증오와 섞여 있기 때문이었다. 성교는 전투였고 클라이맥스는 승리였다. 섹스는 당에 일격을 가하는 것이었다. 그것은 정치적 행동이었다.

3

"우리 이곳에 한 번 더 올 수 있을 거예요" 줄리아가 말했다. "은신처는 대개 두 번 이용할 때까지는 안전해요. 물론 한두 달 안에 또 오는 건 안 돼요."

그녀는 잠에서 깨어나자마자 행동이 완전히 바뀌었다. 그녀는 민첩하고 사무적인 모습으로 바뀌었다. 그녀는 옷을 입고 허리에 진홍색 띠를 두른 뒤에 집으로 돌아가는 길을 자세히 설명했다. 그녀가 그에게 가르쳐준 길은 올 때의 길과는 전혀 다른 길이었다. 그녀가 가르쳐준 기차역도 다른 곳이었다.

"절대로 온 길과 같은 길로 돌아가면 안 돼요." 그녀는 아주 중요한 원칙을 발표하듯 말했다. 그녀는 자기가 먼저 떠날 테니 윈스턴은 30분 정도 기다렸다가 출발하라고 했다.

그녀는 나흘 후 퇴근 뒤 만날 장소를 그에게 일러주었다. 빈민가에 있는 거리로 시장이 있어서 늘 사람이 붐비고 시끄러운 곳이었다. 그녀는 신발 끈이나 바느질 실을 사는 척하면서 가게를 기웃거리고 있겠다고 했다. 그녀는 안전하다고 생각되면 코를 풀 테니 만일 그러지 않으면 모른 척 그냥 지나치라고 했다. 다행히 사람들 사이에 끼어 있게 되면 약 15분 정도 이야기를 나눌 수 있을 것이고 다음 만남도 약속할 수 있을 것이라고 말했다.

"이제 가봐야겠어요." 모든 것을 일러주고 나서 그녀가 말했다. "19시 30분까지는 돌아가야 해요. '안티 섹스 주니어 연맹'에 들러서 두 시간 동안 전단을 나누어줘야 해요. 끔찍한 일이지요? 제 옷 좀 털어줄래요? 머리에 검불이 붙지는 않았나요? 그럼, 안녕, 내 사랑! 안녕!"

그녀는 그의 품으로 뛰어들어 격렬하게 입을 맞춘 다음 어린 나무들 사이를 빠져나가더니 거의 소리도 내지 않고 숲속으로 사라졌다. 그는 여전히 그녀의 성(姓)과 주소를 알지 못했다. 하지만 아무런 상관이 없었다. 집안에서 만난다거나 편지를 교환한다는 것은 꿈도 꾸지 못할 일이었기 때문이었다.

이후 그들은 두 번 다시 그 숲속의 공터에 가지 못했다. 5월

한 달 동안 그들은 딱 한 번 사랑을 나누었을 뿐이었다. 줄리아가 알고 있는 또 다른 비밀 장소로서 삼십 년 전에 원자탄이 떨어져 폐허가 된 지역에 있는 교회의 종루였다.

그때를 제외하고 그들은 매번 길에서 만나야만 했다. 그것도 매번 장소가 달랐으며 길어야 30분을 넘기지 못했다. 그들은 거리의 인파에 밀려 서로의 얼굴을 바라보지도 못하고 어깨를 나란히 하지도 못한 채 등대 불빛이 스쳐 지나가듯이 기묘하고도 간헐적인 대화를 나누었다. 요컨대 대화 도중 당의 제복을 입은 사람이 가까이 오거나 텔레스크린이 설치된 곳 가까이 오면 그들은 대화를 뚝 끊었다가 몇 분 뒤에 대화를 이어가곤 했다. 줄리아는 그런 대화에 매우 익숙한 듯 '할부 대화'라는 이름까지 붙여주었다. 놀랍게도 그녀는 입술을 움직이지 않고 속삭이는 기술까지 터득하고 있었다.

그들은 대개 저녁에 만났다. 정말로 쉽지 않은 일이었다. 언제나 위험이 따르고 있었기 때문이기도 했지만 줄리아가 너무 바쁘기 때문이기도 했다. 윈스턴의 주당 근무 시간은 60시간이었는데 그녀는 그보다 길었다. 게다가 줄리아는 근무 시간 외에도 활동이 많았다. 강연과 시위 참가, '안티 섹스 주니어 연맹'의 유인물 제작을 비롯해 증오주간에 대비해서 깃발을 만들고, 절약 운동을 위해 모금을 하는 등, 엄청나게 많은 시간을 이른바 자발적인 노동에 열심히 썼다. 그녀는 그 대가가 있다고 말했다. 자신을 위장할 수 있다는 것이었다. 작은 규칙들을 잘 지키면 큰 규칙을 깰 수 있다고 그녀는 말했다. 심지어 그녀는 윈스턴에게 열성 당원들이 자발적으로 참여하는 일에 며칠에 한 번만이라도 참석하라고 권유했고 윈스턴은 그녀의 말을 따랐다. 결국 윈스턴은 일주일에 한 번씩, 망치 두드리는 소리와 텔레스크린 소리가 귀를 먹먹하게 만드는 시끄러운 무기 제조공장에서 나사를 죄는 단조로운 일을 하며 지루한 네 시간을 견뎌야만 했다.

그들이 교회 종루에서 밀회를 나누었을 때 그들은 길에서 나누었던 조각난 '할부 대화'의 부족한 부분들을 채웠다. 몹시 더운 오후였다. 둘은 혹시 오는 사람은 없는지 좁은 틈으로 밖을 내다보며 이야기를 나누었다.

줄리아는 스물여섯 살이었다. 그녀는 다른 서른 명의 여자들과 함께 합숙소에서 지내고 있었다. 그가 예상했던 대로 그녀는 픽션국에서 소설 제작기를 다루고 수리하는 일을 맡고 있었다. 그녀는 소설 제작 작업 전반을 기술적으로 꿰차고 있었지만 "저는 독서에는 흥미가 없어요"라고 말했다. 그녀에게 책은 잼이나 구두끈처럼 일용생산품일 뿐이었다.

하지만 그녀의 작업능력은 뛰어났다. 심지어 그녀는 포르노 섹터로 차출되어 일하기도 했다. 그녀의 평판이 매우 좋다는 증거였다. 그곳은 노동자들에게 값싼 포르노그래피를 만들어 배포하는 부서였다. 그곳에서 근무하는 1년 동안 그녀는 '화끈한 이야기들'이나 '여학교에서의 하룻밤' 같은 작은 책자들을 만드는 일에 관여했다. 포장이 된 그 책들은 프롤 계급의 젊은 이들이 흡사 불온서적이라도 구입하듯 몰래 사갔다. 윈스턴은 포르노 섹터에서 일하는 직원들이 부서장만 제외하고는 모두 여자라는 말을 듣고 놀랐다. 이유는 간단했다. 남자들은 여성에 비해 성적 본능을 억제하기 어렵기에 자기들이 다루고 있는 쓰레기 같은 이야기들에 오염될 위험이 크다는 논리였다.

그녀는 열여섯 살에 첫 경험을 했다. 상대는 체포되는 것이 두려워 자살해버린 예순 살 먹은 당원이라고 했다.

"잘된 일이지 뭐예요. 그렇지 않았다면 자백할 때 내 이름을 불었을 거예요."

이후 그녀는 다른 여러 사람과 관계했다. 그녀에게 삶이라는 것은 아주 단순했다. 사람들은 쾌락을 원한다. 그런데 그들, 즉 당은 쾌락을 누리지 못하도록 막는다. 그러니 최선을 다해 규칙을 깨뜨려야 한다. 마치 그녀는 그들이 사람들에게서 쾌락을 빼앗는 것이나 그들에게 장악되지 않도록 피하는 것이나. 모두 자연스럽다고 생각하는 것 같았다. 그녀는 당을 증오하면서 혹독한 욕설을 퍼부었다. 하지만 당이 하는 일 전반에 대해서는 비판하지 않았다. 자신의 개인적인 삶을 건드리지 않는 한 그녀는 당의 강령 같은 것에는 관심이 없었다. 일상 속에서 이미 사용되고 있는 말 외에는 그녀가 신어를 전혀 사용하지 않는다는 것을 윈스턴은 알 수 있었다. 그녀는 형제단에 대해서는 들어본 적도 없으며 그런 것이 존재한다고 믿지도 않았다. 당에 대해 어떤 식으로건 조직적으로 저항하는 것은 어리석은 짓이라고 그녀는 여겼다. 어차피 실패할 짓을 왜 하느냐는 것이었다. 가장 현명한 짓은 규칙을 깨뜨리면서 살아남는 것이었다. 윈스턴은 젊은 세대 중에 그녀와 같은 생각을 하는 사람이 얼마나 될 것인지 궁금했다. 그 세대는 혁명의 시대에 성장해서 당을 마치 하늘처럼 절대 불변의 것으로 받아들일 뿐 다른 것은 아는 것이 없다. 그리고 당의 권위에 저항하는 것이 아니라 마치 토끼가 개를 피하듯 피하기만 한다.

두 사람은 결혼 가능성에 대해 일체 이야기를 나누지 않았고 당연히 캐서린에 대해서도 거의 이야기를 나누지 않았다. 윈스턴이 아내와 헤어진 이유에 대해 말했을 때 그녀는 "당에 대한 의무 때문에 그랬겠지요"라고 말했을 뿐이었다.

그녀는 모든 문제를 자신의 성욕과 연관시켰다. 당이 성적 순결을 강요하는 속내를 그녀는 윈스턴과 다른 식으로 나름대로 파악하고 있었다. 그녀는 당이 무슨 수를 써서라도 성적인 본능을 파괴하려 하는 것은 당이 통제할 수 없는 자신만의 세계를 구축할 위험이 성적인 본능에 존재하기 때문만은 아니라고 말했다. 무엇보다 중요한 것은 성욕을 박탈하면 히스테리를 유발하고 바로 그 히스테리가 유용하기 때문이라는 것이었다. 즉 그 히스테리를 전쟁을 향한 열기와 지도자에 대한 숭배로 전환시킬 수 있다는 것이었다. 그녀의 논리는 다음과 같았다.

"섹스를 하면 힘이 소진되지요. 그리고 행복감에 빠져 그 어떤 것도 비난하지 않게 돼요. 그들은 그걸 용납할 수 없는 거예요. 그들은 사람들이 내내 에너지가 넘치기를 원해요. 행진을 하고 함성을 지르고 깃발을 흔드는 것, 이 모든 것은 다 변질된 섹스일 뿐이에요. 내면적으로 행복을 느낀다면 뭣 때문에 '빅 브라더'니, '3개년 계획'이니, '2분 증오'니 하는 썩어빠진 것들에 그토록 열을 내겠어요?"

아주 옳은 말이라고 그는 생각했다. 순결과 정치적 정통성

1984

168

사이에는 긴밀한 관련이 있다. 강력한 본능을 축적하여 그것을 추진력으로 사용하지 않고서야 당이 당원들에게 요구하는 공포와 증오, 광기 어린 맹신을 어떻게 유지할 수 있겠는가? 당에게 위험한 성적인 충동을 유용하게 이용하려고 시도하는 것은 당연한 일이다. 그들은 부모와 자식 간의 본능적인 애정도 비슷한 방법으로 이용해 왔다. 가정 자체는 폐지될 수 없다. 당은 부모들에게 거의 옛날식으로 자식에 대해 애정을 쏟도록 부추기고 격려한다. 하지만 아이들에게는 조직적으로 부모와 대립해서 부모를 감시하고 부모의 과오를 지적, 고발하라고 가르쳤다. 아이들이 지닌 본능적인 에너지의 방향을 슬쩍 바꿔버린 것이다. 그 결과 모든 사람이 자기를 가장 잘 아는 밀고자들과 밤낮으로 함께 지내는 신세가 된 것이다.

윈스턴에게 갑자기 캐서린이 떠올랐다. 만약 캐서린에게 그가 정통파가 아니라는 것을 간파할만한 머리가 있었다면 분명히 그를 사상경찰에 밀고했을 것이다. 그 순간 갑자기 캐서린이 머리에 떠오른 것은 숨 막히는 더위 때문이었다. 그는 어느 무더운 날 오후에 일어났던, 아니, 그날 일어날 뻔했던 일에 대해 줄리아에게 이야기해주었다.

그와 캐서린이 결혼한 지 서너 개월이 지났을 때였다. 둘은 켄트 지방에서 단체 행군을 하다가 길을 잃었다. 우물쭈물하다가 다른 사람들에게 불과 일이 분 정도 뒤 쳐졌을 뿐인데 그만 길을 잘못 드는 바람에 엉뚱한 곳을 헤매게 된 것이다. 그곳은 석회 채석장이었다. 깎아지른 절벽 위였으며 아래는 자갈투성이였다. 캐서린이 안절부절못했던 것은 물론이다. 그때 윈스턴은 아래쪽 절벽 틈에서 부처꽃 다발을 발견했다. 한 포기에서 자홍색과 붉은 벽돌색의 두 종류 꽃이 피어 있었다. 윈스턴은 그런 부처꽃을 처음 보았기에 급히 캐서린을 불러서 그 꽃을 가리켰다.

초조하게 길을 찾던 그녀는 절벽으로 다가와 몸을 굽히고 아래쪽을 내려다보았다. 그는 그녀의 뒤에 서서 그녀의 허리를 잡아 주었다. 그 순간 홀연, 이곳에 오로지 그들 둘뿐이라는 생각이 그의 뇌리를 스쳤다. 어디를 둘러보아도 사람 그림자 하나 없었다. 마이크가 숨겨져 있을 가능성도 없었다. 머리에서 작열하는 태양 때문에 땀이 비 오듯 흘러내렸다. 바로 그 순간 그 생각이 그의 뇌리에 스쳤던 것이니⋯⋯

"왜 밀어버리지 않았어요?" 줄리아가 말했다. "나라면 밀어버렸을 텐데⋯⋯"

"맞아, 당신이라면 그랬겠지. 지금의 나라면 그랬을 거야. 그래, 아마…… 하지만 잘 모르겠어."

"그러지 못해서 후회돼요?"

"응. 후회돼."

윈스턴은 그녀를 끌어당겼다. 그의 코끝에 와 닿는 머리카락 냄새가 향긋했다. 그녀는 아직 젊다, 그래서 삶에 대해서 뭔가 아직 기대하고 있다, 불편한 사람 하나 절벽에서 밀어버린다고 해서 해결될 일은 하나도 없다는 걸 그녀는 아직 모른다고 그는 생각했다.

"그렇다고 해서 달라질 건 아무것도 없어. 우리가 하고 있는 게임에서 우리는 이길 수 없어. 그저 어느 것이 더 괜찮은 패배 인가 하는 것뿐이지."

그녀의 어깨가 동의할 수 없다는 듯 움찔하는 것을 그는 느낄 수 있었다. 그가 그런 식으로 말하면 그녀는 언제나 반발했다. 개인은 언제고 패배할 수밖에 없다는 자연의 법칙을 그녀는 받아들이려 하지 않았다. 어찌 보면 그녀도 조만간 사상경 찰에게 체포되어 사살될 운명이라는 것을 깨닫고 있을 것이다. 하지만 그녀는 그런 가운데도 자신이 선택한 삶을 누릴 수 있는 은밀한 세계를 구축하는 것이 가능하다는 믿음을 마음 한구석에 간직하고 있었다. 그러기 위해서는 행운과 꾀와 대담함이 필요하다고 그녀는 믿고 있었다. 그녀는 이 세상에 행복 같은 것은 없다는, 승리는 자신이 죽은 뒤 머나먼 미래에나 놓여 있다는, 당이 선전포고를 한 순간부터 자신을 죽은 목숨처럼 여기는 게 낫다는 식의 이야기를 전혀 이해하지 못했고 이해하려 하지도 않았다.

"우리는 죽은 몸이야." 그가 말했다.

"아직 죽지 않았어요." 줄리아가 무미건조하게 말했다.

"육체적으로는 안 죽었지. 6개월이나 일 년…… 어쩌면 5년일 수도 있지. 나는 죽음이 두려워. 당신은 젊으니까 분명 나보다 더 죽음을 두려워하겠지. 우리는 죽음을 가능한 한 연기할 수 있을지도 몰라. 하지만 그런 건 별로 의미가 없어. 인간이 인간으로 남아 있는 한 죽음과 삶은 마찬가지야."

"어머, 무슨 말도 안 되는 소리를! 당신 지금 당장 누구와 자고 싶어요? 저예요, 아니면 해골이에요? 살아 있다는 게 즐겁지 않으세요? 이건 나다, 이건 내 손이다, 이건 내 다리다, 나는 실제다, 나는 확실하다, 나는 살아 있다! 이런 게 좋지 않으세요?"

그녀는 몸을 돌려 그녀의 가슴을 그에게 밀착시켰다. 그는 그녀의 옷을 통해서 그녀의 풍만하고 탄력 있는 젖가슴을 느꼈다. 그녀의 몸이 그 젊음과 활력을 그의 몸에 불어넣어 주는 것 같았다.

"그래, 좋아." 그가 말했다.

"그러면 죽는다는 이야기는 그만 하세요. 그리고 자기, 내 말을 들어보세요. 우리는 다음번 만날 장소를 정해야 해요. 전에 갔던 숲속의 공터로 한 번 더 가도 괜찮을 거예요. 오랫동안 내버려 두었으니까요. 하지만 이번에는 다른 길로 가야 해요. 내가 계획을 다 짜놨어요. 기차를 타고…… 자, 봐요, 약도를 그려 줄게요."

그녀는 먼지들을 모아 네모반듯하게 만든 뒤 비둘기 둥지에서 떼어낸 나뭇가지로 그 위에 지도를 그리기 시작했다.

4

윈스턴은 채링턴 씨의 고물상 위층의 작고 초라한 방을 둘러보았다. 창 옆에 커다란 침대가 놓여 있었고 그 위에 낡은 담요와 커버를 씌우지 않은 베개가 놓여 있었다. 24시간이 아니라 12시간으로 나뉜 문자판의 구식 시계가 벽난로 위에서 째깍거리고 있었다. 한쪽 구석의 접이식 탁자 위에는 그가 지난번에 왔을 때 샀던 유리 문진(文鎭)이 희미한 어둠 속에서 부드럽게 빛나고 있었다.

벽난로 울 안에는 낡은 석유난로, 스튜 냄비와 두 개의 컵이 놓여 있었다. 채링턴 씨가 마련해준 것이었다. 윈스턴은 버너에 불을 붙이고 물을 끓이기 위해 냄비를 올려놓았다. 그는 빅토리 커피 한 봉지와 사카린 몇 알을 가지고 왔다. 시곗바늘이

7시 20분을 가리키고 있었다. 실제로는 19시 20분이었다. 그녀는 19시 30분에 오기로 되어있었다.

미친 짓이야, 미친 짓! 그의 마음이 그렇게 말하고 있었다. 의식적으로, 아무런 명분 없이 저지르는 멍청한 자살 행위! 당원이 저지르는 범죄 중에서 이보다 더 쉽게 발각될 수 있는 범죄는 없었다.

그가 예상했던 대로 채링턴 씨는 쉽게 방을 빌려주었다. 수중에 넣게 될 몇 달러의 돈이 더없이 반가웠을 것이다. 윈스턴이 정사(情事)를 나누기 위해 그 방을 빌린다고 분명히 밝혔는데도 그는 충격을 받지도 않았고 불쾌한 내색을 내비치지도 않았다. 대신 그는 허공을 응시하며 그저 일상적인 말을 했을 뿐이었으며 마치 그가 그 자리에 없다는 느낌을 줄 만큼 묘한 표정을 지었다. 그는 사생활이란 매우 가치 있는 거지요, 라고 말했다. 누구나 가끔은 혼자 있을 수 있는 곳을 원하는 법이지요. 누군가 그런 곳을 갖게 된다면 그 사실을 알고 있는 사람은 함구하는 게 상식적인 예의지요. 그는 마치 이런 말을 하는 자신의 존재는 사라지고 없다는 듯한 표정으로 이 집에는 문이 둘 있으며 그중 하나는 뒷마당으로 해서 골목으로 통한다고 덧붙였다.

창문 아래서 누군가 노래를 부르고 있었다. 윈스턴은 모슬린

커튼 뒤에 몸을 숨기고 내다보았다. 6월의 태양이 아직 하늘에 떠있는 가운데 단단한 적갈색 팔뚝의 아낙네가 아기 기저귀로 보이는 빨래를 널고 있었다. 빨래집게를 입에 물고 있다가 입이 자유로워지기만 하면 낮은 콘트랄토 노래가 그 입에서 흘러나왔다.

그것은 덧없는 꿈이었지
4월 꽃잎처럼 지나가버렸지
하지만 눈길과 말과 꿈으로 나를 흔들어 놓고
내 마음을 앗아가 버렸다네.

지난 몇 주 내내 런던에서 유행했던 노래였다. 음악국 한 부서에서 프롤들을 위해 만든 그렇고 그런 수많은 유행가들 중 하나였다. 노래 가사는 사람 손을 전혀 거치지 않은 채 작시기(作詩機)라는 기계가 작사했다. 그런데 그 여인은 허섭스레기 같은 끔찍한 노래를 듣기 좋은 노래로 멋들어지게 불렀다. 그녀의 노랫소리와 함께 아이들이 떠들며 노는 소리가 들렸고 멀리서 자동차 소리도 들렸다. 하지만 방안은 신기할 정도로 조용했다. 그 방에는 텔레스크린도 없었다.

1984

미친 짓이야, 미친 짓! 정신 나간 짓이야! 그는 다시 생각했다. 들키지 않은 채 이곳을 몇 주 동안 드나들 수 있으리라는 것은 상상조차 할 수 없는 일이었다. 하지만 실내, 혹은 가까운 곳에 그들만의 은신처를 갖고 싶다는 유혹이 두 사람 모두에게 너무나 강렬했다. 교회 종루에서의 만남 이후 그들은 더 이상 만날 수조차 없었다. 증오주간에 대비해서 근무 시간이 엄청나게 늘어났기 때문이었다. 증오주간은 아직 한 달이 남아 있었지만 모든 사람이 시간 외 근무를 해야만 했다. 따라서 지난번 갔던 공터에서 다시 한번 만나기로 했던 약속도 공염불이 되고 말았다.

그녀를 알고 지낸 지 한 달 동안 그녀를 향한 그의 욕망은 그 성격이 변했다. 처음에는 관능적인 욕망은 거의 없었다. 그들의 첫 번째 정사(情事)는 의지에 의한 행위였다. 하지만 두 번째부터는 달랐다. 그녀의 머리카락 내음, 키스할 때 느끼는 그녀의 달콤한 입맛, 그녀의 피부 감촉들이 그의 몸속으로 스며드는 것 같기도 했고 주변 공기 속으로 퍼지는 것 같기도 했다. 그녀는 이제 육체적으로 그에게 없어서는 안 될 존재가 되었다.

언젠가 군중들 속에서 그녀와 만났을 때 그녀가 잽싸게 그의 손가락 끝을 꼭 쥐었다. 육체적 욕망이 아니라 애정을 표시하는 것 같았다. 그도 전에는 느껴보지 못한 그녀를 향한 깊은 애정에 사로잡혔다. 그는 그들이 결혼 생활 10년째인 부부라면 얼마나 좋을까, 라고 생각했다. 아무런 두려움 없이 떳떳하게 이런저런 이야기를 나누면서, 함께 생활필수품을 사면서 지낼 수 있다면 얼마나 좋을까 생각했다. 그는 무엇보다도 만날 때마다 섹스를 해야 한다는 의무감에서 벗어난 채 둘만이 있을 수 있는 곳이 있다면 얼마나 좋을까 생각했다.

채링턴 씨의 방을 빌려야겠다는 생각이 떠오른 것은 그녀가 그의 손가락을 꼭 잡았던 그 날, 그가 당치않은 욕망에 사로잡혔던 그 날이 아니라 바로 그다음 날이었다. 그가 자신의 생각을 줄리아에게 말하자 그녀는 뜻밖에도 선선히 좋다고 했다. 둘 다 그것이 정신 나간 짓이라는 것을 알고 있었다. 그것은 일부러 무덤을 찾아가는 것과 같은 짓이었다.

윈스턴은 침대 가장자리에 앉아 '애정부'의 감옥에 대해 다시 한번 생각했다. 필연적으로 겪게 될 공포가 사람의 의식 속을 드나든다는 것은 신기한 일이었다. 99 다음에 100이라는 숫자가 오듯 공포 이후에는 필연적으로 죽음이 오게 되어있다. 죽음을 피할 수는 없다. 하지만 그것을 연기시킬 수는 있으리라. 하지만 역으로, 실제로 죽음을 맞이하기 전에 그것을 의식적으로, 혹은 의도적으로 앞당길 수도 있다.

그 순간 계단을 급히 올라오는 발자국 소리가 들렸다. 줄리아가 방으로 뛰어들었다. 그녀는 거친 갈색 천으로 만든 연장 가방을 들고 있었다. 그녀가 청사 안에서 그 가방을 들고 다니는 모습을 그는 몇 번인가 본 적이 있었다. 그가 그녀를 껴안으려고 다가가자 그녀가 황급히 몸을 피하며 말했다.

"잠깐만요. 먼저 내가 가져온 걸 보여드리고 싶어요. 당신, 그 형편없는 빅토리 커피를 가져왔죠? 그럴 줄 알았어요. 그런 건 필요 없으니 치워버려요. 자, 이걸 봐요."

그녀는 무릎을 꿇고 가방을 열더니 위에 놓여 있던 스패너와 드라이버 같은 연장들을 꺼내 놓았다. 그 밑에 깨끗한 종이로 싼 꾸러미들이 몇 개 있었다. 윈스턴은 그녀가 건네주는 첫 번째 꾸러미를 받아들었다. 야릇하면서도 어딘가 친근한 촉감이 느껴졌다. 뭔가 묵직하고 만지면 쑥쑥 들어가는 모래 같은 것이 들어있었다.

"이거 설탕 아냐?" 그가 말했다.

"진짜 설탕이에요. 사카린이 아니라 설탕이라고요. 그리고 여기 빵도 있어요. 거무튀튀한 빵이 아니라 진짜 빵이에요. 잼도 있어요. 우유도 한 통 있고요. 정말 당신에게 자랑하고 싶었

제2부

179

어요. 종이로 단단히 싸야 했어요. 왜냐하면……"

하지만 굳이 설명을 듣지 않아도 윈스턴은 그 이유를 알 수 있었다. 고소하면서도 짙은 향기가 이미 방안을 가득 채우고 있었다. 마치 유년기로부터 풍겨오는 냄새 같았다.

"이건 커피로군. 진짜 커피." 그가 중얼거렸다.

"내부당원들이 마시는 커피예요. 1킬로그램이에요."

"아니, 이걸 다 어디서 구했어?"

"전부 다 내부당원 물건들이에요. 그 돼지 같은 놈들에게는 없는 게 없어요. 웨이터나 하인들이 슬쩍한 거예요. 보세요, 홍차도 있어요. 그런데 부탁이 있어요. 삼 분 동안만 등을 돌리고 있을래요? 침대 저쪽으로 가서 앉아 계세요. 창 쪽으로 너무 가까이 가지 말고요. 내가 말할 때까지 등을 돌리면 안 돼요."

그는 줄리아가 시키는 대로 했다. 뒤뜰에서는 적갈색 팔뚝의 아낙네가 여전히 빨래를 널며 노래를 부르고 있었다.

시간이 모든 걸 해결해 준다고 말하지만,
언제나 잊을 수 있다고 말하지만,
해를 거듭할수록 웃음과 눈물이
내 가슴을 쥐어짠다네.

1984

아낙네는 멍청한 유행가들을 훤히 꿰고 있는 것 같았다. 순간 당원이 혼자 노래 부르는 모습은 본 적이 없다는 생각이 그에게 불현듯 떠올랐다. 만일 그런 모습을 보인다면 마치 혼자 독백을 하는 것처럼 이단적이면서 위험한 기행(奇行)으로 여겨졌을 것이다. 노래란 굶어 죽을 지경이 되어서야 입에서 나온다는 것이 상식이었다.

"이제 돌아봐도 돼요." 줄리아가 말했다.

그는 뒤를 돌아보았다. 한순간 그는 그녀를 알아보지 못했다. 그는 그녀의 벗은 몸을 기대하고 있었다. 하지만 그녀는 알몸이 아니었다. 그녀의 변신은 그보다 훨씬 더 놀라운 것이었다. 그녀가 화장을 한 것이다! 프롤들의 거리에 있는 가게로 몰래 들어가서 화장품 세트를 산 것이 분명했다. 그녀의 입술에는 새빨갛게 립스틱이 칠해져 있었고 볼도 발갛게 물들어 있었으며 코에는 분칠이 되어있었다. 심지어 눈을 돋보이게 하려고 눈 밑에 뭔가를 바르기까지 했다.

윈스턴은 이제까지 화장한 여자 당원을 본 적도 없었고 상상조차 해보지 않았다. 가볍게 몇 가지 색조를 더했을 뿐인데도 줄리아의 얼굴은 놀랄 만큼 아름답게 변해 있었다. 아니, 아름다울 뿐 아니라 훨씬 더 여자다웠다. 짧은 머리카락과 남자 같은 복장이 여자다움을 더욱 두드러지게 해주는 것 같았다. 그는 그녀를 껴안았다. 제비꽃 향기가 그의 코를 자극했다.

"향수도 뿌렸네!" 그가 말했다.

"맞아요. 향수도 뿌렸어요. 다음번에는 무얼 할 계획인지 알아요? 어디선가 진짜 여자 옷을 구해서 이 칙칙한 바지 대신 입을 거예요. 실크 스타킹과 하이힐을 신을 거예요! 이 방에서는 당원 동지가 아니라 여자가 되겠어요."

그들은 옷을 벗어 던지고 거대한 마호가니 침대로 들어갔다. 침대에는 시트도 없었으며 담요는 닳을 대로 닳아서 매끄러울 정도였다. 두 사람은 침대가 크고 푹신푹신한 데 놀랐다.

이제 그들은 잠시 잠에 빠져 있었다. 윈스턴이 잠에서 깨어났을 때 시곗바늘이 거의 아홉 시를 가리키고 있었다. 줄리아가 그의 팔을 베고 잠들어 있었기에 그는 몸을 움직이지 않았다. 그녀의 화장은 그의 얼굴과 베개에 묻어서 거의 다 지워진 상태였다. 하지만 연지 자국이 희미하게 남아 있는 볼은 여전히 아름다웠다. 창문에서 들리던 아낙네 노랫소리 대신 아이들이 노는 소리가 희미하게 들려왔다.

그는 이제는 지워져 버린 과거에도 이렇게 사랑하는 사람끼리 누워 마음껏 사랑을 나누고 마음껏 이야기 나누는 게 가능했을까 궁금했다. 아무래도 이런 일이 일상적으로 존재했던 때는 없었던 것 같았다. 줄리아가 잠에서 깨어 눈을 비비더니 석유난로 쪽을 바라보며 말했다.

"물이 반쯤은 줄았겠네. 일어나서 커피를 타드릴게요. 우리 한 시간쯤 잠들었던 것 같지요? 그런데 당신 집에서는 몇 시에 전기가 끊겨요?"

"23시 30분."

"합숙소에는 23시에 끊겨요. 하지만 그보다 좀 일찍 들어가야 해요. 왜냐하면…… 야, 이 더러운 놈아, 저리 꺼지지 못해!"

그녀가 갑자기 침대 위에서 몸을 비틀더니 바닥에 있는 구두 한 짝을 들어서 방구석을 향해 힘껏 던졌다.

"뭔데 그래?" 그가 놀라서 물었다.

"쥐예요. 놈이 저 벽 틈으로 징그러운 코를 내밀고 있잖아요. 저기 구멍이 있어요. 이제 놀라서 도망갔을 거예요."

"쥐라고!" 윈스턴이 중얼거렸다. "이 방에!"

"그놈들은 어디에나 있어요." 줄리아가 다시 몸을 눕히며 심드렁하게 말했다. "합숙소 부엌에도 있어요. 런던 일부 지역은 아예 쥐 천지가 되어버렸어요. 쥐들이 아이들을 무는 거 알아요? 갈색쥐들은……"

제2부

183

"그만해!" 윈스턴이 눈을 꼭 감고 소리를 질렀다.

"어머, 자기 얼굴이 창백해졌어요. 왜 그래요? 쥐들 때문에 그래요?"

"세상에서 제일 끔찍하게 싫어하는 게 쥐야."

그녀는 체온으로 그를 안심시키려는 듯 그에게 몸을 밀착시키고 두 팔로 안았다. 윈스턴은 곧바로 눈을 뜨지 못했다. 살아오면서 가끔 그를 사로잡았던 악몽에 다시 빠지는 것 같은 느낌 때문이었다. 언제나 똑같은 악몽이었다. 자신은 어두운 벽 앞에 서 있고 다른 편에 견디기 어려울 정도로 무서운 그 무언가가 그와 마주하고 있다. 꿈속에서 그는 자신이 자기기만에 빠져 있다는 것을 뼈저리게 느꼈다. 실은 그 어두운 벽 뒤에 무엇이 있는지 그는 알고 있었던 것이다. 뇌의 한 조각이 떨어져나갈 정도로 필사적인 노력을 한다면 그는 숨어 있는 것의 정체를 밝혀낼 수도 있었을 것이다. 그럼에도 불구하고 그는 그것이 무엇인지 밝히지 않은 채 잠에서 깨어나곤 했다. 그가 줄리아의 말을 자른 것은 그녀가 하려는 말과 악몽 속의 존재가 무슨 연관이 있는 것 같다는 느낌 때문이었다.

그가 줄리아에게 말했다.

"미안해. 별거 아니야. 나는 쥐를 싫어해. 그뿐이야."

1984

184

"걱정하지 말아요. 이제 놈들이 이곳에 얼씬도 못 하게 할 테니까. 떠나기 전에 구멍을 막을게요. 그리고 다음에 왔을 때는 석회로 아예 구멍을 메워버릴 거예요."

줄리아는 침대에서 내려와 옷을 입고 커피를 끓였다. 냄새가 강했다. 그녀는 밖으로 냄새가 나가지 못하도록 창문을 꼭 닫았다. 설탕을 넣은 커피 맛은 너무 부드럽고 좋았다. 커피를 마신 후 그녀는 잼을 바른 빵을 들고 방을 왔다 갔다 하며 이것저것 살펴보았다. 그녀가 문득 유리 문진을 들더니 더 자세히 보려는 듯 침대 쪽으로 가지고 왔다. 그녀가 그것을 윈스턴에게 건네며 물었다.

"이게 뭐예요?"

"별거 아닌 것 같아. 무슨 특별한 목적이 있어서 만든 것 같지는 않아. 그래서 더 애착이 가. 말하자면 그들이 미처 바꿔놓지 못한 역사의 작은 편린 같은 것. 만일 읽어낼 수만 있다면 수백 년 전으로부터 오는 메시지 같은 것이라고 할 수도 있을 거야."

"그리고 저 그림은요?" 그녀가 맞은편 벽에 있는 판화를 턱으로 가리키며 말했다. "한 백 년쯤 됐겠지요?"

"그 이상. 이백 년쯤 됐을 거야. 정확한 건 몰라. 오늘날 연대를 제대로 알아낼 수 있는 건 아무것도 없어."

"그런데 저긴 어디지요? 전에 다른 데서도 본 것 같은데."

"교회야. 혹은 교회로 사용되던 곳. 성 클레멘트 데인이란 이름의 교회였어."

그러자 채링턴 노인이 불러주었던 노래가 문득 생각났다. 그는 향수에 젖은 듯한 기분으로 노래를 흥얼거렸다.

오렌지와 레몬, 성 클레멘트의 종이 말하네

그런데 놀랍게도 줄리아가 그 뒤의 구절을 이어서 노래를 했다.

그대는 내게 3파딩의 빛을 졌지.
성 마틴의 종이 말하네.
언제 그 빛을 갚을 거야?
올드 베일리의 종이 말하네

거기까지 노래를 부른 다음 줄리아가 말했다.

"그 뒤는 기억이 나지 않아요. 하지만 끝은 기억이 나요.

'그대 침실을 밝힐 촛불이 여기 오네. 여기 그대 목을 뎅
겅 자를 도끼가 오네.'"

"그걸 누가 가르쳐줬어?"

"할아버지가요. 제가 어렸을 때 자주 불러주시곤 했어요. 할
아버지는 제가 여덟 살 때 증발해 버리셨어요. 사라져버리신
거죠."

이어서 그녀는 엉뚱한 소리를 했다.

"그런데 저는 레몬이 어떻게 생겼는지 궁금해요. 오렌지는
본 적이 있어요. 껍질이 두꺼운 둥글고 노란 과일 맞지요?"

"나는 레몬이 기억 나." 윈스턴이 말했다. "50년대에는 아주
흔했는데. 맛이 너무 시어서 냄새만 맡아도 입에 침이 고일 정
도였어."

"저 그림 뒤에는 빈대가 득실거릴 거예요. 언젠가 저 그림을
내리고 깨끗이 청소해야겠어요. 이제 떠날 때가 된 것 같아요.
먼저 화장부터 지워야겠어요. 아휴, 귀찮아! 당신 얼굴에 묻은
립스틱은 좀 있다 지워드릴게요."

윈스턴은 몇 분간 더 누워있었다. 방안은 점점 더 어두워지
고 있었다. 그는 밝은 쪽으로 몸을 돌리고 유리 문진을 들여다

보았다. 보면 볼수록 그 안의 산호 조각보다 유리의 내부 그 자체가 흥미롭게 여겨졌다. 그것은 무한정 깊은 것 같으면서도 거의 공기처럼 투명했다. 유리 반구의 표면은 마치 완벽한 대기권을 지닌 채 작은 세계를 둘러싸고 있는 하늘의 궁륭 같았다. 그는 자신이 그 안으로 들어갈 수 있는 것처럼 느꼈다. 그리고 실제로 마호가니 침대, 접이식 탁자, 벽시계, 판화, 심지어 유리 문진 그 자체까지 그 안에 들어가 있는 것처럼 느꼈다. 유리 문진은 그가 들어가 있는 방이고 산호는 그 유리 한복판에 영원히 고정된 줄리아의 삶과 자신의 삶인 양 느껴졌다.

1984

5

사임이 사라졌다. 어느 날 아침 그는 출근하지 않았다. 몇몇 생각 없는 사람들이 그의 결근을 두고 이런저런 말을 했다. 그 다음 날은 아무도 그의 이야기를 하지 않았다. 사흘째 되던 날 윈스턴은 게시판을 보기 위해 기록국 현관으로 들어갔다. 게시물 중에는 사임이 소속되어 있던 '체스 위원회' 명단도 있었다. 전에 붙어 있던 것과 다름없어 보였다. 하지만 한 명의 이름이 빠져 있었다. 그것만으로 충분했다. 사임은 존재하지 않게 된 것이다. 그는 전혀 존재하지 않던 인물이 된 것이다.

찌는 듯이 무더운 날씨였다. 창문이 없는 미로 같은 청사는 냉방이 되어 평소 온도를 유지하고 있었지만 바깥 보도는 발바닥이 타버릴 정도로 뜨거웠으며 러시아워 때의 지하철에서는 끔찍한 악취가 풍겼다.

증오주간 준비가 박차를 가함에 따라 모든 부처의 직원들이 시간 외 작업을 했다. 행진, 집회, 군대 사열, 강연, 밀랍인형 전시회, 영화 상영, 텔레스크린 프로그램 제작 등 모든 일이 조직적으로 진행되어야 했다. 연단도 세워야 하고 초상화도 내걸어야 했으며 슬로건도 만들고 노래도 작곡해야 했고 유언비어도 퍼뜨리고 사진도 조작해야 했다. 픽션국의 줄리아가 속해 있는 부서에서는 소설 제작을 중단하고 흉악한 내용의 팸플릿 시리즈를 만드느라 정신이 없었다. 윈스턴은 정규 업무 외에 하루 몇 시간씩 「타임스」 철을 뒤지며 연설에 인용할 기사의 수정, 삭제 작업을 했다. 사나운 프롤 군중들이 거리로 쏟아져 나오는 밤늦은 시각이면 도시 전체가 이상한 열기에 휩싸였다. 로켓 포탄이 전보다 더 자주 터졌으며 이따금 멀리서 엄청난 폭음이 들리곤 했다. 정작 무슨 일이 벌어지고 있는지 아무도 설명할 수 없었으며 소문만 무성하게 나돌았다.

순식간에 런던 시내 전체를 새로운 포스터가 뒤덮었다. 포스터에는 키가 3~4미터나 되는 괴물 같은 몽골 인종 군인들이 커다란 군화를 신고 허리춤에 기관총을 매단 채 전진해 오는 그림이 아무런 설명도 없이 그려져 있었다. 유라시아 군인들의 모습이었다. 어느 각도에서 그림을 보건 기관총의 총구는 그림을 보는 사람을 겨냥하게끔 원근법 기법으로 엄청나게 확대되어 있었다. 벽이라는 벽에는 온통 그 포스터가 붙어 있어 빅브라더의 초상화보다도 그 숫자가 더 많을 지경이었다.

일반적으로 프롤들은 전쟁에 대해 무관심하다. 하지만 증오 주간에는 일시적으로 광적인 애국심에 휩쓸린다. 그런 전반적인 분위기에 보조를 맞추듯 로켓 포탄은 평소보다 더 많은 사람들을 죽였다. 포탄 하나가 만원을 이룬 한 극장에 떨어져 수백 명의 사람들을 폐허 속에 묻어버렸다. 희생자들의 장례 행렬은 순식간에 적에 대한 규탄 대회로 격화되었다. 포탄이 아이들이 놀고 있는 운동장에 떨어져 수십 명의 어린 목숨을 앗아가기도 했다. 그러자 적을 향한 분노에 휩싸인 격렬한 군중 시위가 연이어 일어났다. 사람들은 골드스타인의 초상화를 불태우고 유라시아군 포스터를 찢어서 불태웠으며 상점을 닥치는 대로 약탈했다. 곧이어 스파이들이 무전기로 로켓 포탄을 발사할 곳을 알려준다는 소문이 떠돌았고 곧이어 외국인 혈통으로 의심받던 한 노부부가 자기 집에 불을 지르고 질식사했다는 소문이 나돌았다.

줄리아와 윈스턴은 채링턴 씨의 고물상 위층에 오면 우선 창문을 열어놓고 벌거벗은 채 침대 위에 누웠다. 쥐는 더 이상 나타나지 않았지만 대신 빈대가 무더위 속에서 극성을 떨었다. 하지만 그런 것은 아무런 문제가 되지 않았다. 더럽건 깨끗하건 그 방은 낙원이었다. 그들은 방에 도착하자마자 암시장에서 사온 후춧가루 등을 사방에 뿌린 다음 옷을 벗어 던지고 땀에 젖은 몸으로 섹스를 했다. 그런 후 그들은 잠에 곯아떨어졌으며 그들이 잠에서 깨어났을 때는 빈대들이 마치 반격이라도 하듯 떼 지어 덤벼들었다.

그들은 6월 한 달 동안 네 번, 다섯 번, 여섯 번, 아니, 모두 일곱 번 만났다. 윈스턴은 틈만 나면 진을 마시던 버릇을 버렸다. 그럴 필요가 없어진 것 같았다. 몸에 살이 붙었고 정맥류 궤양도 발목 주변 피부에 갈색 반점만 남긴 채 가라앉았으며 아침이면 발작적으로 찾아오던 기침도 멎었다. 이제는 삶이 견디기 어려운 것처럼 여겨지지 않았고 텔레스크린 앞에서 표정을 가다듬으려 애쓸 필요도 없었으며 목청껏 고함을 지르고 싶은 충동도 느끼지 않았다. 줄리아와 윈스턴은 둘만의 집이나 다름없는 안전한 은신처를 갖고 있었다. 비록 자주 만나지는 못했고 만나보았자 한두 시간 밖에 함께 있을 수 없었지만 그렇다고 해서 불만스럽지는 않았다. 중요한 것은 그 고물상 위의 방이 존속해야 한다는 사실이었다. 그 방이 누구의 침범도 받지 않고 그곳에 존재한다는 사실을 알고 있다는 것, 그것만으로도 늘 그 방에 있는 것과 마찬가지였다. 그 방은 하나의 세계였고 멸종된 동물들이 걸어 다닐 수 있는 과거의 주머니였다. 윈스턴은 채링턴 씨도 멸종된 동물 중의 하나라고 생각했다. 윈스턴은 이층으로 올라오기 전에 잠시 멈춰 서서 채링턴 씨와 짧게 이야기를 나누곤 했다. 노인은 종일 외출하지 않는 것 같았고 손님도 거의 없었다. 그는 유령 같은 인물이었고 장사꾼이라기보다는 수집가 같은 인상을 풍겼다. 그의 이야기를 듣고 있으면 마치 낡은 축음기 소리를 듣는 것 같았다. 노인은 기억을 끄집어내어 지금은 잊힌 노래들을 부르기도 했다. 어떤 노래에는 스물네 마리의 지빠귀가 등장했고 어떤 노래에는 뿔이 구부러진 암소, 또 어떤 노래에는 죽어버린 불쌍한 수컷 울새가 등장했다. 그는 윈스턴에게 노래가 마음에 들었으면 좋겠다고 말하며 노래를 불렀지만 그 어떤 노래도 다만 몇 소절만 기억할 수 있을 뿐이었다.

윈스턴과 줄리아는 지금 그들에게 벌어지고 있는 일이 오래 지속되지 못하리라는 것을 알고 있었으며, 그 생각이 그들 머릿속에서 잠시도 떠난 적이 없었다. 어떤 때는 죽음이 임박해 있다는 사실이 그들이 누워있는 침대처럼 생생하게 느껴지기도 했다. 그럴 때면 그들은 필사적이라고 할 만큼 맹렬하게 관능에 매달렸다. 마치 저주받은 영혼이 최후의 심판이 찾아오기 직전에 마지막 한 조각 쾌락을 움켜잡으려는 것 같았다. 하지만 자신들이 안전하며 그 안전이 영원하리라는 환상에 빠질 때도 있었다. 그럴 때면 윈스턴은 자신이 문진 속의 세계에 들어가 있는 것 같았다. 그 세계 속으로 들어가면 시간도 멈추리라고 그는 상상했다.

하지만 현실적으로는 그 어느 곳에도 탈출구란 없었다. 단한 가지 실행 가능한 행동이 있다면 그것은 자살이었다. 그렇지만 그들은 자살할 의도가 없었다. 마치 공기가 있는 한 허파가 계속해서 공기를 들이마시듯, 미래가 전혀 없는 현재를 질질 끌면서 하루하루, 한 주 한 주 매달리듯 살아가는 것이 억제할 수 없는 본능인 것 같았다.

그들은 때로는 당에 대항하는 반항 운동에 참여하자는 이야기도 나누었다. 하지만 첫발을 어떻게 내디뎌야 할 것인지 도무지 알 도리가 없었다. 전설적인 '형제단'이 실제로 존재한다해도 가담 방법을 찾는 것은 어렵기 그지없는 일이었다. 윈스턴은 줄리아에게 자신이 오브라이언을 향해 느꼈던 친밀감에 대해 이야기했다. 심지어 그를 찾아가 자신이 당에 적대적이라는 것을 밝히고 도움을 받고 싶은 충동을 가끔 느낀다는 사실까지 그녀에게 말했다. 그런데 이상하게도 그녀는 그런 짓을 경솔하기 그지없으며 불가능한 일로 받아들이지 않았다. 그녀는 사람을 얼굴로 판단하는 데 익숙해 있었다. 따라서 윈스턴이 단순히 눈이 한 번 마주친 것만으로 그를 신뢰하게 되었다는 사실이 그녀에게는 자연스럽게 보였다. 게다가 그녀는 모든 사람이, 혹은 거의 모든 사람이 암암리에 당을 증오하고 있으며 안전만 보장된다면 누구나 규칙을 깨려고 하는 게 당연하다고 생각하고 있었다.

하지만 그녀는 광범위하게 조직된 적대세력이 존재하거나 존재할 수 있다고는 믿지 않았다. 그녀는 골드스타인이나 지하 군대 이야기는 모두 당이 의도적으로 지어낸 잡소리에 불과하며 사람들이 믿는 척할 수밖에 없을 뿐이라고 말했다. 그녀는 '2분 증오' 시간에 골드스타인을 처형하라고, 적을 물리쳐야 한다고 목청껏 외쳤지만 골드스타인이 누구인지, 도대체 그가 내건 정책이 무엇인지 전혀 모른다고 말했다. 그녀는 혁명 이후에 성장한 세대여서 5, 60년대의 이념 투쟁에 대해서는 아는 바가 없었다. 독자적인 정치 활동 같은 것은 그녀에게는 상상할 수도 없는 것이었고 그 어떤 경우라 할지라도 당은 정복할 수 없는 것이었다. 당은 여전히 존재할 것이고 언제나 한결같을 것이었다. 당에 거역할 수 있는 방법이란 은밀히 복종하지 않거나 기껏해야 몇 사람을 죽이고 무언가를 폭파하는 개별적인 행동만이 있을 뿐이었다.

어찌 보면 그녀가 윈스턴보다 훨씬 예리했고 당의 선전에 쉽게 넘어가지 않았다. 언젠가 그가 유라시아와의 전쟁에 대해 그녀에게 말했을 때였다. 그런데 자기 생각에 전쟁은 일어나지 않았다고 그녀가 심드렁하게 말하는 것을 듣고 그는 깜짝 놀랐다. 그녀는 런던에 매일 떨어지는 로켓 포탄도 '인민에게 공포 분위기를 조성하기 위해' 오세아니아 정부에서 발사하는 것이 분명하다고 말했다. 윈스턴은 단 한 번도 그런 생각을 해본 적이 없었다. 그녀가 '2분 증오' 시간에 터져 나오는 웃음을 참기 어렵다고 말했을 때 그는 부러움마저 느꼈다.

하지만 그녀는 당의 강령이 자신의 삶을 직접 건드릴 때만 그것에 대해 의문을 가졌을 뿐이었다. 그녀는 당이 공식적으로 조작해내는 신화를 기꺼이 받아들였다. 진실과 거짓 사이의 차이가 자신에게는 별로 중요하지 않다는 이유에서였다. 예를 들어 그녀는 학교에서 배운 대로 당이 비행기를 발명했다는 선전을 믿고 있었다. 윈스턴은 그녀에게 혁명이 일어나기 훨씬 전에도 비행기가 있었다고 말했다. 하지만 그녀는 그의 말에 아무런 관심도 기울이지 않았다. 그뿐 아니었다. 오세아니아가 불과 4년 전에 이스트아시아와 전쟁 중이었고 유라시아와는 평화적인 관계였다는 사실을 그녀가 까맣게 모르는 것을 보고 윈스턴은 깜짝 놀랄 수밖에 없었다. 그녀가 전쟁 자체를 속임수로 간주하는 것은 사실이다. 하지만 그녀는 적의 이름이 바뀌는 것에 대해서는 전혀 신경을 쓰지 않았다. "나는 우리가 늘 유라시아와 전쟁 중인 줄 알았어요"라고 그녀는 애매한 말투로 말했다. 윈스턴은 놀랄 수밖에 없었다. 비행기 발명이야 그녀가 태어나기 전의 문제이니 그렇다 치더라도 전쟁 상대가 바뀐 것은 겨우 4년 전 일인데……

그가 계속 설득하자 그녀는 마지못해 사실을 받아들였지만 따분하다는 듯 다음과 같이 잊지 않고 덧붙였다.

"그게 무슨 상관이에요? 어차피 피 흘리는 전쟁은 계속 이어지고 뉴스는 온통 거짓뿐이라는 걸 다 아는데."

윈스턴은 존스와 아런슨과 러더포드에 대해서 그녀에게 이야기했고 언젠가 손안에 잠깐 쥐었던 쪽지에 대해서도 이야기했다. 하지만 그녀는 아무런 감흥도 느끼지 못했다. 그리고 그에게 엉뚱한 질문을 했다.

"그 사람들이 당신 친구였어요?"

"아니, 전혀 모르는 사람들이야. 내부당원 사람들이거든. 게다가 나보다 나이가 훨씬 많아. 혁명 이전 시대 사람들이지. 그냥 겨우 눈으로 보았을 뿐이야."

"그런데 뭘 신경 쓰는 거예요? 당신이 신경을 쓰건 말건 어차피 죽을 사람들 아니었어요?"

그는 그녀를 이해시키려고 애썼다.

"이건 단순히 그들이 죽거나 살거나 하는 문제와는 달라. 당신, 바로 어제 일을 비롯해 과거가 몽땅 폐기되고 있다는 사실을 알아? 모든 기록은 파괴되거나 조작되었고 지금도 진행 중이야. 우리는 과거에 대해 아는 게 하나도 없어. 한 마디로 역사가 정지해 버린 거지. 당이 언제나 옳다고 주장하는 현재만이 존재할 뿐이야. 물론 나는 과거가 조작되었다는 것을 알고 있지. 하지만 내가 직접 그 조작에 참여하고 있으면서도 그것을 증명할 길이 없어. 증거는 오로지 내 머릿속에만 있을 뿐이야. 그리고 사람들이 내 기억을 믿어줄지 아닐지 아무런 확신도 없어. 그런 상황에서 내 생애 딱 한 번 그 사건의 증거를 갖게 되었던 거야."

"그런데 그게 무슨 쓸모가 있었어요?"

"아무 소용이 없었지. 몇 분 후 던져 버렸으니까. 하지만 오늘 똑같은 일이 벌어진다면 나는 그걸 간직할 거야."

"아니, 나는 그러지 않을 거예요. 나도 위험을 무릅쓸 각오는 되어있어요. 하지만 그럴 만한 가치가 있는 일일 때뿐이에요. 낡은 종이쪽지를 위해서는 아니에요. 당신이 그걸 간직하고 있었다 할지라도 뭘 할 수 있었겠어요?"

"별로 없겠지. 하지만 그건 증거야. 내가 어렵게 누구에겐가 그걸 보여주면 여기저기 의혹을 심어줄 수도 있었을 거야. 물론 우리가 살아 있는 동안 뭔가 변화시킬 수 있다고는 생각하지 않아. 하지만 여기저기서 기록을 남기려는 소규모의 저항 운동은 상상할 수 있어. 그 세력이 불어나 후세에 뭔가 역사적 사실을 전할 수 있다면 우리가 떠난 뒤 다음 세대가 무엇인가 완수할 수 있을 거야."

"나는 다음 세대에는 관심이 없어요. 나는 지금 *우리*에게만 관심이 있어요."

"당신은 허리 아래로만 반역자로군."

그녀는 그의 말을 재치가 넘치는 말로 받아들이고는 환한 얼굴로 그를 껴안았다.

제2부

그녀는 당의 세부적인 강령에는 아무런 관심이 없었다. 그가 '영사'의 원리, 이중사고, 과거의 변조, 객관적 현실의 부정, 신어의 사용법에 대해 이야기하면 그녀는 따분해하며 그런 것에는 주의를 기울여본 적이 없다고 말했다. 그 모든 것들이 쓰레기 같은 것들인데 왜 그런 것 갖고 고민하느냐는 것이었다. 그녀는 갈채를 보낼 때와 야유를 보낼 때를 알고 있었고 그것만으로 충분하지 않느냐고 말했다.

윈스턴이 고집스럽게 그런 이야기를 계속하면 그녀는 어느새 잠이 들었다. 그녀는 때와 장소를 가리지 않고 쉽게 잠을 잘 잤다. 그녀와 이야기를 나누면서 그는 정통성이란 게 무엇인지 전혀 모르면서도 겉으로 정통적인 듯한 모습을 보여주는 게 얼마나 쉬운 일인지 깨달았다. 어떤 면으로 보자면 당의 세계관은 그 세계관을 이해할 수 없는 사람들에게 더욱 성공적으로 받아들여졌다. 그들은 당이 그들에게 그 얼마나 어마어마한 것을 요구하고 있는지 모르고 있기에, 또한 공적인 사건에 대해서는 무관심한 채 그곳에서 무슨 일이 일어나는지 모르고 있기에 현실 내에서 일어나고 있는 가장 극악한 파괴행위도 받아들일 수 있었다. 그들은 몰이해로 인해 제정신으로 남아 있는 셈이었다. 그들은 모든 것을 닥치는 대로 집어삼키면서도 아무런 탈이 나지 않는다. 곡식 낱알이 소화되지 않은 채 새의 몸을 통과해 나오듯 뒤에 아무런 찌꺼기도 남기지 않기 때문이다.

6

마침내 그 일이 벌어졌다. 그가 기대하고 있던 메시지가 온 것이다. 마치 생애 내내 이런 일이 벌어지기를 기다리며 살아온 것 같았다.

그가 청사 복도를 걸어가고 있을 때였다. 줄리아가 그의 손에 쪽지를 슬쩍 건네주던 바로 그 지점에 이르렀을 때 그는 자기보다 덩치가 큰 사람이 뒤따라오고 있다는 것을 눈치챘다. 누군지 모르겠지만 그 사람이 작은 기침 소리를 냈다. 분명히 윈스턴에게 말을 걸고 싶다는 신호였다. 윈스턴은 갑자기 발걸음을 멈추고 돌아섰다. 오브라이언이었다.

마침내 둘이 얼굴을 맞대게 되었다. 윈스턴은 그 자리에서 도망치고 싶었다. 심장이 격하게 두근거렸다. 아무런 말도 할 수 없을 것 같았다. 그러나 오브라이언은 태연하게 윈스턴의 팔에 다정하게 손을 얹더니 윈스턴과 보조를 맞춘 채 옆에서 나란히 걸었다.

"당신과 이야기를 나눌 기회를 갖고 싶었소." 오브라이언이 대부분 내부당원과는 달리 정중하게 말했다. "언젠가 「타임스」에 실린 신어에 대한 당신 글을 읽었소. 신어에 대해 학문적인 관심을 갖고 있는 것 같더군."

어느 정도 평정심을 되찾은 윈스턴이 말했다.

"학문적이랄 건 없습니다. 그저 아마추어일 뿐입니다. 전공도 아니고 언어의 구성에 대해서는 구체적으로 일을 해본 적도 없습니다."

"아니, 아주 훌륭한 글이오. 나 혼자만의 견해가 아니오. 얼마 전 그 분야의 전문가인 당신 친구와 당신 글에 대해 이야기를 나눈 적이 있었소. 그 사람 이름은 생각이 나지 않지만 말이오."

윈스턴의 심장이 다시 고통스럽게 뛰기 시작했다. 사임 이야기를 하는 것이 분명했다. 하지만 사임은 죽었을 뿐 아니라 지워진 사람, 달리 말해 '무인(無人)'이다. 그에 대해 언급하는 것은 치명적일 정도로 위험한 일이다. 그런데도 오브라이언이 그 말을 한 것은 분명히 어떤 신호이거나 암시일 수 있었다. 그런 사상범죄를 공유함으로써 공범이 되자는 의미일 수 있었다.

그들은 복도를 따라 천천히 계속 걸어갔다. 그런데 오브라이언이 갑자기 걸음을 멈추었다. 그가 친밀감이 담긴 태도로 코끝의 안경을 고쳐 쓰면서 말했다.

"내가 하고 싶은 말은 당신이 쓴 기사 속에서 폐기된 두 단어를 발견했다는 사실이오. 당신 혹시 신어사전 10판을 본 적 있소?"

"아뇨, 아직 발간되지 않은 것으로 알고 있습니다. 저는 9판을 사용하고 있습니다."

"맞소. 10판은 몇 달 후라야 나올 거요. 하지만 견본이 미리 유통되고 있소. 내가 한 권 갖고 있지. 아마 당신이 보고 싶어 할 것 같은데, 그렇지 않소?"

"네, 무척 보고 싶습니다." 윈스턴은 오브라이언의 의도를 알아채고 곧바로 대답했다.

"몇 가지 아주 독창적인 발전을 이룬 부분이 있소. 먼저 동사의 수가 눈에 띄게 줄었는데 아마 이 점이 당신에게 흥미로울 거요. 인편에 보내줘도 좋겠지만 당신이 아무 때나 편할 때 내 집에 들러서 가져가면 어떻겠소? 잠깐. 내 집 주소를 적어주지."

그들은 텔레스크린 앞에 섰다. 오브라이언은 주머니를 뒤져

가죽 표지의 작은 수첩과 금빛 만년필을 꺼냈다. 그는 텔레스크린 앞에서 볼 테면 보라는 듯 주소를 적은 다음 그 페이지를 찢어서 윈스턴에게 건넸다.

"저녁에는 주로 집에 있소." 그가 말했다. "만일 내가 없다면 하인이 당신에게 사전을 건네줄 거요."

그는 그 말을 한 다음 종이쪽지를 윈스턴의 손에 쥐어주고 가버렸다. 이번에는 감출 필요가 없는 쪽지였다. 그럼에도 불구하고 윈스턴은 쪽지에 적힌 주소를 외운 다음 몇 시간 후 그 쪽지를 다른 서류들과 함께 기억 구멍에 넣어 버렸다.

그들이 이야기를 나눈 시간은 불과 2분 정도였다. 그 사건이 의미하는 바는 오로지 하나밖에 없었다. 오브라이언이 윈스턴에게 자신의 주소를 알려주려고 그런 방법을 생각해 낸 것이다. 그런 방법을 쓸 수밖에 없었던 것이, 누군가의 주소를 알아내려면 직접 물어보는 수밖에 없었기 때문이었다. 주소록 같은 것이 존재하지 않았던 것이다. 오브라이언은 그런 식으로 주소를 일러주면서 '나를 만나고 싶으면 이곳으로 오라'는 메시지를 전달한 것이다. 아마 사전 속에 다른 메시지가 숨겨져 있을지도 모른다. 어쨌든 한 가지만은 분명했다. 윈스턴이 꿈꿔왔던 음모가 실제로 존재한다는 사실이었다. 그리고 그는 그 음모의

한 가닥 줄에 닿은 것이다.

윈스턴은 자신이 조만간 오브라이언의 소환에 응하리라는 것을 알고 있었다. 내일이 될 수도 있고 한참 뒤가 될지도 모른다. 지금 일어난 일은 몇 년 전부터 시작된 일의 자연스러운 결과일 뿐이다. 그 시작의 첫 단계는 은밀하게 모호한 생각들이 그에게 떠오른 것이었고 일기장을 펼쳤을 때 두 번째 단계에 접어든 것이었다. 이제까지는 생각을 글로 옮겼다면 이제부터는 글을 행동으로 옮겨야 했다. 마지막 단계는 '애정부'에서 일어날 일로 마무리되리라. 그는 그것을 이미 받아들인 셈이었다. 결말은 어차피 시작에 포함되어 있는 법이 아닌가.

하지만 그것은 두려운 일이었다. 아니, 보다 정확히 말한다면 그것은 죽음을 미리 맛보는 것과 같은 일이었다. 생을 단축시키는 것과 같은 일이었다. 오브라이언과 말을 나누면서, 자신이 하고 있는 말 속에 숨어 있는 의미가 분명히 느껴지는 순간 그는 온몸이 섬뜩할 정도로 떨렸다. 마치 축축한 무덤 속으로 들어가는 것 같은 느낌이었다. 무덤이 늘 그곳에서 자신을 기다리고 있었다는 사실을 알고 있었다고 해서 나아질 것은 전혀 없었다.

7

윈스턴은 눈물을 글썽이며 잠에서 깨어났다. 줄리아가 윈스턴 쪽으로 몸을 뒤척이며 "왜 그래요?"라고 물었던 것 같다.

"꿈을 꿨는데……" 그는 말을 하려다 입을 다물었다. 말로 표현하기에는 너무 복잡한 꿈이었다. 꿈도 꿈이려니와 그 꿈과 연결된 기억이 잠을 깬 뒤 얼마 동안 그의 뇌리에서 어른거렸다.

그는 여전히 꿈속 분위기에 젖은 채 눈을 감고 돌아누웠다. 그의 전 생애가 마치 비가 갠 뒤의 여름날 저녁 풍경처럼 눈앞에 펼쳐진 듯 광대하면서도 명료한 꿈이었다. 그 꿈은 모두 유리 문진 안에서 펼쳐졌다. 유리 표면은 하늘의 둥근 지붕이었고 지붕 안은 밝고 부드러운 빛이 넘실거리고 있어 까마득히 먼 곳까지 볼 수 있었다. 꿈속에서 어머니는 팔을 흔들고 있었다―어떤 의미에서 꿈은 그 모습만으로 이루어져 있었다고 볼 수 있었다―그리고 30년 후 그가 뉴스 영화에서 보았던 어느 유대인 여인의 모습도 꿈속에 보였다. 그녀는 헬리콥터의 총격으로부터 어린 아들을 보호하기 위해 꼭 껴안고 있었다. 잠시 후 모녀는 총격에 의해 산산조각이 났었다.

"내가 지금까지 어머니를 죽였다고 믿어온 걸 알아?" 그가 줄리아에게 말했다.

"왜 어머니를 죽였어요?" 줄리아가 잠결에 물었다.

"어머니를 실제로 죽인 건 아니야……"

꿈속에서 그는 어머니를 마지막으로 보았던 장면을 기억해 냈고 잠에서 깨어나자 그것과 연관된 작은 사건들이 생생하게 되살아났다. 그것은 그가 수년 동안 기억 속에서 몰아내려고 애썼던 기억이었다. 정확한 날짜는 알 수 없었지만 아마 그가 열 살이나 열두 살 정도일 때 일어난 일이었을 것이다.

아버지는 그 일이 있기 얼마 전에 사라졌다. 윈스턴은 당시의 소란스럽고 불편했던 상황을 분명히 기억할 수 있다. 주기적인 공습에 대한 공포, 지하철역으로 피신하던 일, 사방에 널려 있던 자갈 더미, 거리 모퉁이마다 붙어 있던 이해할 수 없는 성명서들, 빵 가게 앞에 길게 줄 서서 빵 배급을 기다리던 사람들, 멀리서 이따금 들려오는 기관총 소리…… 하지만 그 무엇보다 기억에 선명한 것은 먹을 것이 부족하다는 사실이었다. 그는 오후에 또래 아이들과 쓰레기통과 쓰레기더미를 뒤져 양배추 줄기와 감자껍질을 줍던 일, 때로는 상한 빵 조각을 주어 썩은 부분은 잘라내고 먹던 일을 떠올렸다.

아버지가 사라졌을 때 그의 어머니는 그다지 놀라지도 않았고 격하게 슬퍼하지도 않았다. 하지만 어머니는 전혀 다른 사람이 되어있었다. 어머니는 완전히 얼이 빠진 것 같았다. 그러면서도 그 무슨 일이 반드시 일어나리라고 기다리고 있는 것 같았다. 하지만 어머니는 가정생활에 필요한 일들을 아주 느리긴 해도 정확하게 해냈다. 마치 화가의 지시에 따라 불필요한 동작은 모두 없애버린 채 움직이는 그림 속 정물(靜物) 같았다. 어머니는 너무 병약해서 제대로 울지도 못하는 두 살짜리 누이동생에게 젖꼭지를 물리거나 윈스턴을 가끔 꼭 껴안곤 했다.

그는 어머니와 함께 살았던 어둡고 냄새나는 방도 떠올릴 수 있었다. 그러나 무엇보다 분명하게 기억나는 것은 끊임없이 배가 고팠다는 사실, 식사 때마다 조금이라도 더 먹기 위해 치사할 정도로 못되게 굴었다는 사실이었다. 그는 걸핏하면 어머니에게 왜 먹을 게 없느냐고 물었고 더 달라고 졸라댔다. 그러면 어머니는 자신의 몫을 덜어 윈스턴에게 주곤 했다. 하지만 윈스턴은 성이 차지 않았다. 그는 고함을 지르며 어머니 손에서 냄비와 국자를 빼앗았으며 누이동생의 작은 접시에 담긴 음식마저 빼앗아 먹었다. 그는 자신이 어머니와 누이동생을 굶주리게 한다는 사실을 알고 있었다. 하지만 어쩔 수 없었다.

어느 날 초콜릿 배급이 나왔다. 몇 주, 아니 몇 달 만에 나온 배급이었다. 그는 그 귀중한 초콜릿 조각을 지금도 생생하게 기억하고 있다. 세 사람 몫으로 2온스짜리(약 50그램-옮긴이 주) 한 조각이 배급되었다(당시에는 아직 온스라는 단위가 통용되고 있었다.). 당연히 3등분해야 했다. 그는 초콜릿을 자기가 전부 다 먹겠다고 떼를 썼다. 윈스턴을 달래다 못해 어머니는 4분의 3을 윈스턴에게 주고 나머지는 누이동생 손에 쥐어주었다. 누이동생은 초콜릿을 손에 쥐고도 그게 뭔지 모르는 듯 멍하니 들여다보고 있었다. 윈스턴은 잠시 누이동생을 노려보며 서 있었다. 잠시 후 그는 누이동생의 손에서 초콜릿을 번개처럼 낚아채고는 밖으로 뛰쳐나갔다. 뒤에서 어머니가 그의 이름을 불렀고 누이동생은 칭얼댔지만 그는 뒤도 돌아보지 않고 계단을 뛰어 내려갔다.

그날 이후 그는 어머니를 다시 보지 못했다. 초콜릿을 다 먹고 난 그는 부끄럽다는 생각에 거리를 몇 시간 동안 쏘다니다가 배가 고파서야 집으로 돌아왔다. 그가 집으로 돌아왔을 때 어머니의 모습이 보이지 않았다. 당시에 이미 그런 일은 흔하게 벌어졌다. 어머니와 누이동생만 빼놓고는 모든 것이 그대로였다. 그들은 어머니의 옷가지 하나 가져가지 않았고 심지어 외투에도 손을 대지 않았다. 오늘까지도 윈스턴은 어머니가 죽었는지 살았는지 모른다. 아마 강제 노동 수용소로 보내졌을 가능성이 가장 크다. 누이동생은 윈스턴처럼 고아들 집단 수용소(교화소라고 불렸다.)로 보내졌으리라. 혹은 어머니와 함께 강제 노동 수용소로 가서 살았거나 죽었거나 했으리라.

꿈이 여전히 생생했다. 특히 감싸 안고 보호하는 듯한 팔 동작이 눈에 선했다. 그 동작에 전체 의미가 담겨 있는 것 같았다. 그는 두 달 전 꾸었던 꿈이 다시 생각났다. 어머니는 아래로, 아래로 침몰해가는 배 안에 앉아서 점점 더 어두워지는 물을 통해 그를 올려다보고 있었다.

줄리아는 다시 잠든 것 같았다. 그는 그녀에게 어머니 이야기를 더 해주고 싶었다.

자기가 기억하는 한 어머니는 비범한 분이 아니었고 지적인 분도 아니었다. 하지만 그녀에게는 일종의 고상함과 순수함이 있었다. 자기만의 삶의 기준이 있었기 때문이었다. 또한 그녀는 외부의 영향으로 바꿀 수 없는 자신만의 감정을 지니고 있었다. 그녀는 제아무리 하찮은 행동이라도 무의미하다고는 생각하지 않았다. 누군가를 사랑한다는 것은 엄연히 그를 사랑하는 것이고, 줄 것이 아무것도 없더라도 사랑만은 주는 셈이다. 마지막 초콜릿이 사라졌을 때 어머니는 어린아이를 가슴에 꼭 껴안았다. 그 자체 아무 소용없는 행동이었고 현실적으로 바꿀 수 있는 것은 아무것도 없었다. 그런다고 초콜릿이 생기는 것도 아니었고 아이의 죽음이나 어머니의 죽음을 피할 수도 없었다. 하지만 그녀는 자연스럽다는 듯 그렇게 했다. 보트에 타고 있던 피난민 부인도 종이 한 장만큼의 효과도 없으면서 아이를 감싸 안았다.

당이 사람들에게 행하는 가장 끔찍한 일 중의 하나는 충동이나 감정 같은 것은 아무 소용이 없다고 사람들을 설득한다는 사실이다. 그러면서 동시에 그들은 사람들로부터 물질세계를 지배하는 힘을 모두 빼앗아 독차지한다. 사람들에게 남는 것은 아무것도 없다. 일단 당의 손아귀에 장악되고 나면 당신이 느끼거나 느끼지 않거나, 당신이 그 무엇을 행하거나 행하지 않거나 아무 차이가 없다. 당신에게 일어난 일은 모두 사라져버리며 당신에 대해서, 혹은 당신의 행동에 대해서는 아무도 이야기하지 않고, 아무런 기록도, 아무런 흔적도 남지 않는다. 당신은 역사의 흐름으로부터 깨끗하게 들어 올려지는 것이다.

하지만 겨우 두 세대 전의 사람들에게는 이런 짓들은 별로 중요하게 생각되지 않았다. 그들은 역사를 바꾸려 하지 않았기 때문이다. 그들은 개인적인 성실성의 지배를 받았고 그런 것에 대해서는 아무런 문제도 삼지 않았다. 중요한 것은 개인 간의 관계였으며 아무런 쓸모없는 몸짓, 포옹, 눈물, 죽어가는 사람에게 건네는 한마디 말이 그 자체 가치가 있고 의미가 있었다. 순간 윈스턴에게 번쩍 스쳐 지나가는 생각이 있었다. 혹시 프롤들이 이런 삶을 살고 있는 것이 아닐까? 당에서 철저히 세뇌하는 데 성공했다고 믿고 있는 그들, 아무 의미도 없는 삶을 살고 있는 것처럼 보이는 그들, 무지하기 짝이 없어 보이는 그들이 이런 삶을 살고 있는 것이 아닐까? 그들은 겉보기와는 달리 국가나 이념 대신 자기 자신에게 충실한 삶을 살고 있는 것이 아닐까? 윈스턴은 생애 처음으로 그들을 경멸하지 않게 되었다. 그들에게서 세상을 새롭게 태어나게 할 수 있는 힘을 본 것 같았다. 프롤은 인간으로 남아 있다. 그들의 내면은 굳어 있지 않다. 그들에게는 윈스턴이 애써서 익히고 배워야만 하는 원시적 정서가 남아 있다.

그가 그런 생각에 잠겨 있을 때 줄리아가 깨어났다. 그는 문득 줄리아가 염려되어 말했다.

"줄리아, 너무 늦기 전에 어서 이곳에서 나가서, 다시는 만나지 않는 게 최선인 것 같지 않아? 그런 생각한 적 없어?"

"있어요. 그것도 여러 번 생각했어요. 하지만 그러지 않을 거예요."

"우리는 이제까지 운이 좋았어. 하지만 언제까지고 그럴 수는 없어. 당신은 젊어. 당신은 정상적이고 결백해 보여. 나 같은 사람만 가까이하지 않는다면 앞으로 50년은 더 살 수 있을 거야."

"아녜요. 나도 다 생각해 봤어요. 당신이 하는 대로 나도 따라서 할래요. 그리고 너무 염려 말아요. 나는 살아남을 자신이 있어요."

"우리는 육 개월 정도 함께 지낼 수 있겠지. 어쩌면 일 년이 될지도 몰라. 하지만 줄리아, 우리는 결국 헤어져야 할 거야. 그때 우리가 완전히 혼자일 수밖에 없다는 생각을 해 봤어? 그들에게 잡히기만 하면 나나 당신이나 상대방을 위해 해줄 수 있는 게 아무것도 없어. 내가 자백해도 당신을 총살할 거고 자백하지 않아도 마찬가지일 거야. 우리는 서로가 살았는지 죽었는지도 모르게 될 거야. 그야말로 철저하게 무기력한 존재가 되는 거야. 하지만 그렇게 되더라도 중요한 게 한 가지 있어. 우리가 서로를 배반하지 않는 것. 그런다고 해서 달라지는 건 아무것도 없더라도 신의를 지키는 것."

"자백을 말하는 거라면, 안 하고 배길 도리가 없을 거예요. 누구나 자백을 하게 되어있어요. 어쩔 수 없어요. 고문을 하니까요."

"자백 이야기가 아니야. 자백은 배신이 아니야. 자백하건 하지 않건 그건 중요하지 않아. 오로지 감정이 중요한 거야. 그들이 내가 당신을 사랑하지 않게 만든다면…… 그게 바로 배신인 거야."

그녀는 잠시 생각에 잠겼다. 이윽고 그녀가 단호하게 말했다.

"그들은 그렇게 할 수 없어요. 그들이 할 수 없는 단 한 가지가 바로 그거예요. 그들은 우리에게 무엇이든, 그래요 무엇이든 말하게 할 수는 있어요. 하지만 그것을 믿게 할 수는 없어요. 우리의 속까지 들어올 수는 없으니까요."

"맞아. 그럴 수 없어. 정말 옳은 말이야. 우리의 속까지 들어올 수는 없어. 우리가 인간으로 남아 있는 것이 가치 있다고 느낀다면, 그 느낌을 잃지 않을 수만 있다면, 그것이 아무런 성과를 맺지 못하더라도 그들을 이긴 거야."

제2부

215

윈스턴은 한결 밝은 목소리로 말했다. 그는 결코 잠들지 않는 텔레스크린에 대해 생각했다. 그들은 밤낮으로 사람들을 감시하고 있다. 하지만 정신만 똑바로 차린다면 얼마든지 그들을 속일 수 있다. 텔레스크린이 제아무리 영리하더라도 다른 사람들이 무슨 생각하는지 밝혀낼 수 있는 비밀의 열쇠를 손에 넣을 수는 없다. '애정부' 안에서 무슨 일이 벌어지고 있는지 아무도 모르지만 짐작은 할 수 있다. 그들은 고문, 정밀 기구, 수면 방해, 독방 감금, 끈질긴 심문 등으로 신경을 자극하고 몸을 녹초로 만들 것이다. 그리하여 결국 모든 사실을 털어놓게 만들 것이다. 심문으로 모든 흔적을 다 밝혀낼 것이고 고문으로 모든 것을 다 쥐어 짜낼 것이다. 하지만 단지 살아남는 게 목표가 아니라 인간으로서 사는 것이 목표라면 궁극적으로 달라진 게 무엇이란 말인가? 그들은 당신의 감정을 바꿀 수 없다. 당신이 아무리 원하더라도 그들을 변화시킬 수 없는 것과 마찬가지이다. 그들은 당신이 행하고 말하고 생각한 것들을 속속들이 파헤쳐 놓을 수 있다. 하지만 당신의 속마음은 결코 공략할 수 없다. 그 안에서 벌어지고 있는 일은 당신 자신에게조차 신비로운 것이기에……

8

　그들이 그것을 해냈다. 마침내 그것을 해냈다!

　그들이 서 있는 긴 방에는 은은하게 불빛이 밝혀져 있었다. 텔레스크린 소리는 한껏 낮춰져 있었다. 짙푸른 카펫이 하도 푹신푹신해서 마치 벨벳을 밟고 있는 듯한 느낌이었다. 오브라이언이 방 한쪽 끝에 있는 탁자 앞에 앉아 있었다. 머리 위에는 초록색 갓이 달린 램프가 켜져 있었고 탁자 양쪽에는 서류 더미가 쌓여 있었다. 윈스턴과 줄리아가 하인의 안내를 받아 들어왔는데도 그는 본 척도 하지 않았다.

　윈스턴은 가슴이 너무 뛰어 말을 할 수조차 없을 것 같았다. 그가 생각할 수 있는 것은 고작 '그들이 그것을 해냈다. 마침내 그것을 해냈다!'는 사실뿐이었다. 이곳에 왔다는 사실 자체가 경솔한 짓일 수 있었다. 게다가 둘이 함께 왔다는 것은 정말로 미친 짓일 수 있었다. 내부당원의 집안을 구경하는 것은 물론 그들 거주 지역에 발을 들여놓는다는 것 자체가 아주 드문 일이었다. 어마어마한 플랫 저택의 위압적인 모습, 풍요롭고 호사스러운 분위기, 이제껏 맡아보지 못한 맛있는 음식 냄새와 질 좋은 담배 냄새, 조용하면서도 믿을 수 없을 정도로 빠르게 오르내리는 엘리베이터, 흰색 재킷을 입고 분주히 오가는 하인들 등 모든 것이 화려하다 못해 위협적이었다. 이곳에 올 만한 충분한 구실이 있었음에도 불구하고 윈스턴은 발걸음을 옮길 때마다 검정 제복을 입은 위병들이 튀어나와 신분증을 보여달라고 요구한 다음 내쫓을 것 같아서 조마조마했었다.

손가락 사이에 종이 한 장을 낀 채 구술 기록부에 대고 메시지를 낭송하고 있던 오브라이언은 천천히 의자에서 일어나더니 그들에게 다가왔다. 그의 표정은 어느 때보다도 굳어 있었다. 윈스턴은 다시 한번 좀 전에 느꼈던 공포를 느끼고 적이 당황스러웠다. 아무래도 어리석은 잘못을 저지른 것만 같았다. 오브라이언이 정치적 음모를 꾸미고 있다는 것을 증명해줄 구체적 증거가 어디 있단 말인가? 단지 시선을 마주쳤던 사실, 그리고 애매한 몇 마디 말밖에 없지 않은가? 그 외에는 오로지 꿈에 근거한 자신의 은밀한 상상 밖에 없지 않은가? 이제는 그냥 사전을 빌리러 왔다고 발뺌할 수조차 없었다. 왜 줄리아와 함께 왔는지 설명할 길이 없었기 때문이었다. 오브라이언은 텔레스크린 앞을 지나다가 갑자기 뭔가 생각이 난 것 같았다. 그는 발걸음을 멈추고 몸을 돌리더니 벽에 있는 스위치를 눌렀다. 찰각하는 소리가 들리더니 텔레스크린에서 들리던 소리가 멈췄다.

줄리아가 깜짝 놀라서 가볍게 신음소리를 냈다. 공포에 질려 있던 윈스턴도 너무 놀라서 자신도 모르게 입을 열었다.

"저걸 끌 수 있네요!"

"그렇다네. 저걸 끌 수 있지. 우리들의 특권이라네."

그는 이제 그들을 마주 보고 섰다. 그의 우람한 몸집이 두 사람을 압도하고 있었으며 그의 얼굴에 나타난 표정은 여전히 알쏭달쏭했다. 그는 단호한 표정으로 윈스턴이 먼저 입을 열기를 기다리고 있었다. 하지만 대체 무슨 말을 하란 말인가? 마치 바쁜 사람을 왜 귀찮게 하냐고 추궁하는 것 같기도 했다. 아무도 입을 열지 않았다. 텔레스크린이 꺼진 방안은 쥐죽은 듯 고요했다. 몇 초밖에 지나지 않았지만 엄청나게 긴 시간이 흐른 것 같았다. 윈스턴은 어쩔 줄 모르고 오브라이언의 얼굴만 쳐다보고 있었다. 그런데 그의 냉혹한 얼굴에 미소 비슷한 것이 떠오른 것 같았다. 오브라이언은 특유의 동작으로 콧잔등에 걸려 있는 안경을 치켜올렸다. 마침내 그가 입을 열었다.

"내가 먼저 말할까? 아니면 당신이 먼저 하겠소?"

윈스턴이 재빨리 대답했다.

"제가 먼저 말씀드리겠습니다. 저거 정말 꺼졌습니까?"

"그렇소. 전부 다 꺼졌소. 이제 우리뿐이오."

"우리가 여기 온 것은……"

윈스턴은 말을 멈추었다. 자신이 이곳에 찾아온 목적이 애매모호하다는 것을 처음으로 자각한 것이다. 실제로 오브라이언에게 무슨 도움을 받으려는 것인지조차 분명하지 않았기에 말을 꺼내기가 쉽지 않았다. 그는 자신이 하는 말이 힘도 없고 핑계처럼 들릴 수도 있겠다고 생각하며 말을 이어갔다.

"우리는 모종의 공모(共謀)가 있다고 믿습니다. 당에 저항하는 비밀 조직이 있으며 당신이 그에 연루되어 있다고 믿습니다. 우리도 그에 가담해서 일하고 싶습니다. 우리는 당에 적대적입니다. 우리는 '영사'의 원칙들을 믿지 않습니다. 우리는 사상범입니다. 우리는 간통도 저질렀습니다. 우리를 당신에게 맡기고 싶어서 이런 말씀을 드리는 겁니다. 우리가 다른 범죄를 저지르기를 원하신다면 기꺼이 응할 준비가 되어있습니다."

윈스턴은 말을 멈추고 어깨너머로 뒤를 돌아다보았다. 문이 열리는 느낌이 들었던 것이다. 아니나 다를까, 키가 작은 누런 얼굴의 하인이 노크도 하지 않은 채 방으로 들어섰다. 그의 손에는 와인 병과 잔들이 담긴 쟁반이 들려 있었다.

"마틴은 우리 편이오." 오브라이언이 태연하게 말했다. "자, 마실 것을 이 탁자로 가져와서 자네도 앉게. 이제부터 약 10분 정도, 자네는 하인이 아니야."

마틴이 편안한 자세로 앉았지만 여전히 하인의 태도를 버리지 않았다. 오브라이언이 술병을 집어 들고 잔에 가득 검붉은 와인을 따랐다. 향기가 좋았다. 그는 고개를 돌려 줄리아를 바라보았다. 그녀는 잔을 든 채 호기심이 동한다는 듯 냄새를 맡고 있었다.

"이게 와인이라는 거요." 오브라이언이 가볍게 미소를 지으며 말했다. "물론 책에서 읽어서 알고 있겠지. 아마 외부당원은 구하기 힘들 거요."

그가 다시 엄숙한 표정을 지으며 잔을 높이 쳐들었다.

"자, 건배부터 합시다! 우리의 지도자를 위하여! 임마뉴엘 골드스타인을 위하여!"

윈스턴은 일종의 열망을 담아 잔을 높이 들었다. 와인은 그가 책에서 읽고 상상만 해오던 것이었다. 유리 문진이나 채링턴 씨가 반쯤만 기억하는 노래처럼 와인은 사라진 낭만적인 과거, 그가 은밀히 '옛 시대'라고 부르는 시대에 속하는 것이었다. 그의 상상 속에서 와인은 아주 달콤하면서 마시면 금세 취하는 음료였다. 하지만 실제로 마셔보니 정말로 실망스러웠다. 실은 오랫동안 진만을 마셔왔기에 와인을 제대로 음미할 수 없었던 것이다. 그는 빈 잔을 내려놓았다.

"그렇다면 골드스타인이란 사람이 실제로 있나요?" 그가 물었다.

"그렇소. 살아 있소. 하지만 어디 있는지는 모르오."

"그렇다면 공모는? 조직은? 실제로 있습니까? 사상경찰이 조작해 낸 게 아니란 말입니까?"

"그렇소, 실제로 있소. 우리는 그 조직을 '형제단'이라 부르오. 당신이 그에 가입해도 그것이 존재한다는 사실, 그리고 당신이 그 일원이라는 사실 외에는 더 이상 아무것도 알 수 없을 거요. 자, 그 이야기는 좀 있다가 합시다."

그는 시계를 들여다보았다.

"아무리 내부당원이라도 텔레스크린을 30분 이상 꺼놓는 건

현명한 일이 못 되오. 그리고 당신 둘이 함께 오지 말아야 했소. 갈 때는 따로따로 가도록 하시오. 여자분 먼저 가도록 하시오. 우선 당신들에게 몇 가지 질문을 할 테니 양해해 주시오. 당신들, 무슨 일이든 할 각오가 돼 있소?"

윈스턴이 대답했다.

"할 수 있는 일이라면 무엇이든 하겠습니다."

오브라이언은 윈스턴이 줄리아 몫까지 대답해주리라고 생각했는지 줄리아 쪽으로는 시선도 주지 않았다. 그는 잠시 뜸을 들였다가 다시 물었다.

"목숨을 바칠 각오가 돼 있소?"

"네."

"살인을 저지를 각오가 돼 있소?"

"네."

"수백 명의 무고한 사람이 죽을 수도 있는 파괴 행동을 할 각오가 돼 있소?"

"네."

"조국을 배신할 각오가 돼 있소?"

"네."

"사기 치고, 날조하고, 공갈하고, 동심을 타락시키고, 마약을 유포하고, 매음을 조장하고, 성병을 퍼뜨리는 등 당의 권력을 타락시키고 약화시킬 수 있는 모든 행동을 할 각오가 돼 있소?"

"네."

"예를 들어, 만일 우리의 이익을 위하여 어린아이 얼굴에 황산을 뿌려야 한다면 그렇게 할 각오가 돼 있소?"

"네."

"지금의 신분을 잃고 여생을 웨이터나 부두 노동자로 일할 각오가 돼 있소?"

"네."

"당신에게 자살하라는 명령이 떨어진다면 그렇게 할 각오가 돼 있소?"

"네."

"당신 둘이 헤어져서 다시는 만나지 말라고 하면 그럴 각오가 돼 있소?"

"아뇨!" 줄리아가 끼어들었다.

윈스턴은 자신이 대답하기까지 얼마나 시간이 흘렀는지 짐작조차 할 수 없었다. 말을 하려고 해도 혀가 입안에서 맴돌 뿐 말이 되어 나오지 않았다. 말이 입 밖으로 나오는 순간까지도 그는 자신이 무슨 말을 하려는 것인지 모르고 있었다.

그가 마침내 말했다.

"그건 안 됩니다."

"잘 말해 주었소." 오브라이언이 말했다. "우리는 모든 것을 다 알아야 하오."

이어서 그가 잠시 가만히 있다가 말했다.

"좋소. 이제 결정되었소."

탁자 위에는 은제 담뱃갑이 놓여 있었다. 오브라이언은 무심한 표정으로 그들에게 담뱃갑을 내밀고 자신도 한 개비를 꺼내어 입에 물었다. 아주 질 좋은 고급 담배였다. 오브라이언은 일어나서 손목시계를 들여다보더니 마틴에게 말했다.

"자네는 주방으로 돌아가는 게 낫겠군. 15분 후에는 텔레스크린을 켜야겠어. 가기 전에 이 동지들 얼굴을 똑바로 봐 두게. 다시 보게 될 걸세."

맨 처음 현관에서 만났을 때처럼 마틴이 검은 눈을 반짝이며 두 사람의 얼굴을 살펴보았다. 그의 태도에 친밀감 같은 것은 조금도 없었다. 마치 그들의 외모만 기억할 뿐 그들에게 그 어떤 관심도, 느낌도 없는 것 같았다.

마틴이 아무 말 없이 밖으로 나가자 오브라이언이 담배를 들고 방을 서성였다. 이윽고 그가 걸음을 멈추고 입을 열었다.

"잘 알겠지만 당신은 어둠 속에서 투쟁해야 하오. 언제나 어둠 속에 있게 될 거요. 명령을 받으면 이유를 불문하고 복종해야 하오. 나중에 당신에게 책을 한 권 보내주겠소. 그 책을 읽으면 우리가 살고 있는 사회의 진면목을 알게 될 것이고 그것을 파괴하기 위해 우리가 쓰고 있는 전략에 대해 알게 될 거요. 그 책을 읽어야 비로소 진정한 '형제단' 단원이 되는 거요. 하지만 형제단 숫자가 얼마인지는 밝힐 수 없소. 또한 당신들이 형제단 전체와 만나는 일은 없을 거요. 당신들은 기껏해야 서너 명, 그것도 한 명, 한 명씩 번갈아 만날 거요. 앞으로 당신들이 받게 될 명령은 내가 직접 내릴 거요. 당신들이 체포되면 자백을 강요받게 될 거요. 하지만 파편적인 활동만 했을 뿐이니 자백할 내용도 별로 없을 거요. 물론 내 이름을 댈 수 있겠지만 그래봤자 아무런 상관없소. 그때쯤이면 나는 이미 죽었거나 살아있더라도 전혀 다른 사람이 돼 있을 거요. 우리는 필요한 경우 우리 단원들 얼굴 모습도 수술로 바꿔놓소. 당신들에게도 그런 것을 요구하게 될지도 모르오."

이어서 그는 다시 방안을 서성였다. 그의 얼굴은 평온했다. 심각한 단어나 내용을 이야기하면서도 그의 표정은 마치 가벼운 농담을 하는 것 같았으며 동시에 사람다운 사람이 되기 위

1984

226

해서는 불가피하게 해야만 하는 일을 이야기하고 있다는 단호함도 느껴졌다. 윈스턴은 오브라이언에 대해 거의 숭배에 가까운 존경심을 느꼈다. 줄리아마저도 감동을 받은 것 같았다. 그녀는 담뱃불을 끄고 열심히 귀를 기울였다. 오브라이언이 계속 말했다.

"당신들은 형제단이 있다는 소문을 듣고 당신들 나름대로 그 모습을 그렸을 거요. 어쩌면 거대한 지하조직이 지하실에 운집해 있는 것처럼 생각했을 거요. 하지만 실제로는 그렇지 않소. 형제단 단원들은 서로 알아볼 방법도 없고 그저 몇 명의 얼굴만 알고 있을 뿐 단원들 신원을 확인할 수도 없소. 골드스타인이 체포된다고 해도 전체 명단을 넘겨줄 수 없고 그런 명단을 입수할 수 있는 방법을 자백할 수도 없소. 그런 명단 자체가 존재하지 않기 때문이오. 형제단은 완전 소탕이 불가능하오. 일반적인 의미의 조직이 아니기 때문이오. 그들은 오로지 '관념'으로 뭉쳐 있고 관념은 파괴가 불가능하오. 당신들이 계속 지니고 있어야 하는 것은 그 관념뿐이오. 동지 의식도 없을 것이고 격려도 없을 것이오. 당신들이 체포되어도 아무도 당신들을 도와줄 수 없소. 돕는다고 해봤자 자살할 수 있도록 몰래 감방 안에 면도날을 넣어주는 정도가 될 거요. 당신들은 얼마 동안 활동하다가 체포되어 자백하고 죽게 될 거요. 그게 유일한 보람이자 희망이오. 우리가 살아 있는 동안에 그 어떤 눈에 띌 만한 변화가 일어날 가능성은 전혀 없소. 우리는 죽은 몸이요. 우리의 진정한 삶은 오로지 미래에 있소. 우리는 한 줌의 먼지나 몇 조각의 뼈의 모습으로 그 미래에 참여하게 될 거요. 게다가 그 미래가 언제쯤일지 아무도 알 수 없소. 어쩌면 수천 년 후일지도 모르오. 현재로서는 건강한 영역을 조금씩 넓혀가는 일만 할 수 있을 뿐이오. 우리는 집단행동을 할 수 없소. 우리의 지식을 개인에게서 개인에게로, 세대에서 세대로 전해줄 수 있을 뿐이오. 사상경찰이 시퍼렇게 존재하는 한 다른 방법은 없소."

그는 걸음을 멈추고 다시 손목시계를 들여다보았다.

이어서 그가 줄리아를 보고 말했다.

"동지, 이제 거의 떠날 때가 되었소. 동지가 먼저 혼자 떠나시오. 아, 술이 반병이나 남았군."

그가 잔을 채우고 자신의 잔을 들어올리며 말했다.

"이번에는 무엇을 위해 건배할까? 사상경찰을 혼란에 빠뜨리기 위해? 빅브라더의 죽음을 위해? 인류를 위해? 미래를 위해?"

그러자 윈스턴이 말했다.

"과거를 위해 건배하지요."

1984

오브라이언이 심각한 표정으로 동의했다.

"과거는 매우 중요한 거지."

그들은 일제히 잔을 비웠다. 줄리아가 떠나려고 자리에서 일어났다. 그러자 오브라이언이 캐비닛 위에서 작은 상자를 내리더니 그 안에서 하얀 알약을 꺼내어 줄리아의 입에 넣어주었다. 엘리베이터 안내원이 눈치채지 못하도록 술 냄새를 없애야 한다는 것이었다.

줄리아가 밖으로 나가자 오브라이언이 윈스턴에게 물었다.

"몇 가지 더 확인할 게 있소. 당신들에게 은신처가 있을 것 같은데?"

윈스턴은 채링턴 씨의 고물상 이층방에 대해 설명해 주었다.

"지금 당장은 괜찮을 거요. 나중에 다른 곳을 마련해 주겠소. 은신처를 자주 바꾸는 게 중요하오. 그 사이 당신에게 그 *책*을 보내주겠소." 그는 그 *책*이라는 말을 힘주어 강조했다. "아까 말한 책이오. 입수하려면 며칠이 걸릴 거요. 며칠 안에 당신이 오전 중에 처리해야 할 메시지 가운데 오자(誤字)가 하나 있을 거요. 그걸 발견하면 다음 날은 손가방을 들지 말고 출근하시오. 출근 도중 길에서 한 남자가 당신 팔을 건드리며 '가방이 떨어졌군요'라고 말하면서 당신에게 가방을 하나 건네줄 거요. 골드스타인이 쓴 책이 그 안에 들어있을 거요. 읽고 나서 보름 후에 돌려줘야 하오."

잠시 침묵이 흘렀다.

"당신이 떠나기까지 1, 2분 정도 남았군." 오브라이언이 말했다. "나중에 또 봅시다. 그럴 수 있다면……"

윈스턴이 그를 쳐다보았다. 그가 주저하며 말했다.

"어둠이 없는 곳에서 말인가요?"

오브라이언이 놀라는 기색도 없이 고개를 끄덕였다.

"그렇소. 어둠이 없는 곳에서. 자, 마지막으로 혹시 뭐 물어볼 말이라도 있소?"

윈스턴은 더 이상 물어볼 말이 없는 것 같았다. 그런데 불쑥 다음과 같은 말이 나왔다.

"저 혹시, '오렌지와 레몬, 성 클레멘트의 종이 말하네'라는 구절로 시작되는 노래를 들어보신 적 있으신가요?"

오브라이언이 다시 고개를 끄덕이더니 엄숙한 표정으로 그 노래를 끝까지 암송했다.

오렌지와 레몬, 성 클레멘트의 종이 말하네
그대 내게 3파딩의 빚을 졌지, 성 마틴의 종이 말하네

그대는 언제 빚을 갚으려나? 올드 베일리의 종이 말하네

"끝까지 다 아시는군요!" 윈스턴이 말했다.

"그렇소. 마지막 구절까지 알고 있소. 자, 이제 떠날 시간이오. 잠깐 당신도 이 알약을 먹고 가는 게 좋겠군."

윈스턴이 자리에서 일어나자 오브라이언이 손을 내밀었다. 손아귀 힘이 어찌나 센지 윈스턴은 손뼈가 으스러지는 것 같았다. 윈스턴은 문 앞에서 뒤를 한 번 돌아보았다. 오브라이언은 이미 그를 잊은 듯한 표정으로 텔레스크린 스위치에 손을 대고 있었다.

이제 이 사건은 종결되었다. 삼십 초 내로 오브라이언은 미뤄놓았던 중요한 일을 당을 위해서 다시 시작하리라고 윈스턴은 생각했다.

9

윈스턴은 피곤해서 녹초가 되어있었다. 젤라틴처럼 되었다고 하는 것이 적절할 정도였다. 몸이 젤리처럼 흐물흐물해졌을 뿐 아니라 반쯤 투명해진 것 같았다. 손을 들어 바라보면 손을 통과해 햇빛이 눈에 보일 것만 같았다. 어찌나 어마어마하게 일에 시달렸는지 신경과 뼈와 피부만 남긴 채 온몸의 혈액과 혈청이 빠져나간 것 같았고 온몸의 감각이 확장된 것 같았다. 제복이 어깨를 짓누르고 보도가 발바닥을 간질였으며 손을 쥐었다 폈다 하는 데도 뼈마디가 시큰거렸다.

그는 5일 동안 90시간 이상 일했다. 청사 안의 모든 사람이 마찬가지였다. 이제 모든 일이 끝나고 내일 아침까지는 더 이상 할 일이 없었다. 여섯 시간을 은신처에서 보내고 나머지 아홉 시간은 자기 집 침대에서 지낼 수 있게 되었다.

윈스턴은 포근한 오후의 햇빛을 받으며 채링턴 씨의 고물상을 향해 천천히 걸음을 옮기고 있었다. 그는 경찰이라도 나타날까 줄곧 눈을 크게 뜨고 주변을 살펴보았다. 하지만 이상하게도 이날 오후만은 그 누구도 그를 방해할 것 같지 않았다. 발걸음을 옮길 때마다 그가 들고 있는 묵직한 서류 가방이 그의 무릎에 부딪혀 다리 전체가 얼얼했다. 가방 안에는 그 *책*이 들어있었다. 그 *책*을 손에 넣은 지 6일이 되었지만 그는 아직 펴보기는커녕 눈길조차 주지 못했다.

증오주간 엿새째 되는 날이었다. 행진, 연설, 함성, 합창, 깃발, 포스터, 영화, 밀랍인형 전시, 천둥 같은 북소리와 째지는 듯한 트럼펫 소리, 쿵쿵거리는 행진 소리, 탱크 굴러가는 소리, 편대를 지어 날아가는 비행기 굉음, 고막을 울리는 총소리 등등에 휩싸여 엿새를 지내면서 사람들의 흥분은 절정에 달했고 유라시아에 대한 증오심은 광분 상태로까지 끓어올랐다. 군중들은 행사 마지막 날 공개적으로 교수형에 처할 예정인 2천 명의 유라시아 전쟁 포로들이 눈앞에 보이기만 하면 갈기갈기 찢어 죽일 기세였다. 그런데 바로 그 순간, 오세아니아는 이제 유라시아와 전쟁 중이 아니라는 발표가 있었다. 오세아니아는 이스트아시아와 전쟁 중이었고 유라시아는 동맹국이라는 것이었다.

물론, 상황이 바뀌었다는 식의 해명은 전혀 없었다. 그저 적이 유라시아가 아니라 이스트아시아라는 사실이 극도로 신속하게 사방에 전파되었을 뿐이었다. 그런 발표가 있었을 때 윈스턴은 런던 중심부의 어느 광장에서 벌어지고 있는 시위에 참가하고 있었다. 밤이었고 사람들의 하얀 얼굴과 주홍색 깃발이 불빛에 번득이고 있었다. 광장에는 스파이단 제복을 입은 천 명가량의 어린 학생들을 포함해서 수천 명의 인파로 인해 발 디딜 틈도 없었다. 몸집이 작고 깡마른 내부당원 한 명이 연단 위에서 열변을 토하고 있었다. 금속성의 그의 목소리는 확성기를 통해 찌렁찌렁 울려 퍼졌다. 자세히 들으면 너무 뻔한 선동 내용이었지만 군중들은 열광했다. 그중에서도 어린 학생들의 입에서 가장 야만스러운 고함이 터져 나왔다.

연설이 20분 정도 진행되었을 때였다. 전령이 급히 연단으로 오르더니 연사의 손에 쪽지 한 장을 전해주었다. 내부당원은 연설을 계속하면서 그 쪽지를 펴서 읽었다. 하지만 그의 음성이나 태도, 내용은 달라진 것이 아무것도 없었다. 다만 적의 이름만이 바뀌었을 뿐이었다. 군중들 사이에 조용한 파문이 일

1984

었다. 하지만 영문을 모르겠다는 의미에서의 파문이 아니었다. 군중들은 말 없는 가운데 사태를 이해하고 받아들였다. 오세아니아가 이스트아시아와 전쟁 중이다! 다음 순간 군중 사이에 무서운 동요가 일었다. 광장을 장식하고 있는 깃발과 포스터는 모두 잘못된 것이다! 포스터의 얼굴도 잘못 그려진 것이다! 골드스타인의 첩자들이 그 짓을 한 것이다! 곧바로 난폭한 행동이 이어졌다. 벽에서 포스터를 뜯어내고 깃발을 발기발기 찢어 발로 짓밟았다. 스파이단 소년들은 지붕 꼭대기로 올라가 굴뚝에 매달려 나부끼는 현수막을 잘라버렸다. 하지만 그런 소동은 2, 3분도 안 되어 곧바로 가라앉았다. 연사는 마이크를 들고 연설을 계속했고 군중들은 다시 열광의 도가니에 빠졌다. 증오주간 행사는 증오의 대상이 바뀌었을 뿐 아무런 차질 없이 계획대로 진행되었다.

사람들이 포스터를 뜯어내는 등 한창 혼란에 빠졌던 바로 그 순간이었다. 생면부지의 사람이 윈스턴의 어깨를 툭 치며 "실례합니다. 서류 가방을 떨어뜨리셨군요"라고 말했다. 윈스턴은 아무 말 없이 멍한 상태에서 서류 가방을 받았다. 군중 시위가 끝나자 23시가 거의 다 되었지만 그는 곧장 '진리부'로 향했다. 그만 그런 것이 아니라 모든 직원이 마찬가지였다. 텔레스크린에서는 이미 모두 자기 일터로 돌아가라고 명령했지만 그런 명령을 내릴 필요조차 없었다.

오세아니아는 이스트아시아와 전쟁 중이었다. 오세아니아는 언제나 이스트아시아와 전쟁 중이었다. 지난 5년 동안의 정치 기록들이 이제 완전히 무용지물이 되었다. 온갖 종류의 보고서와 기록문서, 신문, 서적, 팸플릿, 영화, 녹음테이프, 사진 등 모든 것이 번개처럼 수정되어야 했다. 상부에서 별도의 지시가 없더라도 유라시아와 전쟁 중이고 이스트아시아와 동맹을 맺었다는 모든 기록을 일주일 내로 완전히 바꿔야 한다는 것을 모두 알고 있었다. 하도 은밀하게 이루어지는 작업이다 보니 그 작업의 명칭도 없었고 직원들은 그 때문에 더 힘이 들었다. 기록국 직원은 모두 하루에 열여덟 시간씩 일하면서 세 시간씩 두 번 눈을 붙였다. 지하실에서 매트리스를 가져와서 복도에 깔고 거기서 잠을 잤으며 빅토리 카페의 종업원들이 샌드위치와 빅토리 커피를 가져와 나눠 주었다.

사흘째 되자 윈스턴은 눈이 참을 수 없을 정도로 아팠으며 몇 분마다 안경을 닦아주어야만 했다. 마음속으로는 거부감이 이는 일, 하지만 끝을 내기 위해 잔뜩 긴장한 채 매달릴 수밖에 없는 일을 하면서 몸을 혹사하는 꼴이었다. 그는 기록국의 다른 직원들과 마찬가지로, 조작이 완벽하게 성공하기만을 바랄 뿐이었다.

엿새째 되는 날에 서류 전달 속도가 눈에 띄게 느려졌다. 그리고 얼마 지나자 전송관에서는 이제 아무것도 나오지 않았다. 다른 부서도 마찬가지였다. 전 부서가 동시에 일에서 해방된 것이다. 모든 일이 완벽하게 마무리되었다. 이제 그 누구도 오세아니아가 유라시아와 전쟁을 했다는 사실을 문서상으로 증명할 길은 없었다. 12시가 되자 청사 안의 모든 직원에게 내일 아침까지 자유 시간을 준다는 소식이 전해졌다. 윈스턴은 일할 때는 다리 사이에 끼워두고 잘 때는 몸 아래 깔고 잤던, 그 *책*이 든 서류 가방을 들고 집으로 돌아왔다. 그는 면도를 한 뒤 꾸벅꾸벅 졸면서 목욕을 했다.

윈스턴은 채링턴 씨 상점의 계단을 오르고 있었다. 발걸음을 옮길 때마다 관절에서 우두둑 소리가 났다. 그는 방안으로 들어섰다. 지쳐 있었지만 잠은 오지 않았다. 그는 창문을 열고 가스난로에 불을 피운 뒤 커피를 타기 위해 주전자를 그 위에 올려놓았다. 줄리아가 곧 올 것이다. 그 *책*이 거기 있었다. 그는 더러운 안락의자에 앉아 서류 가방을 열었다.

검은색의 두툼한 책이었다. 표지에 저자 이름도 제목도 없었다. 인쇄도 조잡해 보였다. 책장 가장자리가 닳았고 쉽게 페이지가 넘어가는 것으로 보아 여러 사람의 손을 거친 것 같았다. 표지를 넘기자 다음과 같은 제목이 눈에 띄었다.

과두적 집단주의의 이론과 실제

-임마뉴엘 골드스타인-

윈스턴은 읽어 내려가기 시작했다. 먼저 '무지는 힘이다'라는 제목의 제1장이 눈에 들어왔다.

> 유사 이래 지구상에는 상·중·하라는 세 계급이 존재했다. 시대의 흐름에 따라 그들의 이름, 상호 간의 태도는 변했지만 사회의 본질적인 구조는 변하지 않았다.

윈스턴은 몇 페이지 읽다가 읽기를 멈추고 잠시 생각에 잠겼다가 이번에는 다른 장을 펼쳤다. '전쟁은 평화다'라는 제목의 제3장이었다.

세계가 3개의 초강대국으로 분할되리라는 것은 20세기 중엽부터 능히 예상되던 일이었다. 러시아가 유럽을 병합하고 미국이 영국을 병합함에 따라 유라시아와 오세아니아라는 두 세력은 이미 존재했다. 나머지 하나인 이스트아시아는 십 년 동안의 혼란스러운 전쟁 끝에 탄생했다. 유라시아는 포르투갈에서 베링해협에 이르기까지 유럽대륙과 아시아 대륙의 북부 전 지역을 장악하고 있다. 오세아니아는 아메리카 대륙을 비롯해, 영국과 오스트레일리아를 포함하는 대서양의 여러 섬으로, 이스트아시아는 중국과 그 남쪽의 국가들, 일본, 만주, 몽고, 티베트 등으로 이루어져 있다.

이어서 글은 이 세 나라 간에 끊임없이 이어지고 있는 국제 정치적 상황에 대해 진술하고 있었다. 이어서 전쟁이 계속 벌어지게 된 이유에 대해 서술한 뒤에 전쟁 기술의 발달에 대해 상술하고 있었다. 상식에 가까운 그 부분을 읽어나가던 윈스턴은 다음과 같은 대목에 주목했다.

이러한 상황에서 공공연히 언급되지는 않지만 암암리

에 이해되는 가운데 실제로 벌어지고 있는 사실이 한 가지 있다. 그것은 이 3대 초국가의 생활 조건이 완전히 똑같다는 사실이다. 오세아니아의 지배 철학은 '영사'라 불리우고 유라시아의 그것은 '네오 볼셰비즘'이며 '죽음 숭배'라고 번역되어 알려진 중국의 철학은 사실은 '자아 말살'을 뜻한다. 세 철학은 다른 이름을 갖고 있으면서 실은 내용은 동일하다. 그럼에도 불구하고 오세아니아에서는 다른 두 국가의 철학에 대해 조금이라도 아는 것이 철저히 금지되어 있다.

이어서 그 책은 오늘날의 전쟁은 옛날 전쟁에 비하면 한낱 협잡에 지나지 않는다는 내용과 함께 전쟁의 목적이 사회체제를 유지하는 데 있는 만큼 진짜 적은 적대국이 아니라 바로 자국민이라는 사실을 지적하고 있었다. 삼대 강국은 저마다 각자의 영토 안에서 평화롭게 살겠다고 약속했기 때문에 실질적 의미에서의 전쟁은 없었고 그렇기에 당은 '전쟁은 평화다'라는 슬로건을 내세우게 되었다는 것이다.

윈스턴은 잠시 읽기를 멈추었다. 어디선가 로켓 포탄 터지는 소리가 들렸다. 그는 텔레스크린이 없는 방에서 혼자 금서를 읽고 있다는 나른한 행복감에 젖어 있었다. 어떤 의미에서 책의 내용은 그에게 새로울 것이 없었다. 하지만 그 때문에 그는 오히려 마음이 놓였다. 그 책의 내용은 두서없이 그의 머리에 떠오르던 생각을 체계적으로 정리한 것이었다. 훌륭한 책이란 독자가 이미 알고 있는 사실을 이야기해주는 것이라고 그는 잠시 생각했다. 그는 제1장을 읽기 위해 책 페이지를 앞으로 넘겼다. 그때 계단을 올라오는 줄리아의 발소리가 들렸다. 그는 의자에서 일어났다. 방으로 들어선 그녀는 갈색 연장 가방을 집어 던지고 윈스턴의 품으로 뛰어들었다. 두 사람은 일주일이 넘도록 만나지 못한 것이다.

"그 책을 받았어." 포옹을 풀면서 그가 말했다.

"그래요? 잘됐네요." 그녀는 별 관심이 없다는 듯 말하고는 커피를 타려고 석유난로 앞에 꿇어앉았다.

침대에 들어간 지 30분이 지나서야 그들은 다시 그 책 이야기를 꺼냈다. 줄리아는 벌써 잠을 청하려는지 돌아누워 있었다. 그는 손을 뻗어 바닥에 떨어진 책을 집어 들고 침대 맡에 기대어 앉으며 말했다.

"이 책을 읽어야 해. 당신도 마찬가지야. 형제단 단원들은 모두 읽어야 해."

"당신이 읽어줘요." 그녀가 눈을 감으며 말했다. "큰 소리로 읽어줘요. 그게 제일 좋겠어요. 당신이 읽으면서 설명도 해줘요."

시곗바늘이 여섯 시, 즉 18시를 가리키고 있었다. 앞으로도 서너 시간 여유가 있다. 그는 책을 무릎 위에 올려놓고 '무지는 힘이다'라는 제목이 붙어 있는 제1장을 읽기 시작했다.

글은 지구상에 존재해온 상, 중, 하 세 계급의 목표가 저마다 다르기에 끊임없는 투쟁이 있을 수밖에 없었다고 지적한 후 각 계급의 특징, 역사상 변화 양상에 대해 상술하고 있었다. 이어서 글은 오세아니아 사회의 기본구조를 설명하면서 그들이 과거를 끊임없이 날조하는 이유에 대해 설명하고 있었다. 당이 끊임없이 과거를 날조하는 이유는 지금의 삶이 이전의 삶보다는 낫다는 환상을 심어주어야 하기 때문이라는 것이다. 그것은 윈스턴도 능히 알고 있는 내용이었다. 그러기 위해서는 모든 종류의 기록을 끊임없이 현재에 맞춰 수정해야 한다. 그러나 수정을 했다는 사실은 절대로 인정하면 안 된다. 빅브라더와 당의 절대성을 부정하는 짓이기 때문이다. 따라서 지금 전쟁 중인 나라는 영원히 전쟁 중인 나라가 되어야 한다. 이중사고란 바로 그런 모순되는 사고가 공존할 수 있도록 사람을 개조하는 것을 말한다. 이중사고에 관한 글을 읽으면서 특히 윈스턴의 눈길을 끈 대목이 있었다.

그런 이중사고를 가장 섬세하게 실천하고 있는 사람들이 바로 이중사고를 창안해낸 사람들, 그것이 자기 기만적이라는 것을 알고 있는 사람들이라는 것은 굳이 말할 필요가 없다. 우리 사회에서 지금 무슨 일이 벌어지고 있는지 가장 잘 아는 사람들이 있는 그대로의 세상을 가장 제대로 보지 못한다. 일반적으로 이해력이 높을수록 미망(迷妄)도 커지는 법이다. 지적(知的)이면 지적일수록 그만큼 정신이 건전하지 못한 법이다. 증거가 있다. 사회적 지위가 높아지면 높아질수록 전쟁에 대한 열망이 커진다는 사실이 바로 그것이다. 전쟁을 전혀 의식하지 못하는 계층에서는 잠시 흥분해서 광적인 공포와 흥분에 휩싸이는 일은 있어도 그 순간이 지나면 아예 전쟁 자체에 대해 잊고 지낸다. 진정으로 전쟁에 대한 열망에 휩싸여 사는 사람들은 당원 지위를 지닌 지식인들, 특히 내부당원들이다. 그들은 세계 정복이 불가능하다는 것을 알고 있으면서도 세계 정복이 가능하다고 믿는다. 이렇게 상반된 개념—무지와 지식, 냉소와 열광—을 결합해 이중사고를

가능하게 하는 것이 바로 오세아니아 사회의 가장 뚜렷
한 특징 중의 하나이다.

윈스턴은 갑자기 주위의 정적이 의식되었다. 마치 새로운 소
리가 들렸을 때와 마찬가지인 것 같았다. 줄리아는 이미 오래전
부터 아무 소리도 내지 않은 것 같았다. 그녀는 상반신을 벗은
채 팔베개를 하고 옆으로 누워있었다. 한 가닥 머리 타래가 그
녀의 눈 위로 흘러내려 있었다. 가슴이 규칙적으로 오르내렸다.

"줄리아."

대답이 없었다.

"줄리아, 깨어있어?"

대답이 없었다. 그녀는 잠들어 있었다. 그는 책을 덮고 조심
스럽게 바닥에 내려놓았다. 그는 침대에 누워 이불을 끌어올려
그녀와 함께 덮었다.

그는 그 책을 읽었지만 아직 궁극적 비밀은 알지 못했다고
생각했다. 그는 '방법'은 이해했다. 하지만 '이유'는 이해하지
못했다. 제3장과 마찬가지로 제1장도 그가 모르는 내용은 없었
다. 그가 이미 알고 있는 지식을 체계화해놓은 것에 불과했다.
하지만 한 가지 중요한 소득이 있었다. 그는 자신이 미치지 않

았다는 사실을 분명히 확인한 것이다. 당신이 소수파라고 해서, 아니 당신 같은 사람이 단 한 명뿐이라고 해서 미친 사람인 것은 아니다. 진실이 존재하고 허위가 분명히 존재하는데, 당신이 전 세계를 상대로 진실을 고수한다고 해서 당신이 미친 것은 아니다.

석양의 누르스름한 빛이 창문을 통해 들어와 베개를 비추었다. 그는 눈을 감았다. 자신의 얼굴과 여인의 부드러운 몸을 건드리는 햇빛이 그에게 졸음을 느끼게 했고 동시에 강한 자신감을 불어넣어 주었다. 그는 안전했고 만사가 잘 되어가고 있었다. 그는 '정신의 건강은 통계에 있지 않아'라고 중얼거리며 마치 그 말속에 무슨 깊은 지혜가 숨겨져 있는 것 같다는 느낌과 함께 잠에 빠져들었다.

10

그가 잠에서 깨었을 때 그는 꽤 오랜 시간 잠을 잔 것 같은 느낌이었다. 하지만 구식 시계를 보니 겨우 8시 30분, 즉 20시 30분이었다. 그는 잠시 더 졸면서 누워있었다. 창문 밖에서 자주 듣던 아낙네의 목소리가 노래를 부르고 있었다.

그것은 덧없는 꿈이었지
4월 꽃잎처럼 지나가버렸지
하지만 눈길과 말과 꿈으로 나를 흔들어 놓고
내 마음을 앗아가 버렸다네.

그 허접한 노래는 아직 유행인 모양이었다. 어딜 가든 그 노래를 들을 수 있었다. '증오가(憎惡歌)' 노래보다 수명이 긴 것 같았다. 줄리아는 그 노랫소리에 잠에서 깨었다. 그녀는 한껏 기지개를 켠 후 몸을 일으켰다.

윈스턴도 일어나 옷을 입었다. 아낙네는 쉬지 않고 노래를 불렀다.

시간이 모든 걸 해결해 준다고 말하지만,
언제나 잊을 수 있다고 말하지만,
해를 거듭할수록 웃음과 눈물이
내 가슴을 쥐어짠다네.

윈스턴은 바지의 허리띠를 조이면서 창가로 다가갔다. 해가 집 뒤로 넘어간 모양인지 마당에는 더 이상 햇빛이 비치지 않았다. 방금 물을 뿌린 듯 마당의 자갈은 젖어 있었다. 윈스턴은 굴뚝 사이로 보이는 하늘도 물로 씻어낸 것처럼 맑고 깨끗하다고 느꼈다. 아낙네는 피곤한 기색도 없이 노래를 부르며 빨래를 널고 있었다. 윈스턴은 생활에 찌들어 거칠어질 대로 거칠어진 그녀가 갑자기 아름답다고 생각했다. 시든 홍당무처럼 쭈글쭈글한 50대 아낙네가 아름답다고 느껴질 줄은 몰랐다.

줄리아가 곁으로 다가왔다. 그가 무심코 중얼거렸다.

"아름다워."

"엉덩이 폭이 1미터는 넘겠어요." 줄리아가 말했다.

"그게 저 여자 식의 아름다움이야." 윈스턴이 말했다.

윈스턴은 줄리아의 허리를 감쌌다. 그들 사이에서는 아이가 태어날 수 없을 것이다. 그것은 그들이 절대로 할 수 없는 유일한 일이었다. 그들은 무언중에 그 비밀을 서로 나누었다. 저 여자는 아이를 몇이나 낳았을까? 윈스턴은 적어도 열다섯 명 이상은 낳았으리라고 생각했다. 물론 저 여자도 한때는 들장미처럼 활짝 피어난 적이 있었으리라. 하지만 금세 시들어버린 채 갑자기 잘 익은 열매처럼 부풀어 올라 단단해지고 거칠어졌으리라. 지난 30년 동안 자식과 손자들을 위해서 빨래하고 설거지하고 바느질하고 밥 짓고 쓸고 닦고 하는 일의 연속이었으리라. 그 고달픈 삶의 끄트머리에서 그녀는 노래를 부르고 있다.

그녀를 향한 뭔지 정체를 알 수 없는 존경심이 일어 굴뚝 너머로 끝없이 펼쳐져 있는, 구름 한 점 없는 창백한 하늘과 뒤섞였다. 이곳뿐 아니라 유라시아나 이스트아시아의 사람들에게도 하늘은 똑같을 것이라는 생각이 들자 기분이 묘했다. 미래는 저 프롤들의 것일까? 끝까지 읽지는 않았지만 골드스타인의 책이 전하는 마지막 메시지는 그런 것이리라고 짐작할 수 있었다. 어쩌면 천년 후가 될지도 모르지만 당이 공유할 수 없는 저 생명력, 당이 도저히 말살시킬 수 없는 저 생명력이 모든 사람에게 전달될 수 있는 날이 오리라.

그가 줄리아에게 말했다.

"당신 생각나? 우리가 처음 만나던 날 나뭇가지에 앉아 우리에게 들려주던 개똥지빠귀 노랫소리 말이야."

"우리에게 노래한 게 아니에요. 저 혼자 즐거워서 노래 부른 거지요. 아니, 그것도 아니에요. 그냥 노래한 거예요."

새는 노래한다. 프롤은 노래한다. 당은 노래하지 않는다. 이 세상 구석구석에서 프롤은 노래한다. 언제가 저 강인한 배에서 의식을 지닌 종족이 태어날 것이다. 당신은 죽었다. 저들이 미래다. 하지만 저들이 살아 있는 육체를 간직하듯 살아 있는 당신의 정신을 지켜내면서 2 더하기 2는 4라는 비밀 교리를 전할 수 있다면 그대도 그 미래에 참여할 수 있으리라.

"우리는 죽은 사람이야." 윈스턴이 말했다.

"우리는 죽은 사람이에요." 줄리아가 따라했다.

"너희들은 죽은 사람이다." 그들 뒤에서 금속성의 소리가 들렸다.

둘은 화들짝 떨어졌다. 윈스턴의 내장이 얼음처럼 얼어붙는 것 같았다. 줄리아의 눈동자 홍채 주변이 새하얗게 변했고 그녀의 얼굴이 샛노래졌다. 그녀의 두 뺨에 남아 있는 연지 자국이 마치 피부와 분리된 듯 선명하게 보였다.

"너희들은 죽은 사람이다." 쇳소리가 다시 말했다.

"저 그림 뒤에서 나는 소리예요." 줄리아가 숨을 헐떡이며 말했다.

"그림 뒤다." 목소리가 말했다. "그 자리에 꼼짝 말고 있거라. 명령을 내릴 때까지 움직이지 말라."

올 것이 왔다. 마침내 올 것이 왔다! 두 사람은 서로의 눈을 바라보며 서 있을 수밖에 없었다. 벽에서 나는 목소리에 거역한다는 것은 있을 수 없는 일이었다. 고리가 빠지는 듯한 소리가 나더니 이어서 유리 깨지는 요란한 소리가 났다. 액자가 바닥에 떨어지더니 그 뒤에서 텔레스크린이 나타났다.

"이제 우리가 보이겠네요." 줄리아가 말했다.

"이제 너희가 보인다. 방 한가운데로 와라. 등을 맞대고 서라. 손을 머리 위로 올려라. 둘의 몸이 닿지 않도록 하라."

윈스턴은 명령대로 줄리아와 떨어졌는데도 그녀의 몸이 떨리는 것을 느낄 수 있었다. 아니 어쩌면 그의 몸이 떨리고 있는

1984

것인지도 몰랐다. 이빨끼리 부딪치지 않도록 이를 악물었지만 무릎이 떨리는 것은 어쩔 수 없었다. 집 안팎에서 요란한 구둣발 소리가 들렸다. 마당에 사람들이 가득 차 있는 것 같았다. 아낙네의 노랫소리도 뚝 끊겼다.

"집이 포위됐어." 윈스턴이 말했다.

"집은 포위됐다." 목소리가 말했다.

줄리아가 이를 악무는 소리가 들린 것 같았다. 그녀가 말했다.

"이제 작별인사를 해야 할 것 같아요."

"작별인사를 해라." 목소리가 말했다. 이어서 그 쇳소리와는 전혀 다른 가늘고 점잖은 목소리가 들렸다. 아무래도 전에 들어본 목소리 같았다. "어쨌든 그 노래는 이렇게 끝나지. '그대 침실을 밝힐 촛불이 여기 오네. 여기 그대 목을 뎅겅 자를 도끼가 오네.'"

윈스턴 등 뒤의 침대에서 요란한 소리가 났다. 사다리 끝에 창문이 부서지는 소리였다. 누군가 창문을 통해 방으로 들어오고 있었다. 이어서 계단을 올라오는 발소리가 들렸다. 방은 금세 검은 제복을 입고 손에는 곤봉을 든 사내들로 가득 찼다.

윈스턴은 더 이상 몸을 떨지 않았다. 눈동자조차 꿈쩍하지 않았다. 그는 딱 한 가지만 속으로 다짐했다.

제2부

251

'움직이지 말아야 해. 꼼짝도 말아야 해. 놈들에게 한 대 칠 구실을 주지 말아야 해.'

그의 앞에 턱이 둥글고 입이 가늘게 째진 사내가 곤봉을 엄지와 검지 사이에 낀 채 뭔가 생각하는 표정으로 서 있었다. 사내는 혀끝을 내밀어 입술을 핥더니 그냥 가버렸다. 다시 무언가 깨지는 듯한 소리가 들렸다. 누군가 유리 문진을 들고 난로 받침돌에 던져 산산조각 내버렸다.

작은 분홍색 산호 조각이 바닥에 굴렀다. 정말 작네, 라고 윈스턴은 생각했다. 그의 등 뒤에서 헐떡이는 숨소리와 발소리가 나더니 누군가 그의 발목을 세차게 걷어찼다. 그는 균형을 잃고 쓰러질 뻔했다. 한 사내가 줄리아의 명치를 주먹으로 가격했다. 그녀는 접는 자처럼 몸이 꺾이더니 숨을 몰아쉬며 바닥에 쓰러졌다. 윈스턴은 고개를 돌릴 수 없었지만 헉헉하는 그녀의 숨소리는 들을 수 있었다. 윈스턴은 공포에 질린 상태에서도 그녀가 느끼는 고통을 자신도 고스란히 느꼈다. 이어서 두 사내가 그녀의 무릎과 어깨를 잡아 들어 올리더니 마치 자루를 옮기듯 방에서 끌고 나갔다. 윈스턴은 축 늘어진 그녀의 얼굴을 흘끗 바라보았다. 그녀의 얼굴은 누런색으로 변한 채 일그러져 있었으며 두 눈을 꼭 감고 있었다. 양쪽 뺨에는 연지 얼룩이 그대로 남아 있었다. 그것이 마지막으로 본 그녀의 모습이었다.

그는 죽은 듯 꼼짝 않고 서 있었다. 아직 아무도 그를 때리지 않았다. 이런저런 자질구레한 생각이 머리를 스쳤다. 채링턴 씨도 체포되었을까? 마당에서 노래 부르던 여인은 어떻게 되었을까? 오줌이 몹시 마려웠다. 불과 두세 시간 전에 볼일을 봤는데 어쩐 일일까? 벽난로 위의 시계가 9시, 그러니까 21시를 가리키고 있는 것이 보였다. 그런데 아직 햇볕이 강한 것 같았다. 8월 저녁이라지만 21시면 어두워야 하지 않겠는가? 그는 자신과 줄리아가 시간을 착각하고 있었던 것이나 아닌지 의아했다. 시계가 한 바퀴 돌도록 잠을 자서 다음 날 아침 8시 30분을 20시 30분으로 착각한 것이나 아닌가 의아했다. 하지만 그는 곧 그 생각을 그쳤다. 쓸데없는 짓인 때문이었다.

복도에서 가벼운 발자국 소리가 났다. 채링턴 씨가 방으로 들어왔다. 검은 제복을 입은 사내들의 태도가 갑자기 공손해졌다. 채링턴 씨의 외모도 달라져 있었다. 그의 시선이 바닥에 떨어져 부서진 유리 문진 파편을 향했다.

"저 조각들을 주워." 그가 날카롭게 말했다.

한 사내가 명령을 따르기 위해 몸을 굽혔다. 채링턴 씨 목소리에서 런던 사투리 투가 사라지고 없었다. 윈스턴은 그 목소리가 방금 전 텔레스크린에서 들렸던 목소리임을 홀연 깨달았다. 채링턴 씨는 여전히 낡은 벨벳 조끼를 입고 있었지만 거의 백발이었던 머리칼은 어느새 까맣게 변해 있었다. 게다가 그는 안경을 쓰지 않고 있었다. 그는 마치 신원이라도 확인하듯 윈스턴을 한 차례 날카롭게 쏘아보았을 뿐 그를 거들떠보지도 않았다. 그의 모습을 여전히 알아볼 수 있었지만 이미 똑같은 사람이 아니었다. 몸이 곧추 펴졌고 몸집도 좀 더 커진 것 같았다. 얼굴은 사소한 몇 군데 정도 변한 것 같았지만 그는 전혀 다른 사람으로 변모해 있었다. 검은 눈썹은 숱이 줄었고 주름이 사라졌으며 얼굴 윤곽 자체가 달라진 것 같았다. 심지어 코도 더 짧아진 것 같았다. 대략 서른다섯 살 정도 되어 보이는 기민하고 차가운 얼굴이었다. 윈스턴은 자신이 생전 처음으로 사상경찰을 눈앞에 똑바로 보고 있구나, 라고 생각했다.

1984

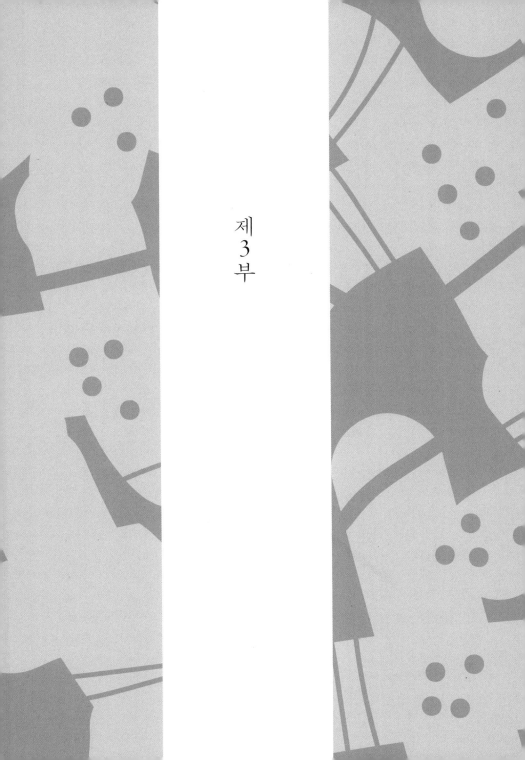

제 3 부

1

윈스턴은 자신이 어디에 있는지 알 수 없었다. 애정부인 것
같긴 했지만 확인할 길은 없었다.

그는 번들거리는 하얀 타일 벽으로 둘러싸인 높은 천장의 감
방 안에 있었다. 감방 안에 창문은 없었다. 갓을 씌운 램프가 차
가운 빛을 내뿜고 있었고 낮게 웅웅거리는 소리가 계속 들려왔
다. 통풍구에서 나는 소리 같았다. 문이 있는 벽만 제외하고는,
겨우 엉덩이를 걸칠 정도로 비좁은 걸상이 빙 둘러 놓여 있었
고 벽 맞은편에는 쪼그려 앉아 볼일을 봐야 하는 변기가 놓여
있었다. 그리고 각각의 벽마다 하나씩 모두 네 개의 텔레스크
린이 설치되어 있었다.

그는 배가 몹시 아팠다. 사방이 막힌 죄수 호송차에 실려 올

때부터 그랬다. 그런데 배가 아프면서도 동시에 배가 몹시 고파 속이 쓰릴 정도였다. 아무것도 입에 넣지 못한 지 스물네 시간, 혹은 서른여섯 시간이 되었을 것이다. 그는 자신이 체포되었을 때가 아침이었는지, 혹은 저녁이었는지도 알 수 없었다. 아마 영원히 알 수 없을 것이었다. 체포된 뒤부터 그는 아무것도 먹지 못했다.

그는 무릎 위에 손을 얹은 채 좁은 걸상 위에 꼼짝하지 않고 앉아 있었다. 얌전히 앉아 있어야만 한다는 사실을 이미 터득한 터였다. 무심코 몸을 조금만 움직여도 텔레스크린에서 불호령이 떨어졌다. 하지만 배가 고파서 도저히 견딜 수 없었다. 빵 한 조각이라도 입에 넣으면 살 것 같았다. 그때 문득 제복 주머니 속에 빵 부스러기가 몇 조각 남아 있을지도 모른다는 생각이 머리를 스쳤다. 어쩌면 꽤 큰 빵 조각이 들어있는지도 몰랐다. 이따금 다리에 무엇인가 닿는 듯한 감촉을 느꼈던 것이다. 그것을 찾아내겠다는 욕심에 그는 두려움도 잊었다. 그는 한 손을 바지 주머니에 집어넣었다.

"스미스!" 곧바로 텔레스크린에서 고함이 들렸다. "6079호 스미스 W! 감방에서는 주머니에 손을 넣는 건 금지되어 있다!"

그는 다시 두 손을 무릎 위에 포개고 얌전히 있었다. 이곳으로 오기 전에 그는 일반 감옥인지 혹은 경찰서 유치장인지 모를 곳에 몇 시간 정도 있었다. 그곳에는 주로 온갖 잡범들이 있었지만 몇 명의 정치범들도 있었다. 죄수들의 행동만 보아도 그들이 일반 잡범인지 정치범인지 금세 구별할 수 있었다. 체포된 당원들은 말없이 겁에 질려 있었지만 일반 범죄자들은 마치 안하무인인 듯 간수에게 욕설을 퍼붓기도 했고 옷 안 어딘가에 감추어온 음식을 먹었으며 심지어 명령을 내리는 텔레스크린을 향해 야유를 퍼붓기도 했다. 하지만 당원 복장의 죄수들은 그 누구와도 말을 거는 것을 두려워했으며 특히 자기들끼리 이야기 나누는 것을 무엇보다 겁냈다. 딱 한 번 두 명의 여자 당원이 주위의 소란을 틈타서 급히 낮게 속삭이는 모습을 볼 수 있었을 뿐이었다. 두 여자가 '101호실'을 운한 것 같았는데 윈스턴은 그것이 무슨 의미인지 이해할 수 없었다.

이곳으로 이송되어 온 것은 두세 시간 전인 것 같았다. 복통은 좀처럼 가라앉지 않았다. 통증은 주기적으로 심해졌다 가라앉았다 반복했고 그에 따라 그의 생각이 확장되기도 했고 수축되기도 했다. 통증이 심해지면 통증 자체와 식욕 외에는 아무것도 생각나지 않았다. 하지만 통증이 조금 가라앉으면 공포가 그를 사로잡았다. 앞으로 닥쳐올 일이 생생하게 떠올라 가슴이 쿵쾅거리고 숨이 멎을 것 같았다. 곤봉으로 팔꿈치를 얻어맞고 쇠 징이 박힌 구두로 정강이를 차이고 있는 것 같았다. 마룻바닥을 기면서 부러진 이 사이로 살려달라고 애걸하는 자신의 모습이 눈에 선했다. 그는 줄리아 생각은 거의 하지 않았다. 그녀를 향해 생각을 집중할 수 없었다. 그는 그녀를 사랑했고 결코 그녀를 배신하지 않을 것이다. 하지만 그것은 마치 수학 공식처럼 엄연한 사실에 불과할 뿐이었다. 지금 그는 그녀를 향한 사랑을 느끼지 않았다. 그리고 그녀에게 무슨 일이 일어났을지 궁금하지도 않았다. 그는 그녀보다는 오브라이언 생각을 더 자주 했다. 그는 한 가닥 희망이었다. 오브라이언은 자신이 체포되었다는 사실을 분명히 알고 있으리라. 형제단원들은 결코 체포된 단원들을 구해주지 않는다고 그는 말했었다. 하지만 면도날이 있다. 어쩌면 면도날을 보낼지도 모른다. 간수들이 달려들기까지 몇 초간의 여유는 있을 것이다. 면도날이 차갑게, 타오르는 듯 차갑게 그의 살 조각을 베어내리라. 그는 면도날을 들고 있는 손의 뼈마디가 잘리는 듯한 기분이 들었다. 그러자 작은 고통에도 떨면서 움츠러드는 자신의 몸에 대한 생각이 온통 그를 사로잡았다. 그는 기회가 주어진다 해도 과연 면도날을 사용할 것인지 확신이 서지 않았다. 결국에는 지독한 고문이 있으리라는 것을 빤히 알고 있다 하더라도 주어진 10분간의 짧은 삶을 받아들이며 순간, 순간 존재하는 것이 더 자연스러운 일이 아닐까?

윈스턴은 지금이 낮인지 밤인지 도무지 가늠할 수가 없었다. 한순간 밖이 훤한 대낮일 것 같다고 생각되다가도 금세 캄캄한 밤일 것이라는 생각이 들었다. 그는 본능적으로 이곳은 결코 불이 꺼지지 않는 곳임을 알 수 있었다. 그곳은 어둠이 없는 곳이었다. 그에게 '우리는 어둠이 없는 곳에서 만날 겁니다'라는 꿈속에서의 오브라이언의 암시가 떠올랐다. 애정부 건물에는 창문이 없다. 그가 갇혀 있는 감방은 애정부 한가운데 있을 수도 있고 바깥벽을 마주하고 있을 수도 있다. 지하 10층일 수도 있고 지상 30층일 수도 있다. 그는 머릿속에서 이곳저곳으로 장소를 옮겨보면서 자신이 공중에 떠있는지 혹은 지하 깊숙이 묻혀 있는지 가늠해보려 애썼다.

밖에서 구둣발 소리가 들렸다. 철문이 철커덩 소리를 내며 열렸다. 말쑥한 검은 제복을 입은 젊은 장교가 안으로 들어섰다. 윤기 흐르는 가죽옷이 온통 번쩍거렸고 이목구비가 또렷한 얼굴은 마치 왁스 칠을 한 듯 창백했다. 그가 밖에 있는 간수들에게 죄수를 들여보내라는 몸짓을 했다. 시인 앰플포스가 휘청거리며 감방 안으로 들어섰다. 이어서 문이 쾅 하고 다시 닫혔다.

앰플포스는 주변을 두리번거리면서 감방 안을 서성거렸다. 마치 빠져나갈 문이라도 찾는 것 같았다. 그는 아직 윈스턴을 보지 못한 채 넋을 잃은 표정으로 윈스턴의 머리 위쪽 벽을 뚫어지게 바라보았다. 구두도 신고 있지 않았으며 양말 구멍으로 더러운 발가락이 삐죽 나와 있었다. 며칠 동안 면도도 하지 못했는지 수염이 덥수룩이 자라고 있는 모습이 그 빈약한 몸집과 불안한 몸짓과는 달리 악당 같은 인상을 풍겼다.

윈스턴은 무감각 상태에서 어느 정도 깨어났다. 텔레스크린의 고함 소리를 각오하고 그에게 말을 걸어야 했다. 앰플포스가 면도날을 가지고 왔는지도 모르는 일 아닌가?

"앰플포스." 윈스턴이 그의 이름을 불렀다.

텔레스크린에서 고함이 들리지 않았다. 앰플포스는 멈칫하더니 약간 놀란 표정을 지었다. 그가 시선을 천천히 윈스턴 쪽으로 향하며 말했다.

"아, 스미스! 자네도!"

"어쩌다 들어온 건가?"

"실은……" 그가 윈스턴 맞은편의 걸상에 엉거주춤 앉으며 말했다. "위반할 만한 건 딱 하나뿐이지. 그렇지 않은가?"

제3부

261

"그래 그걸 위반했나?"

"맞아, 분명히 그랬을 거야."

그는 무언가를 기억해내려는 듯 손을 이마에 올리고 관자놀이를 눌렀다. 이어서 그가 애매한 말투로 말했다.

"그래, 한 가지 생각나는 게 있어…… 이마에 그 때문일 거야. 물론 내가 경솔했어. 우리는 키플링 시집 결정판을 내고 있었지. 그런데 시 끝 구절에 나오는 God(신)이라는 낱말을 그대로 뒀어. 어쩔 수 없었어!"

그는 윈스턴을 올려다보며 덧붙였다.

"그 행을 고치는 건 불가능했어. 각운이 'Rod'였는데 자네도 알다시피 그 운에 맞는 단어는 열두 개밖에 없잖은가? 아무리 머리를 짜내도 God을 대체할 단어를 찾을 수 없었다네."

그들은 몇 분 동안 이야기를 나누었다. 그런데 별다른 이유도 없이 텔레스크린에서 그만하라는 고함이 터져 나왔다. 둘 다 입을 다물었다. 이십 분이 지났는지, 몇 시간이 지났는지 알 수 없었지만 어쨌든 시간이 흘렀다.

밖에서 다시 구둣발 소리가 들렸다. 윈스턴은 뱃속이 죄어오는 것 같은 통증을 느꼈다. 문이 열렸다. 아까 나타났던 장교가 감방 안으로 들어오더니 앰플포스를 손가락으로 가리키며 말했다.

"101호실로!"

앰플포스는 영문을 모르겠다는 표정을 지은 채 간수들 틈에 끼어 비틀거리면 방에서 나갔다.

시간이 꽤 흐른 것 같았다. 그동안 윈스턴의 생각은 쳇바퀴 돌 듯 제 자리를 맴돌았다. 그의 머리에 떠오르는 생각들은 복통, 빵 한 조각, 유혈과 비명, 오브라이언, 줄리아, 그리고 면도날 등 여섯 가지였다. 다시 배에 통증이 왔다. 무거운 구두 소리가 다시 다가오고 있었다. 문이 열리는 순간 바람에 실려 차가운 땀 냄새가 풍겨왔다. 파슨스가 감방 안으로 들어왔다. 그는 카키색 반바지와 운동 셔츠를 입고 있었다. 윈스턴은 자신도 모르게 깜짝 놀랐다.

"아니, 자네가 어떻게 여기에!"

파슨스가 윈스턴을 흘낏 쳐다보았다. 그의 시선에는 관심이나 놀람의 기색 같은 것은 없었다. 다만 비참함만이 드러나 있을 뿐이었다. 장교와 간수가 가고 나자 감방 안을 쉬지 않고 서성이는 파슨스에게 윈스턴이 물었다.

"무엇 때문에 들어온 건가?"

"사상범죄야!" 파슨스가 거의 울먹이며 말했다. 그의 목소리

제3부

263

에는 자신의 죄를 완전히 인정한다는 투와 함께, 그런 단어가 자신에게 적용될 수 있다는 사실에 대한 공포가 뒤섞여 있었다. 그는 윈스턴 바로 앞에 서서 하소연 비슷하게 늘어놓기 시작했다.

"이보게, 나를 총살하지는 않겠지? 생각만 했지 실제로 아무 짓도 안 했다면 총살은 않는 법 아닌가? 게다가 자신도 모르게 한 생각인데 말이야. 사정 이야기를 하면 들어주겠지? 나는 그 사람들을 믿어! 나에 대한 기록을 다 갖고 있을 거야, 그렇지? 자네도 내가 어떤 사람인지 알잖아. 별로 나쁜 놈은 아니잖아. 머리는 안 좋아도 열성적이었잖은가? 여보게, 한 5년 정도 받을까? 아니면 10년? 노동 수용소에서도 나 같은 놈은 쓸모가 있을 거야. 딱 한 번 탈선했다고 해서 총살하지는 않겠지?"

"죄를 짓긴 했나?" 윈스턴이 물었다.

"물론 죄를 지었지!" 파슨스가 텔레스크린을 향해 비굴한 시선을 던지며 외쳤다. "당이 무고한 사람을 체포하겠어?" 그의 개구리 같은 얼굴이 차츰 평온해지더니 짐짓 엄숙한 표정까지 지으며 그는 말을 이었다.

"사상범죄는 무서운 거야. 아주 음험해. 자신도 모르는 새에 거기 빠져들 수 있어. 내가 좋은 예야. 내가 어떻게 그 무서운 죄에 빠져들었는지 아나? 내가 잠들어 있는 동안 그렇게 된 거야! 난 정말 열심히 일했어. 그런데 내 마음속에 그런 못된 생각이 들어있는 줄은 까맣게 모르고 있었던 거지. 내가 잠꼬대를 했대. 그런데 뭐라고 한 줄 알아?"

그는 목소리를 한껏 낮추어 말했다.

"'빅브라더를 타도하자!' 글쎄, 내가 그런 말을 한 거야! 그것도 여러 번에 걸쳐서! 자네니까 하는 말이지만 더 큰 죄를 짓기 전에 이렇게 체포된 게 얼마나 다행인지 몰라."

"누가 자네를 고발했나?" 윈스턴이 물었다.

"막내 딸애. 열쇠 구멍으로 엿들은 거야. 이튿날 경찰에 신고한 거지. 일곱 살짜리 치고는 똑똑하지? 그 일 때문에 딸에게 섭섭한 건 조금도 없어. 사실은 그 애가 자랑스러워. 어쨌든 딸하나는 잘 키운 거 아닌가?"

파슨스는 자랑스러운 듯 말했지만 표정은 침울했다.

잠시 뒤에 파슨스는 다른 곳으로 옮겨 갔다. 그 뒤로 더 많은 죄수들이 들어왔다가 나갔다 반복했다. 어떤 때는 여럿이 함께 있기도 했다. 그가 감방에 들어온 것이 아침이었다면 지금은 오후일 테고 오후에 들어왔다면 한밤중일 것이다.

시간이 꽤 흘렀다. 그동안 함께 있던 죄수들은 모두 어디론

제3부

265

가 끌려가고 감방 안에는 윈스턴 혼자였다. 그는 몇 시간 동안 혼자 있었다. 비좁은 걸상에 앉아 있자니 몸이 불편해서 그는 가끔 일어나서 감방 안을 서성였다. 텔레스크린에서는 뭐라고 야단치지 않았다. 계속해서 들려오는 웅웅거리는 소리와 변함없이 하얗게 빛나는 불빛 때문에 현기증이 일었고 머릿속이 텅 비는 것 같았다. 배고픔과 갈증이 더욱 심해졌다. 계속 앉아 있자니 뼈가 쑤셔 일어나야만 했고 일어나 있자니 배고픔과 갈증으로 눈앞이 어질어질해서 다시 주저앉아야만 했다. 어쩌다 몸 상태가 조금 좋아졌다 싶으면 이번에는 공포가 되살아났다. 그는 이따금 오브라이언과 면도날을 생각하며 가물가물한 희망을 떠올리기도 했다. 만일 음식이 들어온다면 그 안에 면도날이 들어있으리라. 아주 희미하게 줄리아 생각도 났다. 어딘가에서 그녀는 나보다 더 심한 고통을 겪고 있으리라. 바로 이 순간 고통으로 비명을 지르고 있을지도 모른다. 그는 생각했다.

'내가 두 배의 고통을 받는 대가로 그녀를 구할 수 있다면 나는 그렇게 할까? 그래, 그렇게 할 거야.'

하지만 그것은 그가 당연히 그래야 한다는 것을 알고 내린 머릿속 결정일 뿐이었다. 그는 그것을 느끼고 있는 것이 아니었다. 이런 상황에서는 고통 자체, 그리고 고통이 있으리라는 예감 외에는 아무것도 느끼지 못하는 법이다. 게다가 당신이 실제로 고통을 당하고 있다면 그 어떤 이유에서건 자신의 고통이 증가하기를 바랄 수 있단 말인가? 하지만 윈스턴은 그에 대해 아직 확실한 대답을 할 수 있는 상황에 이르지 않고 있었다.

구두 발자국 소리가 다시 가까워지고 있었다. 문이 열렸다. 오브라이언이 들어왔다.

윈스턴은 벌떡 일어났다. 그를 본 충격에 조심성이 사라져버린 것이다. 몇 년 만에 처음으로 그는 텔레스크린의 존재를 잊었다.

"당신도 체포되었군요!" 윈스턴이 외쳤다.

"나는 오래전에 체포되었네." 부드러우면서도 유감의 뜻이 담겨 있는 것 같은 말투였다. 하지만 어딘가 냉소가 담겨 있는 것 같기도 했다. 그가 옆으로 비켜섰다. 그의 등 뒤에는 긴 곤봉을 손에 든 어깨가 떡 벌어진 간수가 서 있었다.

"윈스턴, 자네는 이럴 줄 알고 있었지." 오브라이언이 말했다. "스스로를 속이지 말게. 자네는 알고 있었어. 내내 알고 있었단 말일세."

그렇다, 윈스턴은 자신이 내내 알고 있었다는 사실을 이제 알았다. 하지만 그에 대해 생각할 여유는 없었다. 그의 눈에 들어오는 것은 간수의 손에 들린 곤봉뿐이었다. 어디건 마구 내려치겠지. 이마든, 귓불이든, 팔이든, 팔꿈치든……

팔꿈치였다! 윈스턴은 얻어맞은 팔꿈치를 다른 손으로 움켜쥔 채 아찔함을 느끼며 바닥에 무릎을 꿇었다. 노란 불꽃이 눈앞에 번쩍거리는 것 같았다. 오, 단 한 번 맞았을 뿐인데 이토록 고통스러울 수 있다니! 눈앞에 번쩍이던 노란 불빛이 사라지자 자신을 내려다보고 있는 두 사람의 모습이 보였다. 간수는 일그러진 그의 모습을 비웃고 있었다. 이제 조금 전에 품었던 질문에 대한 답은 분명해졌다. 세상 어떤 일이 있더라도 자신의 고통이 증가하기를 바랄 수는 없다! 고통을 당하고 있을 때는 단 한 가지 바람밖에 없는 법이다. 어서 이 고통이 멈춰지는 것! 이 세상에서 육체적 고통보다 고약한 것은 없다. 고통 앞에서는 영웅도 없다!

윈스턴은 거의 쓸 수 없게 된 왼팔을 쓸데없이 부둥켜 잡은 채 마룻바닥에서 몸을 뒤틀며 계속 그렇게 생각했다.

1984

2

윈스턴은 야전침대 비슷한 것 위에 누워있었다. 보통 침대보다 좀 높은 것 같았고 몸이 묶여 있어 꼼짝할 수 없었다. 평소보다 더 강해진 것 같은 불빛이 그의 얼굴에 쏟아져 내리고 있었다. 오브라이언이 옆에 서서 그를 유심히 내려다보고 있었다. 그의 맞은편에는 흰색 가운을 입은 사내가 피하 주사기를 들고 서 있었다.

윈스턴은 눈을 뜬 뒤에도 주변 모습을 알아보는 데 한참 걸렸다. 마치 저 깊은 바닷속 세계처럼 전혀 다른 세계로부터 헤엄쳐 올라온 것 같았다. 자신이 저 아래 얼마나 오래 있었는지는 알 수 없었다. 그는 체포된 이래 밤과 낮을 본 적이 없었다. 게다가 기억이 이어지지도 않았다. 의식—잠잘 때 지니고 있는 의식까지 포함해서—이 완전히 끊겼다가 공백을 남긴 채 되돌아온 것이 한두 번이 아니었다. 하지만 그 공백이 며칠, 혹은 몇 주였는지, 아니면 단지 몇 초에 불과했는지는 알 도리가 없었다.

맨 처음 팔꿈치를 가격했을 때부터 악몽은 시작되었다. 나중에 알게 된 것이지만 지금까지 그에게 일어났던 일들은 예비심문에 불과한 것으로서 거의 모든 죄수들이 통상적으로 겪어야만 하는 과정이었다. 모든 죄수는 무엇이든 자백해야 했다. 자백을 얻어내기 위해 온갖 고문이 행해졌지만 사실 자백은 형식에 불과했다. 중요한 것은 고문 그 자체였다. 윈스턴은 얼마나 여러 번 고문을 받았는지, 매번 고문이 얼마나 길게 이어졌는지 기억할 수 없었다. 그의 곁에는 언제나 검은 제복을 입은 사내 대여섯 명이 있었다. 때로는 주먹과 곤봉이 날아왔으며 때로는 쇠몽둥이 찜질과 발길질이 이어졌다. 윈스턴은 마치 짐승처럼 수치심도 모른 채 몸부림을 쳤지만 부질없는 짓이었을 뿐 그때마다 갈비뼈, 복부, 팔꿈치, 정강이, 사타구니, 불알, 척추 끝에 더 심한 매질이 날아올 뿐이었다. 매질과 고문이 끊이지 않고 계속되자 정작 잔인하고 사악하며 용서할 수 없는 것은 간수들의 그치지 않는 매질이 아니라 그런 가운데도 의식을 잃지 않는 것이라는 생각이 들기도 했다. 그는 공포에 질린 나머지 간수들이 때리기도 전에 살려달라고 애원했으며 주먹으로 때리는 시늉만 해도 있는 죄, 없는 죄를 황급히 털어놓았다.

　어느 정도 날짜가 지나자 매질이 조금씩 줄어들었다. 대신 대답이 시원치 않으면 다시 이전으로 돌아가겠다는 협박이 이어졌다. 심문관도 바뀌었다. 검은 옷의 난폭한 자들 대신 동작이 날렵하고 안경을 쓴 통통한 남자들이 심문을 맡았다. 당내 지식인들이었다. 그들은 심한 매질 대신 뺨을 때리거나 귀를 비틀거나 얼굴에 강렬한 빛을 비춰 눈을 못 뜨게 만들면서 무자비한 질문을 퍼부었다. 그들의 목적은 수치심을 자극하고 분별력을 잃게 만드는 것이었다. 난폭한 고문을 받을 때는 제발 이 고통에서 벗어났으면 하는 간절한 바람뿐이었는데 이들의 교묘한 고문을 받게 되자 분노와 신경 피로에 시달렸고 끝내는 울음을 터뜨릴 지경이 되었다. 어떤 때는 심문을 받는 도중에 여섯 번 울음을 터뜨린 적도 있었다. 그들은 심문 기간 내내 욕설을 퍼부었고 그가 어물어물하는 기색만 보이면 다시 간수들에게 돌려보내겠다고 위협했다. 그러나 때때로 그들은 갑자기 말투를 바꾸어 그를 동지라고 부르면서 '영사'와 빅브라더의 이름으로 호소하기도 했다. 그럴 때면 그들은 안타깝다는 듯 지금이라도 지은 죄를 씻기 위해 당에 충성하지 않겠느냐고 묻기도 했다. 몇 시간 이어진 심문으로 신경 가닥이 너덜너덜해질 지경이 된 윈스턴은 그런 호소에도 감격해서 눈물을 흘렸다. 마침내 말로 이루어진 그들의 고문이 간수들의 발길질과 주먹질보다 그를 더 녹초로 만들었다. 이제 그의 입과 손은 그들이 요구하는 것은 무엇이든 말하고 서명해주는 단순한 도구가 되어버렸다. 그는 그들이 원하는 자백이 무엇인지 알아내려 온 힘을 기울였고 그들이 다시 못살게 굴기 전에 재빨리 그것을 자백했다. 그는 고위당원 암살, 불온문서 유포, 공금 횡령, 군사기밀 누설, 각종 파괴 공작을 기도했거나 실제로 저질렀다고 고백했다. 그는 오래전인 1968년에 이미 이스트아시아 정부의 돈을 받고 간첩 활동을 했다고 자백했다. 그는 자신이 종교적 신앙을 지니고 있으며 자본주의 예찬자이고 성도착자라고 자백했다. 그 자신은 물론 심문자들도 그의 아내가 살아 있다는 사실을 알고 있었음에도 불구하고 그는 자기가 아내를 살해했다고 자백했다. 그는 몇 년 전부터 골드스타인과 개인적으로 접촉했다고 자백했다. 그리고 지하조직의 일원으로 활동했으며 자신이 알고 있는 사람은 모두 그 일당이라고 자백했다. 그냥 모든 것을 순순히 인정하고 모든 사람을 끌어들이는 것이 훨씬 쉬운 일이었다. 게다가 어떤 의미에서는 그의 자백은 사실이기도 했다. 그가 당에 적대적이었던 것은 분명한 사실이었고 당의 입장에서 보자면 생각과 행동 사이에는 아무런 차이도 없었다.

다른 종류의 기억들도 있었다. 그 기억들은 마치 어둠 속의 그림들처럼 단속적으로 그의 머릿속에 남아 있었다.

그는 감방 안에 있었다. 어두운 것 같기도 했고 밝은 것 같기도 했다. 보이는 것이라고는 두 눈뿐이었기 때문이었다. 아주 가까운 곳에서 뭔가 기계 같은 것이 천천히, 규칙적으로 똑딱거렸다. 두 눈은 점점 커지면서 점점 더 밝아졌다. 갑자기 그는 의자로부터 붕 떠올라 두 눈 속으로 빨려 들어갔다.

그는 온통 다이얼로 둘러싸인 의자에 묶여 있었다. 흰 가운을 입은 남자가 다이얼을 읽었다. 밖에서 무거운 구둣발 소리가 들렸다. 문이 쾅 소리를 내며 열렸다. 창백한 얼굴의 장교가 안으로 들어왔고 두 명의 간수가 뒤따랐다.

"101호실로!" 장교가 지시했다.

흰 가운을 입은 남자는 돌아보지 않았다. 그는 윈스턴조차도 바라보지 않았다. 그는 오로지 다이얼만 바라보고 있었다.

윈스턴은 황금빛으로 온통 번쩍이는 폭이 1킬로미터나 되는 거대한 복도를 구르면서 목청껏 고함을 지르며 죄를 고백하고 있었다. 그는 모진 고문을 당하면서도 털어놓지 않던 것까지 모두 자백했다. 그는 그가 이미 알고 있던 사람들에게 자신의 전 생애에 대해 털어놓고 있었다. 그와 함께 간수들, 다른 심문관들, 하얀 가운을 입은 사람들, 오브라이언, 줄리아, 채링턴 씨가 있었으며 모두 복도를 구르면서 웃고 고함을 지르고 있었다. 미래 속에 새겨져 있던 그 어떤 무서운 일이 마치 건너뛰어 버린 듯 일어나지 않았다. 만사가 다 해결되었다. 더 이상 고통도 없었고 그의 삶 전체가 발가벗겨져 이해되었고 용서되었다.

윈스턴은 얼핏 오브라이언의 목소리를 들은 것 같아서 널빤지 침대 위에서 몸을 일으키려 했다. 비록 눈에 보이지는 않았지만 심문을 받는 내내 오브라이언이 가까이 있다는 느낌을 그는 받았다. 그 모든 것을 지시하고 있는 사람은 바로 오브라이언이었다. 윈스턴에게 간수들을 보낸 것도 오브라이언이요, 그들이 윈스턴을 죽이지 못하게 막은 것도 오브라이언이었다. 윈스턴에게 언제 고통을 가하고 언제 휴식을 줄 것인지, 언제 밥을 먹이고 언제 잠을 재울 것인지, 언제 팔에 주사를 놓을 것인지 결정하는 것도 오브라이언이었다. 질문하고 답변을 제시하는 사람도 오브라이언이었다. 그는 고문을 가하는 자인 동시에 보호자였으며 심문자이자 친구였다. 언젠가 한 번은―윈스턴은 그것이 약에 취해 잠들었을 때였는지, 정상적으로 잠들었을 때였는지, 혹은 깨어있을 때였는지 기억할 수 없었다―누군가 윈스턴의 귀에 대고 속삭였다.

"걱정 말게, 윈스턴. 내가 자네를 보호하고 있다네. 나는 7년 동안 자네를 살펴 왔어. 이제 전환점이 온 거라네. 내가 자네를 구해주겠네. 내가 자네를 완벽하게 만들어주겠어."

그것이 오브라이언의 목소리인지는 확실하지 않았다. 하지만 7년 전 윈스턴의 꿈속에서 "우리는 어둠이 없는 곳에서 만날 겁니다"라고 말하던 목소리와 같은 목소리였다.

윈스턴은 그 심문이 어떻게 끝이 났는지는 기억하지 못했다. 한동안 정신을 잃었다가 지금 누워있는 방, 혹은 감방이 서서히 눈에 들어왔을 뿐이었다. 그는 팔다리가 모두 꽁꽁 묶여서 꼼짝할 수 없었다. 심지어 그의 뒤통수마저도 무언가에 꽉 붙잡혀 있었다. 오브라이언이 그를 심각하게, 아니 차라리 애처롭게 바라보고 있었다. 밑에서 보자니 그의 얼굴은 거칠고 초췌해 보였다. 눈 밑에 처진 주름이 있었고 코에서 턱까지 낡은 주름이 져 있었다. 그는 윈스턴이 생각했던 것보다는 늙어 보였다. 아마 마흔다섯 내지 쉰 살은 된 것 같았다. 그의 손에는 꼭

대기에 레버가 달려 있고 숫자판이 돌아가는 다이얼이 있었다.

오브라이언이 말했다.

"우리가 다시 만난다면 이곳에서일 거라고 내가 자네에게 말했지?"

"네." 윈스턴이 대답했다.

아무런 경고도 없이 오브라이언의 손이 가볍게 움직이더니 윈스턴의 몸 전체에 고통의 물결이 밀려왔다. 무슨 일이 벌어진 것인지 모르는 상태에서 갑자기 가해진 고통이어서 그는 무시무시한 공포에 사로잡혔다. 치명적인 위해가 가해지는 것 같았다. 그는 그런 고통스러운 일이 실제로 일어나고 있는 것인지, 아니면 단순히 전기로 인한 효과일 뿐인지 알 수 없었다. 극심한 고통으로 윈스턴의 이마에 땀이 맺혔다.

오브라이언이 그의 얼굴을 내려다보며 말했다.

"두려운가? 등뼈라도 부러질까 봐 두려운가?"

윈스턴은 아무 대답도 하지 않았다. 오브라이언은 다이얼을 제 자리로 돌려놓았다. 순식간에 고통이 사라졌다. 오브라이언이 말했다.

"방금 전에는 40도였어. 100까지 올릴 수 있는 게 보이지? 자네와 대화하는 동안에 언제고 내가 다이얼을 돌릴 수 있고 얼마든지 도수를 조정할 수 있다는 걸 명심해야 해. 자네가 거짓말을 하거나 얼버무리려 하면, 또한 자네의 지식수준 이하의 이야기를 하면 즉각 고통스러운 비명을 지르게 될 거야. 알겠어?"

"알겠습니다." 윈스턴이 대답했다.

오브라이언의 태도가 약간 누그러졌다. 그는 생각에 잠긴 채 안경을 고쳐 쓰고 몇 걸음 서성거렸다. 그가 다시 입을 열었을 때 그의 말투는 한결 점잖았다. 마치 의사와 같은 표정이었고 벌을 주기보다는 설명하고 설득하려는 선생이나 목사 같은 말투였다.

"윈스턴 자네 때문에 무척 고생했다네. 하긴 자네는 그럴 만한 위인이긴 해. 자네에게 뭐가 문제인지 자네는 잘 알고 있을 거야. 아마 몇 년 전부터 알고 있었을걸. 자네는 정신적인 혼란을 겪고 있어. 기억력 장애를 겪고 있는 거야. 자네는 실제로 일어났던 일은 기억하지 못하고 일어나지도 않은 일을 기억한다고 확신하고 있는 거야. 다행히 그 병은 치료가 가능하다네. 다만 자네가 치료하겠다는 마음이 없어서 문제인 거지. 지금도 자네는 자네의 질병을 무슨 덕목이라도 되는 양 집착하고 있어. 예를 들어볼까? 지금 오세아니아는 어느 나라와 전쟁 중인가?"

"제가 체포되었을 때 오세아니아는 이스트아시아와 전쟁 중이었습니다."

"이스트아시아라. 좋아. 그리고 오세아니아는 언제나 이스트아시아와 전쟁 중이었지? 그렇지 않은가?"

윈스턴은 숨을 들이마셨다. 그는 뭔가 말을 하려다가 입을 다물었다. 다이얼로부터 눈을 뗄 수가 없었다.

"윈스턴, 제발 진실을 말해보게. *자네의* 진실 말일세. 자네가 기억하고 있다고 생각하는 걸 말해보게."

"저는 제가 체포되기 일주일 전만 해도 우리는 이스트아시아와 전쟁 중이 아니었다고 기억하고 있습니다. 우리는 그 나라와 동맹 관계였습니다. 우리는 유라시아와 전쟁을 하고 있었습니다. 그 전쟁은 4년 동안 계속되었습니다. 그전에는……"

오브라이언은 손짓으로 윈스턴의 말을 막더니 말했다.

"다른 예를 들어보지. 몇 년 전에 자네는 정말 심각한 미망(迷妄)에 빠져 있었네. 한때 당원이었던 존스, 아런슨, 러더포드 세 사람이 반역과 파괴행위를 했다고 자백해서 처형당했는데도 자네는 그들에게 죄가 없다고 믿었네. 그들의 자백이 거짓임을 증명하는 명백한 증거를 봤다고 믿는 거지. 자네에게 환상을 심어줄 만한 사진이 있었지. 그리고 자네는 그 사진을 손에 쥐었었다고 믿었네. 그건 바로 이런 사진이었지."

직사각형 신문지 조각이 오브라이언의 손가락 사이에 들려 있었다. 아마 윈스턴은 그것을 약 5초가량 보았을 것이다. 윈스턴이 손에 넣었다가 없애버린, 세 사람이 뉴욕의 한 행사장에서 찍은 바로 그 사진이었다. 그 사진이 다시 그의 눈에 잠깐 나타났다가 사라졌다. 하지만 그는 그 사진을 보았다. 의심의 여지없이 그것을 보았다! 그는 마치 그것을 잡으려는 듯 상반신을 움직이려 했다. 하지만 꼼짝할 수 없었다. 그 순간 그는 다이얼의 존재마저 잊고 있었다. 그는 그 사진을 한 번 손에 쥐어보기를, 아니 최소한 한 번만이라도 다시 보기를 간절히 원했다.

"그게 정말 존재하는군요!" 그가 외쳤다.

"아니! 없어." 오브라이언이 말했다.

그는 방 한쪽으로 발걸음을 옮겼다. 그쪽 벽에 '기억 구멍'이 있었다. 오브라이언은 뚜껑을 열었다. 윈스턴의 눈에 보이지는 않았지만 쪽지는 화염 속으로 사라질 것이다. 오브라이언이 등을 돌려 윈스턴 쪽을 바라보며 말했다.

"재야. 확인조차 할 수 없는 재. 먼지야. 그건 존재하지 않아. 존재한 적도 없어."

"하지만 존재했어요! 지금도 존재합니다! 기억 속에 존재합니다. 나는 그걸 기억해요. 당신도 기억해요."

"나는 기억나지 않네." 오브라이언이 말했다.

윈스턴의 가슴이 철렁 내려앉았다. 그것이 바로 이중사고였다. 윈스턴은 엄청난 무력감에 빠졌다. 만일 오브라이언이 거짓말을 하는 것이 분명하다면 문제될 만한 게 없다. 오브라이언은 정말로 그 사진에 대해 잊어버렸을 것이다. 그렇다면 그는 이미 자신이 그것을 기억하기를 거부하고 있다는 사실조차 잊었을 것이다. 그는 잊는다는 행위 자체도 잊었을 것이다. 그것이 단순한 사기라고 어떻게 말할 수 있단 말인가? 정신 속에서 그런 광적인 뒤틀림이 실제로 벌어질 수도 있다. 그 생각에 윈스턴은 완전히 무기력에 빠질 수밖에 없었다.

오브라이언은 깊은 생각에 잠긴 표정으로 윈스턴을 내려다보고 있었다. 전도가 유망하지만 길을 잘못 든 고집불통 학생 앞에서 고민하고 있는 선생의 모습이 역력했다. 그가 윈스턴에게 말했다.

"과거의 지배와 관련된 당의 슬로건이 있지. 그걸 반복해줄 수 있겠나?"

"과거를 지배하는 자가 미래를 지배한다. 현재를 지배하는 자가 과거를 지배한다." 윈스턴이 말했다.

"현재를 지배하는 자가 과거를 지배한다." 오브라이언이 고개를 끄덕이며 되풀이했다. "이보게 윈스턴, 자네 생각에 과거가 실제로 존재하는 것 같은가?"

윈스턴에게 다시 무기력감이 엄습했다. 그의 눈길이 흘낏 다이얼 쪽을 향했다. 자신을 고통에 빠지지 않게 해줄 답이 '예'인지 '아니오'인지 알 수 없었다. 게다가 스스로도 어느 답이 옳은지 알 수 없었다.

오브라이언이 희미하게 웃으며 말했다.

"윈스턴, 자네는 형이상학자가 아니지. 지금 이 순간까지 존재라는 것의 의미에 대해서는 깊이 생각해 보지 않았을 거야. 내가 더 정확하게 묻겠네. 과거라는 것이 공간 속에서 구체적으로 존재하는가? 과거의 일이 여전히 '일어나고 있는' 그 어떤 장소, 확고한 객체로서의 그런 세계가 있는가?"

"없습니다."

"그렇다면 과거는 어디에 존재한다는 거지?"

"기록에 존재합니다."

"기록이라…… 그리고?"

"정신 속에 존재합니다. 인간의 기억 속에……"

"기억 속이라…… 좋아. 그런데, 우리가, 당이 모든 기록을 지배하고 모든 기억을 지배하지. 그렇다면 우리는 과거를 지배하는 것이로군. 그렇지 않나?"

"하지만 어떻게 사람들이 기억하는 걸 막을 수 있겠습니까?" 윈스턴이 다이얼의 존재를 잊고 외쳤다. "기억은 의식적으로 이루어지는 게 아닙니다. 자신 밖에 있습니다. 어떻게 기억을 지배하겠습니까? 당신은 내 기억을 지배하지 못합니다!"

오브라이언의 태도가 다시 굳어졌다. 그는 다이얼에 손을 얹었다가 떼면서 말했다.

"그 반대야. *자네*가 자네 기억을 지배하지 못한 거야. 자네가 이곳에 온 것은 그 때문이야. 자네는 겸손하지 않았고 자기 수양이 부족해서 이곳에 온 거야. 자네는 정신적 건강함의 징표인 복종을 거부했어. 정신이상자나, 오로지 단 한 명뿐인 소수가 되기를 택한 거지. 오직 훈련을 받은 자, 규율에 충실한 자만이 실재(實在)를 볼 수 있다네, 윈스턴. 자네는 실재라는 것이 객관적이고 외적이며 그 자체로 존재한다고 믿고 있지. 또한 실재의 속성이란 자명한 데 있다고 믿고 있어. 자네는 자네가 그 무언가를 보고 있으면 다른 사람들도 자네와 같은 것을 보고 있다고 가정하지. 하지만 그건 착각이야. 윈스턴, 내가 말해 주겠네. 실재는 외적인 것이 아닐세. 실재는 인간의 마음과 정신 속에 존재할 뿐이야. 개인의 마음을 말하는 게 아니야. 개인은 실수를 저지를 수 있으며 곧 사라져버릴 수 있으니까. 실재는 오로지 집단적인 당, 불멸인 당의 정신과 마음속에 존재할 뿐이야. 당이 진리라고 하는 건 그 무엇이건 진리일세. 당의 눈을 통하지 않고는 실재를 보는 건 불가능해. 윈스턴 자네가 다시 배워야 하는 건 바로 그 사실이야. 그러기 위해서는 자기 파괴의 행동이 필요하고 의지의 노력이 필요하네. 자네가 제정신으로 돌아오려면 우선 겸손해져야만 하네."

그는 자신이 말한 내용이 상대방에게 새겨지기를 기다리는 듯 잠시 입을 닫았다.

잠시 후 그가 다시 말했다.

"자네 일기에 '2 더하기 2는 4다, 라고 말할 수 있는 자유가 자유이다'라고 썼던 것 기억나나?"

"네." 윈스턴이 대답했다.

오브라이언이 왼손을 들어 손등을 보인 채 엄지손가락을 감추고 네 개의 손가락을 펼쳐 보였다.

"윈스턴, 내가 지금 몇 개의 손가락을 펴고 있나?"

"네 개입니다."

"그럼 당이 '넷이 아니라 다섯이다'라고 말하면 몇 개가 되지?"

"넷입니다."

대답하자마자 고통이 엄습했다. 다이얼의 바늘이 55를 가리키고 있었다. 윈스턴의 온몸에서 땀이 솟았다. 공기가 허파로 몰려 들어왔으며 이를 악물었건만 신음이 나오는 것을 막을 수 없었다. 오브라이언은 여전히 손가락을 편 채 윈스턴을 바라보고 있었다. 그는 손잡이를 늦추었다. 그러자 고통이 약간 완화되었다.

"자, 윈스턴, 손가락이 몇 개지?"

"넷입니다."

바늘이 60까지 올라갔다.

"윈스턴, 손가락이 몇 개지?"

"넷입니다! 그만! 제발 그만! 대체 어쩌자는 겁니까? 넷입니다, 넷!"

바늘이 올라간 게 분명했지만 윈스턴은 볼 수 없었다. 심각한 얼굴과 네 개의 손가락이 그의 시야를 가로막고 있었다. 눈앞에 엄청나게 확대된 손가락이 아른거리며 기둥처럼 우뚝 서 있었다. 분명히 네 개였다.

"윈스턴, 손가락이 몇 개지?"

"다섯입니다, 다섯!"

"아니야, 윈스턴. 그래봤자 소용없어. 자네는 거짓말하고 있어. 자네는 여전히 네 개라고 생각하고 있어. 자, 손가락이 몇 개인가?"

"네 개! 다섯 개! 네 개! 좋으실 대로 하세요. 그만, 제발 그만 멈춰주세요!"

갑자기 윈스턴은 오브라이언의 팔에 어깨를 감싸인 채 몸을 일으켰다. 아마 잠시 기절했던 것 같았다. 그의 몸뚱이를 묶었던 끈이 느슨해졌다. 너무 추워서 몸이 덜덜 떨렸으며 이가 달각달각 소리를 내며 부딪쳤고 뺨 위로 눈물이 흘러내렸다. 그는 한동안 어린아이처럼 오브라이언에게 매달렸다. 이상하게도 그의 어깨를 두르고 있는 그의 건장한 팔이 포근하게 느껴졌다. 마치 오브라이언이 보호자인 것 같았다. 고통은 어딘가 다른 곳에서 오는 것이고 오브라이언이 그 고통으로부터 자신을 구해주는 것 같았다.

"윈스턴, 자네는 배우는 속도가 너무 느려." 오브라이언이 상냥하게 말했다. 그는 윈스턴을 다시 자리에 눕혔다. 윈스턴의 사지를 다시 끈이 조였다. 이어서 좀 전보다 더 강한 고통이 엄습했다. 바늘이 70이나 75를 가리키고 있는 게 분명했다.

오브라이언이 다시 손가락을 펼치고 물었다.

"윈스턴, 손가락이 몇 개지?"

"넷입니다. 넷 같아요. 저도 다섯으로 보고 싶어요! 다섯 개로 보려고 노력 중이에요!"

"정확히 말하게. 내게 다섯 개로 보이는 척하려고 애쓰는 건가, 아니면 정말로 다섯 개로 보려고 애쓰는 건가?"

"정말 다섯 개로 보려고 애쓰고 있습니다."

"다시!" 오브라이언이 말했다.

아마 바늘이 80이나 90에 와 있는 것 같았다. 윈스턴은 자신이 왜 이런 고통을 당하고 있는지조차 간헐적으로 기억할 수 있을 뿐이었다. 수많은 손가락들이 꼭 감긴 눈꺼풀 뒤에서 마치 춤을 추듯 앞으로 나섰다가 물러서고 하나씩 사라졌다가 다시 나타나곤 했다. 그는 왜 그런지 이유도 모르는 채 그것들을 헤아리려고 애썼다. 하지만 그는 그것을 헤아리는 것이 불가능하다는 것만 알았을 뿐이었다. 넷이건 다섯이건 이상하게도 똑같아 보인 때문이었다. 다시 고통이 사라졌다. 그가 눈을 떴을 때 눈앞에 보이는 것은 마찬가지였다. 수많은 손가락들이 마치 흔들리는 나무처럼 제멋대로 움직이며 서로 엇갈리곤 했다. 그는 다시 눈을 감았다.

"윈스턴, 내가 지금 몇 개의 손가락을 들고 있지?"

"모르겠습니다. 모르겠어요. 차라리 저를 죽이세요. 넷인지 다섯인지 여섯인지 솔직히 모르겠어요."

"좀 낫군." 오브라이언이 말했다.

바늘이 윈스턴의 팔에 꽂혔다. 그때까지 꼼짝도 하지 않고 있던 흰 가운의 사내가 꽂은 것이다. 순간, 마치 구원의 손길인 양 따뜻한 온기가 윈스턴의 온몸에 번졌다. 방금 겪은 고통은 이미 반쯤 잊혔다. 그는 눈을 뜨고 감사의 눈길로 오브라이언을 바라보았다. 추하면서도 지적으로 보이는 주름진 얼굴이 눈에 보이자 심장이 두근거렸다. 몸을 움직일 수만 있었다면 팔을 뻗어 오브라이언의 팔 위에 얹었을 것이다. 그가 오브라이언을 그 순간만큼 깊이 사랑했던 적은 없었다. 그가 고통을 멈추게 해주었기 때문만은 아니었다. 오브라이언이 친구건 적이건 기본적으로는 아무 상관이 없다는 옛 감정이 되살아난 것이다. 오브라이언은 말을 건넬 수 있는 사람이었다. 사람은 사랑받기보다는 이해되기를 더 원하는지도 모른다. 오브라이언은 그를 미치기 일보 직전에 이르도록 고문했고 잠시 후면 그를 죽음으로 몰고 갈 것이 분명했다. 하지만 상관없었다. 어떤 의미에서는 둘은 친구보다 더 깊은 관계이다. 그들은 내밀한 관계를 맺었다. 비록 실제로 입 밖에 낸 적은 없더라도 그들이 만나서 이야기를 나눌 수 있는 그런 곳이 있으리라. 오브라이언

제3부

은 윈스턴을 내려다보고 있었다. 마치 윈스턴과 똑같은 생각을 하는 듯한 표정이었다. 그가 다시 입을 열었을 때 그의 말투는 편하게 대화하는 듯했다.

"윈스턴, 자네가 어디 있는지 알고 있나?"

"모르겠습니다. 애정부 안이려니 짐작될 뿐입니다."

"자네가 얼마 동안 이곳에 있었는지 알고 있나?"

"모르겠습니다. 며칠인지, 몇 주인지, 혹은 몇 달인지…… 몇 달은 된 것 같습니다."

"그리고 우리가 왜 이곳에 사람들을 데려온다고 생각하나?"

"자백을 받아내기 위해서입니다."

"아닐세. 그 때문이 아니야. 다시 생각해 봐."

"벌을 주기 위해서입니다."

"아니야!" 오브라이언이 소리쳤다. 목소리가 돌변했으며 준엄하면서 동시에 흥분한 듯한 표정을 지었다. "절대 아니야! 자백을 받고 벌을 주기 위해서가 아니야. 자네를 왜 이곳으로 데려왔는지 말해 줄까? 자네를 치료하기 위해서야! 자네를 건강하게 해주기 위해서라고! 윈스턴, 이곳에 들어온 자치고 치료가 되지 않은 채 나간 자가 단 한 명도 없다는 걸 알겠나? 우리는 자네가 저지른 어리석은 범죄에는 관심도 없어. 당은 겉으로 드러난 행위에는 관심이 없어. 우리가 신경 쓰는 건 사상이야. 우리는 우리의 적을 분쇄할 뿐 아니라 그들을 개조시켜. 내가 무슨 말을 하는지 알겠나?"

오브라이언은 윈스턴을 향해 몸을 굽히고 있었다. 얼굴을 너무 가까이 대고 있었기에 그 얼굴이 거대해 보였으며 밑에서 보고 있는 만큼 소름이 끼칠 정도로 추했다. 게다가 그 얼굴은 온통 일종의 흥분 상태, 광적인 열정에 사로잡혀 있었다. 윈스턴의 심장이 다시 움츠러들었다. 그럴 수만 있다면 침대 속 깊이 숨어버리고 싶었다. 오브라이언이 다이얼을 마구 돌릴 것만 같았다. 하지만 그 순간 오브라이언이 몸을 돌려 두세 걸음 방안을 오락가락하더니 좀 전보다는 다소 침착하게 말했다.

"자네가 제일 먼저 알아두어야 할 게 있어. 이곳에는 순교자 같은 건 없다는 사실이야. 자네는 아마 과거에 있었던 종교적 박해에 대해 읽은 적이 있겠지. 중세에는 종교재판이 있었네. 하지만 그건 실패작이야. 이단을 뿌리 뽑겠다는 의도였지만 오히려 이단을 영속화하는 결과를 빚었지. 이단자 한 명을 처단할 때마다 수천 명의 이단자가 생겼지. 왜 그랬겠나? 적을 공개적으로 처형했기 때문이고 무엇보다 회개를 받아내지 못한 채 처형했기 때문이라네. 실은 그들이 회개하지 않았기에 처형된 거지. 그들은 자신들의 진실한 신앙을 포기하지 않았기에 죽어간 거라네. 당연히 모든 영광은 희생자의 몫이 되었고 그들에게 화형을 선고한 종교재판은 치욕의 대상이 되었지. 20세기가 되자 이른바 전체주의자들이란 게 나타났네. 바로 독일의 나치와 소련의 공산주의자들이지. 소련 공산당은 이단자를 종교재판보다도 더 잔혹하게 박해했네. 그리고 그들은 과거의 실수로부터 배울 게 있다고 생각했어. 어쨌든 순교자를 만들면 안 된다는 것만은 알고 있었지. 그들은 희생자들을 인민재판정에 세우기 전에 희생자들이 지닌 위엄을 완전히 파괴하기 위해 온갖 공을 들였어. 고문, 독방 감금 등을 통해 희생자들을 만신창이로 만들고 야비하게 굽실거리는 존재로 만들어 버린 거야. 입에서 나오는 대로 마구 자백하고, 마구 욕설을 퍼붓는 존재, 자기들끼리 서로 비난하고 고자질하는 존재, 제발 살려달라고 울먹이는 그런 존재로 만들어 버린 거지. 그런데 몇 년이 지나자 중세와 똑같은 일이 벌어졌다네. 죽은 자들은 순교자가 되었고 타락한 그들의 모습은 잊힌 거야. 왜 그렇게 된 걸까? 우선 그들의 자백이 강요에 의한 것일 뿐 진실이 아니었기 때문이야. 우리는 그런 종류의 실수는 저지르지 않아. 이곳에서 한 자백은 모두 진실이야. 우리는 그것을 진실로 만들어. 그리고

1984

290

무엇보다 우리는 죽은 자가 우리에게 맞서는 일은 없게 만들어. 자네, 후손들이 자네를 옹호해주리라고 생각하면 안 돼. 후손들은 자네의 이야기를 전혀 들을 수 없어. 자네는 역사의 흐름 속에서 깨끗이 건져 올려지는 거야. 우리는 자네를 기화시켜 대기 중으로 날려버릴 거야. 자네에 대해서 남는 건 아무것도 없어. 기록만이 아니야. 살아 있는 사람의 기억 속에서도 자네는 존재하지 않아. 자네는 과거에서뿐 아니라 미래에서도 완전히 지워져 버리는 거야. 자네는 전혀 존재한 적이 없게 되어 버릴 거야."

그렇다면 왜 이렇게 귀찮게 고문을 하는 걸까? 윈스턴이 잠시 씁쓸한 기분으로 생각했다. 오브라이언이 마치 그의 생각을 읽은 듯 말했다.

"아마 자네는 우리가 자네를 완전히 말살할 거라면 자네의 말이나 행동은 아무런 의미도 없을 텐데 왜 이렇게 힘들게 자네를 심문하는 것인지 그 이유가 궁금할 거야. 자네, 지금 그런 생각을 하고 있지? 그렇지 않은가?"

"맞습니다." 윈스턴이 말했다. 오브라이언이 가볍게 미소 지으며 말했다.

"자네는 거푸집에 나 있는 흠과 같아. 자네는 씻어버려야 하는 얼룩 같은 존재야. 우리는 과거의 박해자들과는 다르다고 방금 말하지 않았나? 우리는 완벽주의자야. 우리는 마지못해 보여주는 복종이나 비굴한 굴복으로는 만족하지 않아. 자네가 우리에게 항복한다면—어차피 그렇게 될 거지만—그것은 바로 자네의 자유의지에 의해 그렇게 되어야만 해. 이단자들이 우리에게 저항한다고 해서 우리는 그들을 처형하지 않아. 그들이 여전히 저항하는 한 절대로 그들을 처형하지 않아. 그들을 순교자로 만들 수는 없거든. 우리는 그들을 개종시키고 속마음을 장악하고 새로운 모습으로 개조한다네. 그들에게서 모든 악과 환상을 불태워 몰아내 버려. 겉만이 아니라 그들의 마음과 영혼까지 온전히 우리 편으로 만드는 거야. 그들을 죽이기 전에 우리와 같은 편으로 만드는 거야. 우리는 제아무리 은밀하고 미약하더라도 그릇된 생각이 이 세상 어딘가에 존재한다는 것을 용납할 수 없어. 죽는 순간까지도 탈선은 용납될 수 없어. 옛날에 이단자는 화형장으로 걸어가면서도 여전히 이단자였고 이단자임을 선언했으며 여전히 이단자로 남아 있음을 기뻐했어. 러시아 숙청 때의 희생자들도 사형장으로 끌려갈 때까지 그의 두뇌 속에는 여전히 반항 의식을 간직하고 있었어. 하지만 우리는 두뇌를 완전히 개조하기 전에는 처형하지 않아.

1984

옛날 전제 군주의 명령은 '너희는 그렇게 하면 안 된다'였지. 전체주의자의 명령은 '너희는 이렇게 해야 한다'였고. 우리의 명령은 '너희는 이렇다'야. 우리가 이곳에 끌고 온 자는 그 누구도 우리에게 맞설 수 없어. 모두 깨끗이 세뇌되는 거야. 자네가 한때 무죄라고 믿었던 존스와 아런슨, 러더포드도 그렇게 완전히 개종했어. 최후의 순간 그들에게 남은 거라고는 자신들이 범한 죄에 대한 회환과 슬픔, 그리고 빅브라더를 향한 사랑뿐이었어. 그들이 빅브라더를 얼마나 사랑했는지 알면 자네도 감동할 걸세. 그들은 자신들의 마음이 이토록 정화된 그 순간 죽음을 맞이할 수 있도록 어서 죽여달라고 애원까지 했다네."

오브라이언의 목소리는 거의 꿈꾸는 것 같았다. 그의 얼굴에는 흥분과 광적인 열정이 여전히 드러나 있었다. 윈스턴은 그가 마음에도 없는 소리를 꾸며서 하는 것이 아니라고 생각했다. 그는 위선자가 아니다. 그는 자신이 하는 말을 모두 믿고 있다. 게다가 그 무엇보다 윈스턴을 짓누르고 있는 것은 지적인 열등감이었다. 어느 면으로 보나 오브라이언은 자신보다 큰 인물이었다. 자신이 지닌 관념 중 오브라이언이 터득하지 않는 것, 그가 검토하지 않은 것, 그런 후 거부하지 않은 것은 하나도 없었으며 있을 수도 없었다. 오브라이언의 마음은 윈스턴의 마음을 모두 품고 있었다. 그렇다면 어떻게 오브라이언이 미쳤다고 할 수 있단 말인가? 미친 것은 자기, 윈스턴일 수 있었다. 오브라이언은 잠시 방안을 서성이다가 멈춰서더니 윈스턴을 바라보았다. 그의 목소리가 다시 준엄해졌다.

"하지만 윈스턴, 자네가 우리에게 완전히 굴복한다고 해서 목숨을 구할 수 있다고는 생각하지 말게. 과오를 범한 자를 살려준 적은 한 번도 없어. 설혹 우리가 자네를 명대로 살게 해주더라도 자네는 우리에게서 절대로 벗어날 수 없어. 여기서 자네에게 일어나고 있는 일은 영원히 계속될 거야. 그 점을 미리 염두에 둬야 해. 우리는 자네가 도저히 뒷걸음을 칠 수 없을 만큼 철저히 자네를 파괴할 거야. 자네가 천 년을 산다 해도 회복할 수 없는 일들이 자네에게 벌어질 거야. 자네는 더 이상 보통 사람들이 느끼는 감정을 느끼지 못하게 될 거야. 자네는 더 이상 사랑, 우정, 삶의 기쁨, 웃음, 호기심, 혹은 용기와 성실함 같은 것을 지니지 못하게 될 거야. 자네는 텅 비게 될 거야. 우리는 자네를 텅 비게 만든 다음 우리들로 채울 거야."

오브라이언은 말을 마친 뒤 흰 가운을 입은 사내에게 신호를 했다. 윈스턴은 자신의 머리 뒤로 뭔가 묵직한 기구 같은 것이 들어오고 있음을 느꼈다. 오브라이언이 침대 옆에 앉았다. 그의

1984

294

얼굴과 윈스턴의 얼굴이 같은 높이에서 마주하고 있었다.

"3,000." 오브라이언이 윈스턴 머리 너머로 흰 가운의 사내에게 말했다.

약간 축축하고 부드러운 두 개의 패드가 윈스턴의 관자놀이를 덮었다. 새로운 종류의 고통이 느껴졌다. 오브라이언이 안심이라도 시키려는 듯 거의 친절하게 윈스턴의 손을 잡으며 말했다.

"이번에는 아프지 않을 거야. 내 눈을 똑바로 바라보고만 있으면 돼."

순간 소리가 났는지 안 났는지 모르겠지만 엄청난 폭발이 일어났다. 아니 폭발이 일어난 것 같았다. 분명한 것은 무언가 번쩍했다는 사실이었다. 윈스턴은 다치지 않았다. 다만 기진맥진했을 뿐이었다. 아까부터 계속 누워 있었음에도 불구하고 마치 무언가에 얻어맞아 드러눕게 된 것 같은 기분이었다. 고통도 느낄 수 없는 무시무시한 충격에 그는 완전히 뻗어버린 것이다. 그와 동시에 그의 머릿속에서 무슨 일인가가 일어났다. 그의 눈에 초점이 잡히자 그는 자신이 누구인지, 자신이 어디에 와 있는지 기억할 수 있었고 자신의 얼굴을 바라보는 사람이 누구인지 알아볼 수 있었다. 하지만 마치 머릿속에서 뭔가 한 조각이 빠져나가고 커다란 빈 공간이 생긴 것 같은 느낌이 들었다.

오브라이언이 말했다.

"오래 걸리지 않을 걸세. 내 눈을 바라보게. 지금 오세아니아가 어디와 전쟁 중이지?"

윈스턴은 생각했다. 그는 오세아니아가 무슨 의미인지도 알고 자신이 오세아니아 시민이라는 것도 알고 있었다. 그는 유리시아와 이스트아시아도 기억났다. 하지만 오세아니아가 누구와 전쟁 중인지는 기억나지 않았다. 심지어 그는 전쟁이 있다는 사실조차 모르고 있었다.

"기억나지 않습니다."

"오세아니아는 이스트아시아와 전쟁 중이네. 이제 기억나나?"

"네."

"오세아니아는 언제나 이스트아시아와 전쟁 중이었네. 자네가 태어난 이후부터, 당이 출범한 뒤부터, 역사가 시작된 이래 전쟁은 한 번도 중단되지 않은 채 계속되었네. 똑같은 전쟁이 말일세. 기억나나?"

"네."

"자네는 11년 전에 반역죄를 저지르고 사형에 처한 사람들에 관한 전설을 창조해냈네. 자네는 신문지 조각이 그들의 결백을 입증할 수 있다고 주장했지. 하지만 그런 신문 조각은 존재한 적이 없었네. 자네가 만들어낸 이야기고 나중에 그걸 사실인 양 믿게 된 거지. 자네가 그 전설을 꾸며내던 때가 기억나나?"

"네."

"내가 자네에게 손가락을 보였었지. 자네는 다섯 손가락을 보았네. 기억나나?"

"네."

오브라이언은 엄지손가락을 감춘 채 왼쪽 손을 들어올렸다.

"여기 다섯 개의 손가락이 있네. 다섯 개의 손가락이 보이나?"

"네."

그는 정말로 다섯 손가락을 보았다. 하지만 그것은 순간이었다. 오브라이언의 가르침이 머리의 비어버린 부분을 채워 절대적인 진리가 되는 순간이었다. 그런데 그런 순간은 오브라이언이 손을 내리기도 전에 사라져버렸다. 그가 생각에 잠기는 것을 막듯 오브라이언이 말했다.

"어쨌든 그런 것이 가능하다는 것을 이제는 알겠지?"

"네."

오브라이언은 흡족한 표정으로 일어섰다. 윈스턴은 흰 가운의 사내를 흘낏 바라보았다. 사내는 주사기에 약을 넣고 있었다. 오브라이언이 콧등의 안경을 치켜올리며 말했다.

"자, 자네와 이야기를 마치기 전에 하고 싶은 질문이 있으면 말해보게."

"어떤 질문이나 괜찮습니까?"

"괜찮네."

오브라이언은 윈스턴의 눈길이 다이얼을 향하고 있음을 보고 덧붙였다.

"저건 껐으니까 걱정하지 말게. 첫 번째 질문이 뭔가?"

"줄리아는 어떻게 됐습니까?"

오브라이언은 미소를 지었다.

"자네를 배신했지. 즉시, 아주 쉽게. 그렇게 빨리 우리 편으로 오는 사람은 처음 보았네. 그녀의 반항, 기만, 어리석음, 불결한 정신 등은 깨끗이 없어졌네. 아주 모범적인 완벽한 전향이었네."

"고문했지요?"

오브라이언은 대답하지 않은 채 "자, 다음 질문은?"이라고 말했다.

"빅브라더가 존재합니까?"

"물론 존재하지. 당도 존재하네. 빅브라더는 당의 화신이야."

"제가 이렇게 존재하듯 존재한단 말입니까?"

"자네는 존재하지 않네." 윈스턴이 말했다.

윈스턴은 다시 한번 무력감에 휩싸였다. 그는 자신이 존재하지 않음을 증명할 수 있는 이론을 알고 있었다. 하지만 그것은 난센스이고 말장난일 뿐이었다. 도대체 '너라는 존재는 존재하지 않는다'라는 말 자체가 논리적으로 터무니없지 않은가?

"나는 내가 존재한다고 생각합니다." 그가 힘없이 말했다. "나는 나라는 존재를 의식하고 있습니다. 나는 태어났고 죽을 것입니다. 나는 팔과 다리를 갖고 있습니다. 나는 공간에서 나만의 자리를 차지하고 있습니다. 어떤 물체건 내가 차지하고 있는 자리를 대신 차지할 수는 없습니다. 그런 의미에서의 빅브라더는 존재합니까?"

"그런 건 중요하지 않아. 그는 존재해."

"빅브라더도 죽게 되나요?"

"물론 죽지 않지. 그가 어떻게 죽을 수 있겠나? 다음 질문."

"형제단은 존재합니까?"

"윈스턴, 자네는 결코 알 수 없을 걸세. 자네를 자유롭게 놓아주고, 자네가 아흔 살까지 살게 되더라도 그 질문에 대한 답은 얻을 수 없을 걸세. 자네가 살아 있는 한 그것은 자네 마음속의 수수께끼로 남을 걸세."

제3부

299

윈스턴은 입을 다물었다. 심장이 더 빠르게 뛰었다. 그는 아직 제일 먼저 머리에 떠오른 질문을 하지 않고 있었다. 오브라이언은 유쾌한 표정을 짓고 있었다. 윈스턴은 문득 그가 무슨 질문을 하려는지 오브라이언이 알고 있으리라고 생각했다. 그러자 저절로 질문이 튀어나왔다.

"101호실에는 뭐가 있습니까?"

오브라이언은 얼굴 표정을 조금도 바꾸지 않은 채 냉담하게 대답했다.

"자네는 이미 101호실 안에 무엇이 있는지 알고 있어. 누구나 101호실 안에 무엇이 있는지 알고 있어."

그는 흰 가운의 사내에게 손가락을 들었다. 심문이 끝난 것이 분명했다. 주삿바늘이 윈스턴의 팔에 꽂혔다. 그는 곧 깊은 잠에 빠져들었다.

1984

3

"자네의 재활 과정은 세 단계로 이루어져 있다네." 오브라이언이 말했다. "학습과 이해와 수용의 세 단계이지. 이제 두 번째 단계로 접어들었네."

늘 그렇듯 윈스턴은 등을 대고 반듯하게 누워있었다. 하지만 요즈음에는 그를 묶은 끈이 약간 느슨해져 있었다. 무릎을 약간 들어 올릴 수도 있었고 고개도 옆으로 돌릴 수도 있었으며 팔꿈치 아랫부분의 팔을 약간 들 수도 있었다. 다이얼에 대한 두려움도 줄어들었다. 정신만 똑바로 차리면 충격적인 고통은 피할 수 있었다. 오브라이언은 윈스턴이 방심한 채 멍청한 모습을 보일 때만 주로 손잡이를 잡아당겼다. 때로는 손잡이를 한 번도 당기지 않은 채 심문이 끝날 때도 있었다. 윈스턴은 심문이 몇 차례나 있었는지 기억할 수 없었다. 전 심문 과정은 꽤 오랫동안, 아마도 몇 주 동안 계속되는 것 같았다. 심문 간의 간격은 때로는 며칠일 때도 있었고 때로는 한두 시간일 때도 있었다.

어느 날 오브라이언이 윈스턴에게 말했다.

"자네가 일기장에 '나는 *방법*은 안다. 하지만 *이유*는 이해할 수 없다'라고 썼던 것 기억나나? 자네가 스스로 자신의 정신 상태를 의심할 때는 바로 그 이유에 대해 생각할 때야. 자네는 골드스타인의 책을 최소한 일부라도 읽었지. 어디 자네가 모르던 이야기가 있던가?"

"당신도 읽었습니까?" 윈스턴이 물었다.

"내가 썼어. 말하자면 글쓰기에 참여했다 이거지. 자네도 알다시피 개인적으로 집필하는 책은 없으니까."

"거기 쓰인 게 진실입니까?"

"서술된 건 옳아. 하지만 제시한 프로그램은 난센스야. 지식이 비밀리에 축적되어 널리 계몽이 이루어지면 궁극적으로 프롤레타리아 혁명이 일어나서 당이 전복된다는 프로그램 말일세. 프롤레타리아는 수천 년, 아니 백만 년이 지나도 반란을 일으키지 못해. 자네도 이유를 알 테니 설명은 않겠네. 그런 격렬한 폭동을 자네가 기대했다면 포기하는 게 좋아. 당을 전복시킬 방법이란 없네. 당의 지배는 영원해. 그 사실을 자네의 사고의 출발점으로 삼아야 해."

윈스턴이 아무 말이 없자 그는 침대로 가까이 오면서 말했다.

"자, '방법'과 '이유'에 대해 다시 말해볼까? 자네는 우리가 어떻게 권력을 유지하는지 방법은 잘 알 거야. 그렇다면 왜 우리가 권력에 집착하는지 내게 말해보게. 우리의 동기가 뭘까? 우리가 왜 권력을 원할까? 자, 어서 말해보게."

하지만 윈스턴은 한동안 입을 열지 않았다. 피로감이 엄습했다. 오브라이언의 얼굴에 열광에 들뜬 광적인 빛이 떠올라 있었다. 그는 오브라이언이 무슨 말을 할 것인지 미리 알고 있었다. 당은 권력 자체를 위해 권력을 추구하는 것이 아니다, 다수의 행복을 위하여 그러는 것이다, 인간은 대체로 나약하고 비겁하기 때문에 자유를 감당할 수도 없고 진리를 직시할 수도 없다, 인간 자체는 자기보다 타인에 의해 통치되거나 체계적으로 기만을 당하게 되어있기에 당에 의해 이끌려야 한다, 당은 약자의 수호자이고 타인의 행복을 위해 자신의 행복을 희생하며 선을 가져오기 위하여 악을 행한다, 등등이 오브라이언의 생각일 것이다.

윈스턴은 그 말을 하기가 두려웠고 오브라이언에게서 그 말을 듣는 것도 두려웠다. 오브라이언이 그 말을 하면 자신이 어쩔 수 없이 믿어야 하기 때문이었다. 오브라이언은 실제 세상이 어떠한지, 인간들이 얼마나 타락한 삶을 살고 있는지, 당이 그 얼마나 수많은 거짓과 야만적인 행위로 사람들을 통제하고 있는지 윈스턴보다 수천 배는 더 잘 알고 있다. 그리고 그것이 무서웠다. 오브라이언이 그 사실을 모르는 채 광기에 휩싸여 있다면 맞설 수 있다. 하지만 그는 그 모든 것을 자신보다 훨씬 더 잘 알고 있다. 윈스턴은 무력감에 빠질 수밖에 없었다. 윈스턴은 기운 없는 목소리로 대답했다.

"당신들은 우리의 행복을 위하여 우리를 지배합니다. 당신들은 인간에게는 자신을 다스릴 능력이 없다고 믿습니다. 그래서……"

그는 흠칫 놀라서 하마터면 소리를 지를 뻔했다. 극심한 고통이 온몸을 휩쓸고 지나갔다. 오브라이언이 다이얼 손잡이를 35까지 올렸던 것이다. 오브라이언이 말했다.

"윈스턴, 바보 같은 소리 하지 마! 바보 같은 소리 하지 말라고! 자네는 그따위 말보다는 더 잘 알고 있어!"

오브라이언은 손잡이를 되돌리더니 말을 이었다.

"내 질문에 대한 답을 내가 말해 주지. 답은 이거야. 당은 오로지 당을 위하여 권력을 추구한다네. 우리는 타인의 행복에는 관심이 없어. 오로지 권력에만 관심이 있을 뿐이야. 부, 사치, 장수, 행복 같은 것에는 관심이 없어. 우리가 독일의 나치와 소련의 공산당과 다른 점은 그 사실을 솔직히 인정한다는 데 있어. 그런 점에서 그들은 위선자야. 그들에게는 권력 자체가 동기라는 것을 인정할 용기가 없었어. 그들은 어쩔 수 없이 한시적으로 권력을 잡겠다고 약속했어. 그리고 저 모퉁이만 돌면 인간이 평등하게 살 수 있는 낙원이 가까이 있다고 말했어. 어쩌면 그렇게 믿었는지도 모르지. 우리는 그와는 달라. 권력을 잡으면서 언젠가는 권력을 놓겠다는 생각을 하는 자는 없다는 사실을 우리는 알고 있어. 권력은 수단이 아니야. 권력은 목적이야. 혁명을 보호하기 위해서 독재를 하는 게 아니야. 독재를 하기 위해서 혁명을 하는 거야. 박해의 목적은 박해 그 자체야. 고문의 목적은 고문이야. 권력의 목적은 권력이야. 이제 나를 좀 이해하겠나?"

윈스턴은 오브라이언의 얼굴에 피곤의 기색이 도는 것을 보고 놀랐다. 그의 얼굴은 강인하고 통통했으며 잔인했다. 또한 그의 얼굴에는 지성과 일종의 절제된 열정이 넘치고 있었다.

윈스턴은 그 얼굴 앞에서 늘 무력감을 느꼈다. 그런데 그 얼굴이 지친 모습을 보이고 있었다. 눈 밑이 축 처져 있었고 광대뼈 아래 살가죽도 늘어져 있었다. 오브라이언이 그 피로한 얼굴을 내밀며 말했다.

"자네는 내 얼굴이 늙고 피로해 있다고 생각하고 있지. 내가 권력에 대해 이야기하고 있지만 나 자신의 몸이 쇠약해지는 건 막지 못한다고 생각하고 있지. 윈스턴, 개인이란 세포에 불과하다는 것을 자네는 이해하지 못하겠나? 세포가 약해진다는 것은 유기체가 생명력을 지니고 있다는 것을 뜻해. 손톱을 자른다고 자네가 죽는가?"

그는 침대에서 물러나더니 한 손을 주머니에 찌른 채 방안을 서성이기 시작했다.

"우리는 권력을 신봉하는 성직자야." 그가 말했다. "신은 권력이야. 이제 자네가 권력이 무엇을 의미하는지 생각을 정리해볼 때가 되었어. 자네가 우선 깨달아야 할 것은 권력은 집단적이라는 사실이야. 개인은 개인이기를 포기했을 때만 권력을 지닐 수 있어. '자유는 예속이다'라는 당의 슬로건을 알고 있지? 그 역도 가능하다는 생각을 해본 적이 없나? '예속은 자유다.' 홀로 외로운 인간은 언제나 패배하게 되어있어. 그럴 수밖에 없는 것이 인간은 죽을 운명에 처해 있기 때문이고 죽음은 가장 큰 패배이기 때문이야. 하지만 한 인간이 완벽하고 절대적인 복종을 할 수 있다면, 자신의 아이덴티티로부터 벗어나 자신이 곧 당이라고 여길 정도로 당과 하나가 될 수 있다면 그는 전능하고 불멸인 존재가 되는 거야. 자네가 두 번째로 깨달아야 할 것은 권력은 인간 존재 위에 군림하는 힘을 말한다는 사실이라네. 인간의 육체뿐 아니라 무엇보다 정신 위에 군림하는 것, 바로 그것이야. 외적인 물리적 실재 위에 군림하는 힘,—자네는 그것을 권력이라고 말하겠지만—그런 건 중요하지 않아. 그런 것들에 대해서는 이미 절대적인 지배력을 행사하고 있으니까."

윈스턴은 한동안 다이얼에 대해서 잊고 있었다. 그는 자신도 모르게 몸을 일으키려 했다. 하지만 겨우 고통스럽게 몸을 비틀 수 있었을 뿐이었다.

"어떻게 물질을 지배할 수 있단 말입니까?" 윈스턴이 참지 못하고 터뜨렸다. "기후나 중력의 법칙조차 지배하지 못하잖습니까? 게다가 질병과 고통과 죽음과……"

오브라이언이 손을 들어 그를 저지했다.

"우리는 마음과 정신을 지배하기 때문에 물질을 지배하는 거라네. 실재란 뇌 속에 들어있는 거야. 자네도 차츰 배우게 될 거야. 우리는 원한다면 눈에 보이지 않을 수도 있고 비눗방울처럼 공중을 둥둥 떠다닐 수도 있어. 당이 원치 않으니까 안 하고 있을 뿐이야. 자연의 법칙에 대한 19세기적 관념을 버려야 해. 우리는 자연의 법칙을 만들어."

윈스턴은 대꾸를 하고 싶었다. 어떻게 저렇게 무심할 정도로 오만할 수 있단 말인가? 지구 전체에 비할 때, 그 역사에 비할 때, 게다가 우주 전체에 비할 때 인간은 그 얼마나 왜소한가? 하지만 그는 대꾸하지 않았다. 그가 무슨 말을 하든 오브라이언은 즉시 곤봉으로 내리치듯 자신의 논변으로 윈스턴을 꼼짝하지 못하게 할 것이 뻔했다.

그의 생각을 읽은 듯 오브라이언이 말했다.

"자네는 유아론이니 뭐니 형이상학적 용어를 생각해 내려고 애를 쓰겠지만 내가 말하는 건 유아론이 아니야. 자네 식으로 표현한다면 집단적 유아론이라고 할 수 있겠지. 하지만 사실은 전혀 다른 거야. 어찌 보면 정 반대라고 할 수 있지. 암튼 그런 문제로 더 이상 왈가왈부하지 말도록 하세."

그는 말투를 바꾸어 덧붙여 말했다.

"우리가 밤낮으로 추구해야 하는 진정한 권력은 사물에 대한 권력이 아니야. 인간을 지배하는 권력이지."

그는 말을 멈추더니 마치 장래가 촉망되는 학생에게 질문하는 선생의 표정을 지으며 물었다.

"윈스턴, 어떻게 하면 타인에게 권력을 행사할 수 있다고 생각하나?"

윈스턴은 잠시 생각에 잠겼다가 대답했다.

"타인을 괴롭힘으로써 행사할 수 있습니다."

"맞아. 타인을 괴롭히면 되지. 복종만으로는 충분하지 않아. 괴롭히지 않고서야 그가 자신의 의지가 아니라 나의 의지에 복종하는지 안 하는지 어찌 알 수 있겠나? 권력은 고통과 모욕을 가하는 것이라네. 권력은 인간의 마음을 갈기갈기 찢어서 내가 원하는 모양으로 새롭게 짜 맞추는 거야. 이제 우리가 어떤 세계를 창조하려는지 알 것 같나? 저 옛날 개혁자들이 꿈꾸었던 쾌락적 유토피아와는 정반대되는 세계라네. 공포와 배반과 고통의 세계, 짓밟고 짓밟히는 세계, 세련되면 세련될수록 점점 더 무자비해지는 그런 세계이지. 우리의 세계에서의 진보란 더 많은 고통을 향한 진보가 될 걸세. 옛 문명들은 그것들이 사랑과 정의를 토대로 이룩되었다고 주장했지. 우리의 문명은 증오 위에 세워져 있다네. 우리의 세계에서는 증오, 분노, 의기양양함, 자기비하의 감정 외에 다른 감정은 없을 것이네. 그 나머지는 우리가 몽땅 때려 부술 거야. 우리는 이미 혁명 이전에 존재했던 사고 습관들을 부수고 있는 중이지. 우리는 부모와 자식 간의 줄을 끊어버렸고 사람과 사람, 남자와 여자 간의 관계를 끊어버렸네. 이제 더 이상 아내나 자식, 혹은 친구를 믿지 않아. 하지만 미래에는 아내도, 친구도 없을 것이라네. 아이들은 태어나자마자 마치 암탉에게서 달걀을 꺼내오듯 어머니 품에서 빼앗을 걸세. 우리는 섹스 때의 오르가슴도 없앨 걸세. 신경학자들이 지금 열심히 연구 중이지. 충성심도 당에 대한 것만 제외하고는 모두 없앨 것이며 빅브라더를 향한 사랑 외에 사랑이란 것은 존재하지 않게 될 걸세. 웃음도 적을 무찌르고 짓는 승리의 웃음만 존재하게 될 것이고 미술, 문학, 과학도 없어질 걸세. 아름다움과 추함의 구별도 없어지고 호기심은 물론 세상살이의 즐거움 따위는 없어질 걸세. 모든 쾌락이 파괴되는 것이지. 하지만—윈스턴, 이건 절대로 잊어서는 안 되네—권력에의 도취, 점점 커지면서 섬세해지는 권력에의 도취만은 영원할 걸세. 무기력한 적을 짓밟으면서 느끼는 승리의 쾌감만 존재할 걸세. 미래의 모습을 그려보고 싶다면 인간의 얼굴을 영원히 짓누르고 있는 구둣발을 상상해 보게나.”

1984

그는 마치 윈스턴의 말을 기다리는 듯 입을 다물었다. 윈스턴은 아무 말도 할 수 없었다. 심장이 얼어붙는 것 같았다. 그러자 오브라이언이 다시 입을 열어 말했다.

"그리고 그것이 영원하다는 것을 잊지 말게. 그 얼굴은 늘 그렇게 구둣발에 짓밟혀 있을 거야. 이단자, 사회의 적은 *언제나 존재하면서* 그렇게 계속 패배하고 굴욕을 맛볼 거네. 자네가 우리 손아귀에 놓인 이래 자네가 겪은 모든 일, 그 모든 일이 앞으로도 계속될 것이고 더욱 심해질 거야. 염탐, 배반, 체포, 고문, 처형, 실종은 결코 그치지 않을 거라네. 그 세계는 승리의 세계이면서 동시에 공포의 세계가 될 거야. 당의 권력이 강해지면 강해질수록 관용은 점점 더 줄어들 것이고 반대파가 약해지면 약해질수록 독재는 더 철저해질 거라네. 골드스타인과 그를 추종하는 이단들은 영원할 거야. 그들은 매일, 매 순간 패배를 맛보고 불신과 조소의 대상이 되겠지만 그들은 영원히 존속될 거야. 내가 자네와 7년간 연기한 드라마는 세대에 세대를 걸쳐, 보다 더 세련된 모습으로 계속 되풀이될 걸세. 우리가 우리 마음대로 다룰 수 있는 이단자들, 고통으로 비명을 지르는 만신창이가 된 꼴사나운 이단자들, 결국에는 죄를 뉘우치며 자발적으로 우리의 다리를 붙잡고 자신을 구원해 달라고 애걸하는 그런 이단자들을 우리는 언제나 우리 곁에 두게 될 거라네. 윈스턴, 이것이 바로 우리가 준비하고 있는 세상이라네. 승리에 승리가 끝없이 이어지는 세상, 권력망을 다지고, 다지고 또 다지는 그런 세상. 자네, 이제야 그런 세계가 어떤 세계인지 깨닫기 시작하는 것 같군. 하지만 이해하는 수준에서 그치지 않게 될 거야. 자네는 그것을 받아들이고, 반기고, 그 일부가 될 걸세."

윈스턴은 겨우 기운을 차리고 입을 열었다. 하지만 기운 없는 목소리였다.

"그럴 수 없을 겁니다."

"그게 무슨 말인가, 윈스턴?"

"당신이 지금 묘사한 그런 세계는 결코 오지 않을 겁니다. 그건 꿈에 불과합니다. 그건 불가능합니다."

"왜지?"

"공포와 증오와 잔인에 토대를 둔 문명을 세운다는 건 불가능합니다. 결코 지속될 수 없습니다."

"왜 지속할 수 없지?"

"생명력이 없기 때문입니다. 허물어질 것입니다. 자멸할 것입니다."

1984

"천만에! 자네는 증오가 사랑보다 더 생명을 소모시킨다는 생각을 하고 있군. 어째서 그렇다는 거지? 설사 자네 생각이 맞더라도 대체 무슨 차이가 있지? 증오의 세상에서 인간이 빨리 노쇠하고 빨리 죽는다고 해서 뭐가 달라지지? 개인의 죽음이 당의 죽음이 아니라는 걸 모르겠나? 당은 불멸이야."

여느 때처럼 오브라이언의 음성은 윈스턴을 무기력에 빠뜨렸다. 게다가 반박을 했다가는 오브라이언이 다이얼을 돌릴까봐 두려웠다. 하지만 잠자코 있을 수만은 없었다. 그는 자신의 논리에 의해서가 아니라 오로지 오브라이언의 말한 내용에 대한 두려움에서 그의 말을 반박했다.

"모르겠습니다…… 아무래도 상관이 없습니다. 어쨌든 당신들은 실패할 겁니다. 뭔가가 당신들을 좌절시킬 겁니다. 삶이 당신들을 좌절시킬 겁니다."

"윈스턴, 우리는 모든 수준의 삶을 지배해. 자네는 '인간성'이라고 불리는 그 무언가를 상상하고 있어. 우리가 바로 그 인간성을 유린하고 있고 그 인간성이 우리에게 반기를 들 것이라고 상상하고 있는 거지. 하지만 우리는 인간성을 창조해. 인간이란 존재는 얼마든지 주무를 수 있는 존재야. 자네가 혹시 프롤레타리아나 노예들이 봉기해서 우리를 전복시킬 수도 있다는 낡은 생각을 다시 하고 있는지도 모르겠군. 그런 생각은 아예 하지도 말게. 그들은 짐승처럼 무력해. '인간성'은 곧 '당'이야. 다른 것들은 인간성과는 무관할 뿐이야."

"그렇지만 나는 당신들이 실패하리라는 것을 알고 *있습니다*. 이 세상에는 그 무언가가 있습니다. 그게 무엇인지 정확히는 모르겠지만 당신들이 결코 정복할 수 없는 정신이랄까 원칙 같은 것이……"

"윈스턴, 자네는 신을 믿는가?"

"안 믿습니다."

"그렇다면 우리에게 패배를 안겨줄 그 원칙이라는 게 뭔가?"

"모르겠습니다. '인간'의 정신이랄까……"

"그렇다면 자네는 자네를 인간이라고 생각하는가?"

"그렇습니다."

"좋아. 만일 자네가 인간이라면 자네는 마지막 인간일세. 인간이라는 종족은 멸종되었어. 우리가 그 뒤를 이은 거지. 자네는 자네가 홀로라는 것을 이해하겠나? 자네는 역사 밖에 있어. 자네는 *비존재야*." 그가 태도를 바꾸어 거칠게 말을 이었다. "자네는 우리가 거짓말을 하고 잔인하다고 해서 자네가 우리보다 도덕적으로 우월하다고 생각하나?"

"그렇습니다. 내가 우월하다고 생각합니다."

오브라이언은 아무 말도 하지 않았다. 대신 다른 두 목소리가 들려왔다. 윈스턴은 그 목소리 중 하나가 바로 자신의 목소리임을 알아차릴 수 있었다. 그가 형제단에 가입하던 날 밤 오브라이언과 나눈 대화를 녹음한 것이었다. 그는 거짓말하겠다고, 도둑질하고 위조하고 살인하고 어린아이 얼굴에 황산을 뿌리겠다고 약속하는 자신의 음성을 들었다. 오브라이언은 이따위 증거를 들려줄 필요도 없다는 듯 따분한 표정을 짓고 있었다. 그가 스위치를 돌리자 녹음된 음성이 그쳤다.

"침대에서 일어나." 그가 말했다.

윈스턴을 묶고 있던 줄이 저절로 풀렸다. 윈스턴은 바닥으로 내려와 휘청거리며 섰다.

오브라이언이 그에게 말했다.

"자네는 마지막 인간이야. 자네는 인간 정신의 수호자지. 자, 그런 자네의 모습을 한번 보여주겠네. 옷을 벗게나."

윈스턴은 시키는 대로 했다. 체포된 이래 옷을 벗은 적이 있었는지 아닌지 기억이 나지 않았다. 겉옷을 벗으니 내복이라는 것을 겨우 알아볼 수 있는 더럽고 누런 누더기가 걸쳐져 있었다. 그는 옷을 마저 벗은 후 방 끝에 있는 거울 쪽으로 걸어갔

제3부

315

다. 거울 쪽으로 다가가다가 그는 흠칫 놀라서 멈춰 섰다. 자신도 모르게 비명이 터져 나왔다.

오브라이언이 말했다.

"계속 가. 양쪽 거울 사이에 서. 자네 옆모습도 볼 수 있을 거야."

엉거주춤 걸음을 옮기던 윈스턴은 너무 놀라서 걸음을 멈추었다. 허리가 구부정한 잿빛의 해골 같은 것이 그의 앞에 있었다. 그 모습이 바로 자기 자신이라는 생각만으로 놀란 것이 아니었다. 그 모습 자체가 소름 끼치는 모습이었다. 그는 거울 앞으로 조금 더 다가갔다. 허리를 구부정하게 구부리고 있어 얼굴을 쑥 내밀고 있는 것 같은 모습이었다. 이마부터 머리 꼭대기까지 훌렁 벗겨진 모습, 갈고리 모양의 코에 광대뼈만 툭 튀어나온 모습, 사납게 부릅뜨고 있는 그 위의 두 눈…… 양쪽 뺨에는 칼자국이 나 있었고 입은 쑥 들어가 있었다. 바로 그의 얼굴이었다. 하지만 그 얼굴은 그의 내면이 겪은 변화보다 더 심하게 변해 있었다. 벗어진 머리, 온통 잿빛으로 변한 몸통 전체, 여기저기 나 있는 붉은 상처 등이 모두 충격적이었지만 무엇보다 놀란 것은 그 야윈 모습이었다. 갈비뼈가 해골처럼 앙상하게 드러나 있었고 다리는 너무 가늘어져서 무릎이 넓적다리보다 굵었다. 윈스턴은 오브라이언이 왜 옆모습을 보라고 했는지

1984

알 수 있었다. 척추가 놀라울 정도로 휘어져 있었다. 그리고 야윈 어깨가 앞으로 툭 튀어나와 가슴이 움푹 패어 있었고 뼈만 앙상하게 남은 목은 머리 무게를 지탱하기 어려워 잔뜩 구부러져 있었다. 어림잡아 몹쓸 병으로 고생하고 있는 60대 남자의 몸 같았다.

오브라이언이 말했다.

"자네는 종종 내 얼굴, 내부당원인 내 얼굴이 늙고 초췌하다고 생각했지. 자네 얼굴은 어떻다고 생각하나?"

그는 윈스턴의 어깨를 잡고 그의 몸을 돌려 거울 속의 자신의 모습을 정면으로 바라보게 했다.

"자네 몰골을 한번 보라고! 자네 몸을 덕지덕지 덮고 있는 저 더러운 때를 보라고! 자네 몸에서 고약한 냄새가 나는 걸 알고 있나? 자네의 야윈 모습, 허약한 모습이 보이지? 자네 모가지쯤은 홍당무처럼 뚝 분지를 수 있어. 자네가 우리 손아귀에 들어온 이래 25킬로그램의 체중이 준 건 알겠나? 머리카락도 한 움큼씩 빠지고 있어. 자, 보라고!"

그는 윈스턴의 머리를 잡고 얼마 남지 않은 머리카락 한 움큼을 가볍게 뽑았다.

"입을 벌려봐. 어디 세어 볼까? 이빨도 열한 개 밖에 안 남았군. 그나마 남은 것도 흔들리고 있군. 자, 보게나."

그는 남아 있는 앞니를 엄지와 검지로 꽉 쥐었다. 윈스턴의 턱에 지독한 통증이 느껴졌다. 오브라이언은 흔들리는 이를 뿌리째 뽑아내서 감방 저편으로 내던지고는 입을 열었다.

"자네는 썩어가고 있어. 조각나고 있어. 자네라는 존재가 뭔가? 쓰레기 자루야. 자, 고개를 돌려서 거울을 다시 한번 봐. 자네와 마주 서 있는 저 물건이 보이나? 저게 바로 마지막 인간이야. 자네가 인간이라면 저것이 바로 인간성이지. 자, 다시 옷을 입게."

윈스턴은 뻣뻣한 동작으로 천천히 옷을 입기 시작했다. 이제까지 그는 자신이 얼마나 야위고 약해졌을까 하는 생각은 해본 적이 없는 것 같았다. 너덜너덜한 누더기를 걸치면서 그는 갑자기 망가진 자신의 몸을 향한 연민에 사로잡혔다. 그는 자신도 모르게 침대 옆에 있는 작은 걸상에 풀썩 주저앉아 울음을 터뜨렸다. 더러운 내의 바람에 해골 같은 몸으로 그렇게 울고 있는 모습이 얼마나 추할 것인지 그는 알고 있었다. 하지만 달리 어쩔 수 없었다. 오브라이언이 그의 어깨에 거의 다정하게 손을 얹고 말했다.

"오래가지는 않을 걸세. 자네가 택하기만 하면 자네는 여기서 벗어날 수 있어. 모든 게 자네에게 달려 있다네."

"당신이 그런 거예요!" 윈스턴이 울먹였다. "당신이 나를 이 꼴로 만든 거예요."

"아니네, 윈스턴. 자네 스스로 그런 거야. 자네가 당에 맞서기로 한 순간 자네는 이미 이렇게 되리라는 것을 받아들인 거야. 모든 것은 그 최초의 행동에 포함되어 있던 거야. 자네가 예상하지 못했던 일은 단 하나도 일어나지 않았어."

그는 잠시 말을 멈추었다가 계속했다.

"윈스턴, 우리는 자네를 구타했네. 우리는 자네를 망가뜨렸어. 자네 몸이 어떤 꼴인지 보았지? 자네 마음도 마찬가지 상태야. 이제 자네에게 자존심 같은 것이 남아 있다고는 생각하지 않아. 자네는 발길질과 매질을 당했고 모욕을 받았어. 자네는 고통에 고함을 질렀고 자네가 흘린 피와 자네가 토해 놓은 토사물 위를 뒹굴었어. 자네는 살려달라고 애원했고 모든 사람을 배신하고 모든 것을 다 털어놓았어. 자, 자네 안에 조금이라도 타락하지 않은 부분이 남아 있을 거라고 생각하나?"

눈물이 여전히 눈에서 흘러나오고 있었지만 윈스턴은 울음을 그쳤다. 그는 오브라이언을 올려다보았다.

"나는 줄리아를 배신하지는 않았어요." 그가 말했다.

오브라이언은 생각에 잠긴 표정으로 그를 내려다보았다.

"맞아. 그래, 그건 분명한 진실이야. 자네는 줄리아를 배신하지 않았어."

윈스턴에게 오브라이언을 향한 감사의 마음이, 그 어느 것도 막을 수 없을 그 묘한 감정이 다시 한번 넘쳐흘렀다. 그는 생각했다. 얼마나 지적(知的)인가! 그 얼마나 지적이란 말인가! 오브라이언은 들은 말을 단 한 번도 이해하지 못한 적이 없다. 오브라이언이 아닌 다른 사람이었다면 누구나 '아니, 너는 줄리아를 배신했어'라고 즉각 대답했을 것이다. 고문을 통해 그에게서 짜낼 수 없던 것은 아무것도 없었기 때문이다. 윈스턴은 그녀의 습관, 그녀의 성격, 그녀의 과거 등 그녀에 대해 그가 알고 있는 것을 모두 털어놓았다. 그는 그들이 밀회하면서 벌어진 일들에 대해, 그들이 주고받은 대화 내용에 대해, 암시장에서 구입한 물건에 대해, 그들의 간통 행위에 대해, 당에 대해 꾸몄던 모호한 음모에 대해 낱낱이 털어놓았다. 하지만 그는 그가 생각하는 의미에서의 배신은 저지르지 않았다. 그녀는 내내 그녀를 사랑하고 있었던 것이다. 그녀를 향한 그의 감정은 여전했다. 그런데 오브라이언은 설명해 줄 필요도 없이 그가 말하고자 하는 바를 이해했던 것이다.

원스턴이 오브라이언에게 물었다.

"언제 저를 총살할 것인지 말해주실 수 있습니까?"

"오래 걸릴 걸세. 자네는 아주 어려운 경우거든. 하지만 희망을 잃지 말게. 누구든 조만간 완치되게 되어있는 법이야. 결국에는 자네를 총살하게 될 걸세."

4

윈스턴의 상태는 훨씬 좋아졌다. 하루하루가 다를 정도로 매일 살이 오르고 건강해졌다.

하얀 불빛도, 어디선가 웅웅거리는 소리도 여전했지만 지금 있는 감옥은 이전에 있던 곳들보다는 꽤 안락했다. 널빤지 침대 위에는 베개와 매트리스가 놓여 있었고 앉아 있을 만한 의자도 있었다. 목욕도 시켜주었으며 양은 대야에 자주 세수를 할 수도 있게 해주었다. 심지어 더운물로 씻을 수 있게 해주기까지 했다. 새 내복과 겉옷도 주었으며 남은 이를 마저 뽑고 틀니를 끼워주기까지 했다.

몇 주일, 혹은 몇 달이 지났을 것이다. 그의 생각에 하루에 세 번 식사를 제공받은 것 같았다. 음식은 세 끼에 한 번 고기가 나올 정도로 놀랄 만큼 훌륭했다. 한 번인가는 담배도 받았다. 성냥이 없었지만 음식을 갖다 주면서도 말 한마디 건네지 않던 간수가 불을 붙여주었다.

그는 연필토막이 달린 하얀 석판도 받았다. 그러나 처음에는 그것을 전혀 사용하지 않았다. 깨어있을 때조차 무감각한 상태였기 때문이었다.

그는 그동안 내내 많은 꿈을 꾸었다. 모두 행복한 꿈이었다. 그는 어머니, 줄리아, 오브라이언과 함께 '황금의 나라'나 햇볕이 내리쪼이는 거대하고 찬란한 폐허에서 아무것도 하지 않고 앉아 있거나 평화로운 이야기를 나누었다. 그가 깨어있을 때 했던 생각들이 주로 꿈에 나타났다. 고통이라는 자극이 없어서인지 그의 지적인 사고 능력은 현저히 떨어진 것 같았다. 그는 지루하지 않았다. 대화를 나누거나 오락을 즐기고 싶은 욕구도 일지 않았다. 단지, 맞거나 심문을 당하지 않은 채 홀로 있을 수 있다는 사실, 잘 먹으면서 깨끗이 있을 수 있다는 사실만으로도 크게 만족스러웠다.

시간이 흐름에 따라 잠이 점점 줄어들었다. 하지만 그는 침대에서 내려오고 싶지 않았다. 그는 가만히 누운 채 몸에 기력이 회복되는 것에만 관심을 기울였다. 그는 가끔 몸 이곳저곳을 찔러보기도 했다. 근육이 탱탱하게 붙고 피부가 팽팽해진게 환상이나 아닌지 확인해보기 위해서였다. 눈에 보일 정도로 살이 오르고 있었으며 넙적다리도 무릎보다 굵어졌다. 그러자 그는 규칙적인 운동을 시작했다. 그는 걸음 수를 헤아리며 하루 3킬로미터 정도를 감방 안에서 걸었다. 덕분에 구부정했던 어깨도 반듯하게 펴졌다. 어느 정도 기력을 회복하자 그는 팔굽혀펴기를 했다. 처음에는 힘들었지만 얼마 지나자 한꺼번에 여섯 번을 할 수 있었다. 이제 그는 자신의 몸에 대해 자신을 갖기 시작했다. 얼굴도 정상으로 돌아가고 있는 것 같았다.

그의 마음이 점차 활기 있게 움직이기 시작했다. 그는 널빤지 침대 위에 앉아 벽에 등을 기댄 채 석판을 무릎 위에 올려놓고 자신을 재교육하는 일에 열심히 매달렸다.

그는 항복했다. 그러기로 동의했다. 실제로는 그가 그런 결정을 내리기 전에 그는 오래전부터 항복할 준비가 되어있는 셈이었고 이제 그는 그 사실을 알고 있었다. 그가 애정부에 끌려온 순간부터, 아니 텔레스크린의 쇳소리가 시키는 대로 하던 바로 그 순간부터 당의 권력에 맞서는 행동이 그 얼마나 경박하고 쓸데없는 짓인지를 잘 알고 있었다. 그는 사상경찰이 7년 전부터 그의 일거수일투족을 단 한 가지도 빼놓지 않고 감시하고 있었다는 사실도 알고 있었다. 그 어떤 행동과 그 어떤 말도 그들의 감시에서 벗어날 수 있던 것은 없었으며 그 어떤 생각도 그들이 훤히 다 들여다보고 있었다. 그렇다! 더 이상 당과 맞서 싸울 수 없었다. 게다가 당은 옳았다. 그리고 그것이 당연했다. 불사(不死)의 집단적 두뇌가 어찌 오류를 범할 수 있겠는가? 그 무슨 외적 기준으로 당의 판단에 이의를 제기할 수 있겠는가? 정신적 건강함은 통계적인 것이다. 당이 생각하듯 생각하는 법을 배우는 것만이 문제일 뿐이다. 오로지 그것만이!

그는 머릿속에 떠오르는 생각을 적기 시작했다. 그는 먼저 서투른 대문자로 다음과 같이 썼다.

자유는 예속이다.

그는 멈추지 않고 그 아래 다음과 같이 썼다.

2 더하기 2는 다섯이다.

그러자 뭔가 망설여졌다. 정신을 집중하기 어려운 것 같았다. 그는 다음에 무슨 말이 와야 하는지 자신이 알고 있음을 알고 있었다. 하지만 한순간 그것이 떠오르지 않았다. 그에게 그것이 떠올랐을 때 그것은 저절로 떠오른 것이 아니라 의식적인 노력에 의한 것이었다. 그는 그것을 썼다.

신은 권력이다.

그는 모든 것을 받아들였다. 과거는 바꿀 수 있다. 그리고 과거는 바뀐 적이 없다. 오세아니아는 이스트아시아와 전쟁 중이다. 오세아니아는 언제나 이스트아시아와 전쟁 중이었다. 존스와 아런슨과 러더포드는 고발당한 범죄를 실제로 저질렀다. 윈스턴은 그들의 죄를 부인할 수 있는 사진을 본 적이 없었다. 그런 것은 존재한 적도 없었다. 그 자신이 창안해 낸 것이다. 그는 자신이 모순되는 것들을 기억하고 있었음을 기억했지만 그것들은 잘못된 기억들이고 자기기만의 산물이었다. 오, 이 모든 것이 그 얼마나 쉬운가! 오로지 항복만 하면 된다. 그러면 모든 것이 저절로 뒤따른다. 그것은 아무리 애를 써도 뒤로 밀려날 수밖에 없는 물결을 거슬러 헤엄치다가 갑자기 방향을 바꾸어 물결에 거스르는 대신 물결을 따라 헤엄치겠다고 결심하는 것과 같다. 자신의 자세만 바뀌었을 뿐 바뀐 것은 아무것도 없다.

그는 자신이 전에 왜 반항했는지 알 수 없었다. 모든 것이 쉬웠다. 다만⋯⋯

모든 것이 사실일 수 있다. 이른바 자연의 법칙이란 것은 난센스일 수 있다. 중력의 법칙도 난센스일 수 있다. 오브라이언은 "우리는 원한다면 눈에 보이지 않을 수도 있고 비눗방울처럼 공중을 둥둥 떠다닐 수도 있어"라고 말했다. 윈스턴은 그 말의 뜻을 정확히 파악할 수 있었다.

'오브라이언이 자신은 마루 위를 떠다닐 수 있다고 생각하고 동시에 내가 그런 그를 보았다고 생각한다면 그런 일은 일어나는 것이다.'

그 순간 마치 가라앉은 난파선의 파편 한 조각이 물 위로 떠오르듯 불쑥 이런 생각이 들었다.

'그런 일은 실제로 일어나지 않는다. 상상일 뿐이다. 그것은 환각이다.'

그는 즉시 그런 생각을 찍어 눌렀다. 잘못된 생각임이 분명했다. 그것은 자신 밖 어딘가에 '진짜' 세계가 존재하고 '진짜' 일이 벌어지고 있다는 전제하에서만 가능한 생각이다. 하지만 그런 세계가 어떻게 존재할 수 있단 말인가? 우리의 마음을 통하지 않고 어떻게 우리가 그 어떤 것에 대한 지식을 얻을 수 있단 말인가? 모든 것은 우리의 마음에서 일어난다. 마음속에서 일어나는 일만이 진짜로 일어난 일이고 또한 마음속에서 일어나고 있는 모든 일이 진짜로 일어난 일이다.

그는 어렵지 않게 자신의 잘못을 처리할 수 있었고 그런 잘못에 굴복하게 될 위험에서는 벗어났다. 그럼에도 불구하고 그는 아예 그런 그릇된 생각이 다시는 자신에게 떠오르지 않아야만 한다는 것을 깨달았다. 마음은, 위험한 생각이 들 때마다 그것을 저지하는 맹점(盲點)을 키워야만 한다. 그리고 그 과정은 자동적이고 본능적이어야 한다. 신어에서는 그것을 '범죄중단'이라고 불렀다.

그는 '범죄중단' 훈련을 시작했다. '당은 지구가 평평하다고 말한다'라든지 '당은 얼음이 물보다 무겁다고 말한다.' 등등의 몇 가지 명제를 앞에 두고 그에 반대되는 주장이나 논리는 아예 보거나 이해하지 않는 훈련을 계속했다. 그것은 쉽지 않았다. 엄청난 추론 능력과 임기응변의 능력이 필요했다. 예를 들어 '둘 더하기 둘은 다섯'이라는 진술이 제기하는 산수 문제는 단순히 지적 이해력을 뛰어넘는 문제였다. 그 문제를 풀기 위해서는 일종의 마음 단련이 필요했다. 어느 순간 아주 교묘한 논리를 사용하고 다음 순간 그 명백한 논리적 오류를 전혀 의식하지 않을 수 있는 능력을 습득해야 했다. 어리석음이 지성만큼 필요했지만 어리석음을 획득한다는 것은 쉽지 않았다.

그 사이 그의 마음 한구석에는 그들이 자신을 언제 총살할 것인가에 대한 궁금증이 있었다. "모든 건 자네에게 달려 있네"라고 오브라이언은 말했다. 하지만 자신이 의식적으로 그것을 앞당기거나 늦출 수는 없다는 것을 그는 알고 있었다. 십 분 후가 될 수도 있었고 십 년 후가 될 수도 있었다. 그를 몇 년간 독방에 가둘 수도 있고 강제노동 수용소로 보낼 수도 있다. 혹은 전에도 가끔 그랬듯이 그를 잠시 석방할 수도 있다. 어쩌면 체포되어 심문이 끝날 때까지 겪은 드라마가 그대로 재현될 수도 있다. 단 한 가지 분명한 사실은 죽음이 예정된 순간에 찾아오지 않으리라는 것이었다. 전설—말해지지 않은 전설, 즉 들어본 적도 없지만 알고 있는 전설—에 의하면 감방과 감방 사이 복도를 걸어갈 때 아무런 경고도 없이 뒤에서 머리를 총으로 쏘아 죽인다는 것이다.

그러던 어느 날 그는 이상하면서도 행복한 몽상에 빠진 적이 있었다. 그는 총알이 날아오기를 기다리며 복도를 걷고 있었다. 그는 다음 순간 그 일이 벌어지리라는 것을 알고 있었다. 모든 것이 정리되었고 해결되었으며 조정되었다. 더 이상 의혹도, 논쟁도, 고통도, 공포도 없었다. 그의 몸은 건강하고 강인했다. 그는 자신의 동작을 즐기며 마치 햇빛을 받으며 걷고 있는 듯 편하게 걸었다. 그는 더 이상 애정부의 좁고 하얀 복도를 걷고 있지 않았다. 그는 햇볕이 내리쪼이는 1킬로미터 폭의 넓은 길을 마치 아편에라도 취한 듯 걷고 있었다. 그는 '황금의 나라'에 있었다. 그는 토끼가 풀을 뜯는 초원의 작은 오솔길을 따라 걷고 있었다. 발밑의 잔디는 폭신폭신했고 얼굴로는 부드러운 햇살을 맞고 있었다. 들판 끝에 이르자 느릅나무들이 바람에 살랑거리고 있었고 저 너머 버들가지가 늘어진 파란 물속에서 황어가 헤엄치고 있었다.

그는 갑자기 공포에 사로잡혀 벌떡 일어났다. 등줄기에 땀이 흘렀다. 꿈속에서 자신이 크게 외치는 소리를 들은 것이다.

"줄리아! 줄리아! 줄리아, 내 사랑! 줄리아!"

그는 한동안 그녀를 실제로 본 것 같은 환상에 사로잡혔다. 그녀는 그와 함께 있었을 뿐 아니라 그의 안에 있었던 것 같았다. 그녀가 마치 그의 피부를 뚫고 들어온 것 같았다. 그 순간 그는 둘이 함께 있을 때보다, 둘이 자유로웠을 때보다 훨씬 더 그녀를 사랑했다. 그리고 그는 그녀가 어딘가에 살아 있어 그의 도움을 필요로 하고 있음을 알았다.

1984

330

그는 다시 침대에 누워 마음을 진정시키려 애썼다. 도대체 무슨 짓을 했단 말인가? 이렇게 순간적으로 나약해진 모습을 보여 이 예속의 시간을 스스로 연장하는 짓을 한 것 아닌가?

금세라도 밖에서 구둣발 소리가 들리는 것 같았다. 그들은 그가 그들과 맺은 합의를 깨뜨렸음을 전에는 몰랐을지 몰라도 지금은 알았을 것이다. 그는 당에 복종했지만 여전히 당을 증오하고 있었다. 옛날에는 겉으로 복종하는 척 하면서 속으로는 이단적인 마음을 감추고 있었다. 지금의 그는 한 발 더 물러나 있었다. 그는 마음속으로 항복했다. 하지만 저 깊은 내면을 더럽혀지지 않기를 바라고 있었다. 그는 자신이 잘못했음을 알고 있었다. 그러나 그렇게 잘못을 범하는 것이 차라리 나았다. 그들은 그것을 이해하리라. 오브라이언은 그것을 이해하리라. 그 한 마디 바보 같은 외침 속에 모든 자백이 다 들어있었다.

어쩌면 처음부터 다시 시작해야 할지도 모른다. 몇 년이 걸릴 수도 있다. 그는 새롭게 변한 자신의 모습에 익숙해지려는 듯 손으로 얼굴을 어루만졌다. 양 볼에 깊은 주름이 생기고 광대뼈가 툭 튀어나왔으며 코가 평평해진 것 같았다. 게다가 거울에 자신의 모습을 비춰 본 그날 이후 의치까지 해 박았다. 자신의 얼굴이 어떻게 생겼는지도 모르면서 태연한 척하는 것은 쉬운 일이 아니다. 어떤 경우건 단순히 표정 관리를 하는 것만으로는 충분하지 않다. 그는 처음으로 그 무언가 비밀을 간직하려면 그 비밀을 자신에게도 감춰야 한다는 사실을 깨달았다. 그 비밀이 존재한다는 것을 알고 있어야 하지만 그것이 이름을 붙일 수 있는 형태로 의식 속에 모습을 드러내지 않도록 할 필요가 있다. 그러니 지금부터 옳은 것만 생각하리라. 바르게 느끼고 바르게 꿈꾸리라. 그리고 내내 그의 증오심을, 그의 일부분이면서 나머지 부분과는 아무 연관이 없는 그 증오심을 마치 포낭(包囊)에 감싸듯 꽁꽁 싸매어 감춰두리라.

어느 날 그들은 뒤에서 그를 총살하리라. 언제인지 알 수 없지만 몇 초 전에는 직감할 수 있으리라. 십 초면 충분하다. 자신의 내면이 뒤집히기에 충분한 시간이다. 갑자기 한마디 말도 없이, 발걸음을 멈추지도 않은 채, 표정이 조금도 변하지 않은 채 별안간 위장(僞裝)이 벗겨지면서 '쾅!' 하고 그의 증오심이 폭발하리라. 그 증오심이 성난 불길처럼 그를 휩쓸어버리리라. 그와 동시에 '탕' 하는 소리와 함께 총알이 날아오리라. 너무 늦게, 혹은 너무 빨리! 그들은 미처 그의 두뇌를 교정(矯正)하기도 전에 머리를 박살 내 버리리라. 이단적인 생각은 벌 받지도, 회개를 강요당하지도 않은 채 영원히 그들의 손이 미치지 않는 곳에 존재하게 되리라. 그들의 완벽성에 구멍이 하나 뚫리는 셈이리라. 그들을 증오하면서 죽는 것, 그것이 자유이다.

그는 눈을 감았다. '범죄중단' 훈련은 지적인 훈련보다 힘이 들었다. 그것은 자신을 퇴화시키고 손상시키는 문제였다. 그는 더럽고 더러운 곳에 빠져 있었다. 이 세상에서 가장 끔찍하고 구역질나는 것은 무엇인가? 그는 빅브라더를 생각했다. 그 거대한 얼굴, 짙고 검은 콧수염, 사람들을 따라 이리저리 움직이는 눈동자가 그의 마음속에 저절로 떠올랐다. 빅브라더를 향한 그의 진짜 감정은 무엇일까?

복도에서 묵직한 발자국 소리가 들렸다. 철문이 쾅 하는 소리와 함께 열렸다. 오브라이언이 감방 안으로 들어섰다. 그의 뒤에 밀랍 같은 얼굴의 장교와 검은 제복의 간수들이 서 있었다.

"일어나서 이리 와." 오브라이언이 말했다.

윈스턴이 그와 마주 보고 섰다. 오브라이언이 강한 두 손으로 윈스턴의 어깨를 잡고 그를 똑바로 쳐다보았다.

"나를 속이겠다는 생각을 했군." 그가 말했다. "어리석은 짓이야. 자, 똑바로 서. 내 얼굴을 바라봐."

그는 잠시 말을 멈췄다가 부드러운 어조로 말했다.

"자네는 향상되고 있어. 지적으로는 거의 잘못된 게 없어. 다만 정서적으로 진전이 없을 뿐이야. 자, 윈스턴 말해보게. 거짓말할 생각은 하지 말게. 내가 거짓말을 모두 탐지해 낼 수 있다는 건 알고 있지? 빅브라더를 향한 자네의 진짜 감정은 뭔가?"

"나는 그를 증오합니다."

"그를 증오한다. 좋아. 자, 이제 마지막 단계를 밟을 때가 된 것 같군. 자네는 빅브라더를 사랑해야 해. 복종하는 것만으로는 충분하지 않아. 그를 사랑해야 해."

그는 윈스턴을 놓아주더니 간수 쪽으로 약간 밀치면서 말했다.

"101호실로."

1984

5

감방이 바뀔 때마다 윈스턴은 자기가 이 창문 없는 건물의 어디쯤 있는지 알 수 있었다. 혹은 알 수 있을 것 같았다. 기압에 조금씩 차이가 나는 것 같기 때문이었다. 간수들에게 구타당했던 방은 지하에 있었다. 그리고 오브라이언에게 심문을 받은 방은 지붕 가까이 높은 곳에 있었다. 그런데 지금 그가 있는 방은 지하 몇 미터 가장 깊은 곳에 있는 것 같았다.

이 방은 이전에 그가 있었던 방보다 컸다. 하지만 그는 주변을 알아볼 수 없었다. 그가 알아볼 수 있는 것은 그의 앞에 놓여 있는 녹색 천이 깔린 두 개의 탁자뿐이었다. 그중 하나는 그에게서 1~2미터 정도 떨어져 있었고 다른 하나는 더 멀리 문가까이 있었다. 그는 의자에 꼿꼿한 자세로 꽁꽁 묶여 있어서 꼼짝도 할 수 없었으며 고개조차 돌릴 수 없었다. 일종의 패드가 그의 머리 뒤를 꽉 죄고 있어서 앞만 똑바로 바라볼 수밖에 없었던 것이다. 얼마 후 문이 열리며 오브라이언이 들어섰다.

오브라이언이 말했다.

"언젠가 101호실에 무엇이 있느냐고 물은 적이 있지? 나는 자네가 이미 알고 있다고, 누구나 그것을 알고 있다고 대답했지. 101호실에 있는 것은 이 세상에서 가장 끔찍한 것일세."

문이 다시 열렸다. 간수 한 명이 철사로 만든 상자 같기도 하고 바구니 같기도 한 것을 가지고 들어왔다. 그는 그것을 멀리 떨어진 탁자 위에 놓았다. 오브라이언이 가로막고 있어서 윈스턴은 그것이 무엇인지 알 수 없었다.

오브라이언이 다시 말했다.

"세상에서 가장 끔찍한 건 사람마다 다르다네. 생매장, 화형, 익사, 말뚝을 박아 죽이기 등 수십 가지가 넘어."

오브라이언이 몸을 약간 옆으로 비켜섰기에 윈스턴은 탁자 위에 놓인 물건을 제대로 볼 수 있었다. 들고 다닐 수 있도록 꼭대기에 손잡이가 달린 직사각형의 철사로 만든 상자였다. 상자 앞에는 펜싱 마스크처럼 생긴 것이 붙어 있었고 옆쪽은 볼록 튀어나와 있었다. 그 물건은 3~4미터 떨어진 곳에 있었지만 윈스턴은 그 상자가 세로로 둘로 나뉘어 있고 그 안에 뭔가 동물 같은 것이 들어있음을 알 수 있었다. 그것들은 쥐들이었다.

오브라이언이 말했다.

"자네의 경우에는 이 세상에서 가장 끔찍한 것이 바로 쥐지."

상자를 흘끗 보는 순간 뭔지 알 수 없는 전율과 공포가 윈스턴을 휩쓸고 지나갔다. 그런데 상자 앞에 마스크처럼 생긴 것이 무슨 용도인지 분명히 알 수 있게 되자 간담이 서늘해졌다.

"그럴 수 없어요!" 윈스턴이 갈라지는 목소리로 울부짖었다. "안 돼요! 안 돼요! 정말 안 돼요!"

오브라이언이 침착하게 말했다.

"자네 꿈속에 자주 나타나던 공포의 순간을 기억하지? 자네 앞에는 온통 시커먼 벽이 있었고 울부짖는 소리가 귀에 들렸지. 벽 저쪽에 뭔가 무서운 것이 있었고, 그것이 무엇인지 알고 있다는 것을 알면서도 자네는 그게 뭔지 감히 말할 수 없었지. 벽 저쪽에 있는 것은 쥐였네."

"오브라이언!" 윈스턴은 목청을 가다듬으려 애쓰면서 말했다. "이럴 필요가 없다는 걸 아시잖아요? 대체 제게 뭘 원하시는 겁니까?"

오브라이언은 직접 대답하지 않았다. 그는 늘 그렇듯이 학교

선생 같은 태도로 마치 윈스턴 뒤에 학생들이라도 있는 듯 먼 곳을 바라보며 말했다.

"고통 자체만으로는 충분하지 않아. 인간이란 죽음에 이르는 순간까지도 고통을 견뎌낼 수 있는 경우가 있어. 하지만 누구에게나 견딜 수 없는 것, 생각하기조차 끔찍한 게 있는 법이지. 용기나 비겁함과는 상관없는 거야. 절벽에서 떨어지면서 밧줄을 잡는 건 비겁한 짓이 아니야. 깊은 물속에서 올라와 숨을 들이마신다고 해서 비겁한 짓이라고 할 수 없지. 그건 본능에서 나온 어쩔 수 없는 행동이야. 쥐들도 마찬가지야. 자네에게 쥐는 견딜 수 없는 것이지. 쥐는 자네에게는 제아무리 반항하려 해도 할 수 없는 일종의 압박 같은 거야. 자네는 본능처럼 자네가 취할 수밖에 없는 행동을 하게 될 거야."

"그게 뭡니까? 대체 그게 뭡니까? 그게 뭔지도 모르면서 내가 어떻게 그런 행동을 할 수 있단 말입니까?"

오브라이언은 상자를 집더니 가까운 곳에 있는 탁자로 가지고 와서 조심스럽게 내려놓았다. 윈스턴은 귓가에서 자신의 피가 끓는 소리가 들리는 것 같았다. 거대한 정적 속에 홀로 앉아 있는 것 같은 기분이었다. 텅 비어 있는 광대한 들판 한가운데, 혹은 햇빛 쏟아지는 광막한 사막 한가운데 앉아 아득한 곳에서 들려오는 소리를 듣고 있는 것 같았다. 하지만 쥐가 들어 있는 상자는 그에게서 채 2미터도 떨어지지 않은 곳에 있었다. 거대한 쥐들이었다. 나이가 들대로 들어서 짧고 굵은 주둥이에 몹시 사나운 쥐들이었으며 털은 잿빛이 아니라 갈색이었다.

오브라이언이 여전히 보이지 않는 청중을 향해서인 듯 말했다.

"쥐는 설치류이면서 육식도 해. 자네도 알고 있는 사실이지. 빈민가에서는 어린아이들을 혼자 놔두지 못해. 놈들이 순식간에 뜯어먹고 뼈만 남겨놓으니까. 놈들은 병자나 죽어가는 사람도 공격해. 놀라울 정도로 똑똑해서 무기력한 사람은 귀신같이 알아내지."

갑자기 상자 안에서 쥐들이 사납게 찍찍거렸다. 윈스턴에게는 아주 멀리서 들리는 소리 같았다. 쥐들이 싸우고 있었다. 놈들은 칸막이를 사이에 두고 서로 잡아먹을 듯 달려들고 있었다. 윈스턴에게 절망의 한숨 소리가 나왔다. 마치 자신의 밖에서 들려오는 한숨 소리 같았다.

오브라이언이 상자를 들어 올리면서 그 안에 있는 그 무언가를 눌렀다. 찰칵하는 날카로운 소리가 들렸다. 윈스턴은 의자에서 벗어나려고 몸부림을 쳤다. 하지만 부질없는 짓이었다. 온몸이, 심지어 머리까지 꽁꽁 묶여 있었다. 오브라이언이 상자를 윈스턴 가까이 가져왔다. 이제 상자는 윈스턴으로부터 채 1미터도 떨어지지 않은 곳에 있었다.

"첫 번째 빗장을 눌렀네." 오브라이언이 말했다. "이 상자가 어떤 구조로 되어있는지 말해 주지. 이 마스크는 자네 얼굴에 딱 맞게 되어있어. 조금도 빠져나갈 틈이 없지. 다른 빗장을 누르면 상자의 문이 옆으로 열려. 그러면 이 굶주린 야수 같은 놈들이 총알처럼 튀어나올 거야. 자네, 쥐가 공중으로 뛰어오르는 걸 본 적이 있나? 놈들은 자네 얼굴로 뛰어올라 공격할 걸세. 때로는 눈을 제일 먼저 공격하기도 하지. 때로는 뺨을 뚫고 들어가 혓바닥을 씹어 먹기도 해."

상자가 가까워졌다. 문은 닫혀 있었다. 윈스턴의 귀에 머리 위에서 나는 것 같은 찍찍 소리가 들렸다. 그는 맹렬하게 공포와 싸웠다. 생각하고 생각하는 것, 단 일 초 동안이라도 생각하는 것이 유일한 희망이었다. 갑자기 쥐들의 불결한 냄새가 코를 찔렀다. 격렬한 구역질이 치솟았고 의식을 잃을 것만 같았다. 눈앞이 캄캄해졌다. 한동안 그는 짐승처럼 미친 듯 비명을 질렀다. 그는 한 가지 생각에 매달려 그 어둠 속에서 빠져나오려 애썼다. 자신을 구할 수 있는 방법은 한 가지, 오로지 한 가지밖에 없었다. 그와 쥐 사이에 다른 인간을, 다른 사람의 몸을 갖다 놓는 수밖에 없었다.

마스크가 커서 다른 아무것도 시야에 들어오지 않았다. 철사 문이 그의 얼굴에서 두 뼘 정도밖에 떨어져 있지 않았다. 쥐들은 앞으로 어떤 일이 벌어질 것인지 훤히 알고 있었다. 쥐들의 수염과 누런 이빨이 윈스턴의 눈에 똑똑히 보였다. 윈스턴은 다시 검은 공포에 사로잡혔다. 그는 볼 수도 없었고 무력했으며 아무런 생각도 할 수 없었다.

"제정 시대 중국에서 흔했던 형벌이지." 오브라이언이 언제나처럼 교훈적으로 말했다.

마스크가 얼굴 가까이 왔다. 철사가 그의 뺨을 스쳤다. 바로 그때 구원이, 아니, 구원이 아니라 희망이, 오직 한 조각 희망이 그에게 떠올랐다. 너무 늦었다. 너무 늦었을지 모른다. 하지만 그는 자기 대신 벌을 받을 사람은 이 세상에 단 한 사람 있다는 것을, 자기와 쥐 사이에 밀어 넣을 수 있는 몸은 단 하나뿐이라는 것을 홀연 깨달았다. 그는 미친 듯이 외치고 또 외쳤다.

"줄리아에게! 줄리아에게 하세요! 내가 아니라 줄리아에게! 그녀에게 무슨 짓을 해도 괜찮아요. 얼굴을 갈기갈기 찢고 뼈를 발라내세요! 내가 아니에요! 줄리아에요! 내가 아니에요!"

그는 쥐들로부터 멀어져 거대한 심연 속으로 빠져들어 갔다.

그는 여전히 의자에 묶여 있었다. 하지만 그는 마룻바닥을 뚫고, 건물의 벽을 뚫고, 지구를 뚫고, 태양을 뚫고, 대기를 뚫고, 외부 공간으로, 별들 사이의 심연으로, 멀리, 멀리, 아주 멀리 쥐들로부터 멀어졌다. 그는 몇 광년이나 떨어져 있었지만 오브라이언은 여전히 그의 곁에 서 있었다. 윈스턴의 뺨에는 아직 차가운 철사의 감촉이 남아 있었다. 하지만 그를 둘러싸고 있는 어둠 속에서 찰칵하는 소리가 들렸다. 상자가 열리는 소리가 아니라 닫히는 소리라는 것을 그는 알 수 있었다.

1984

6

마로니에 카페에는 거의 사람이 없었다. 창문을 통해 비스듬히 들어온 노란 햇살이 먼지 쌓인 테이블 위를 비추고 있었다. 호젓한 15시였다. 텔레스크린에서 깡통 두드리는 것 같은 음악이 드문드문 흘러나오고 있었다.

윈스턴은 빈 잔을 바라보며 늘 앉던 구석 자리에 앉아 있었다. 그는 이따금 맞은편 벽에서 자신을 바라보고 있는 거대한 얼굴을 응시했다. '빅브라더가 당신을 지켜보고 있다'라는 캡션이 그 위에 적혀 있었다. 시키지도 않았는데 웨이터가 와서 그에게 빅토리 진을 따라주고는 빨대가 꽂힌 다른 병에서 액체를 몇 방울 잔에 떨어뜨린 후 흔들어 섞었다. 정향 냄새가 나는 사카린으로서 이 카페 특산품이었다.

윈스턴은 텔레스크린에 귀를 기울였다. 지금은 음악만 흘러 나오고 있었지만 언제고 평화부의 특별 담화를 발표할 가능성이 있었다. 아프리카로부터 들려오는 소식이 극히 불안했다. 그는 온종일 단속적으로 그 걱정만 하고 있었다. 유라시아 군대가(오세아니아는 유라시아와 전쟁 중이었다. 오세아니아는 언제나 유라시아와 전쟁 중이었다.) 무서운 속도로 남진 중이었다. 전쟁이 일어난 이후 처음으로 오세아니아가 영토를 위협받는 일이 벌어진 것이다.

정확히 공포라고 할 수는 없는 격렬한 감정, 유별나다고 할 수 없는 흥분이 그에게 일었다가 사그라들었다. 그는 전쟁에 대한 생각을 멈추었다. 요즘 그는 한 가지 문제에 대하여 몇 분 동안이나마 집중할 수 없었다. 그는 잔을 들자마자 쭉 들이켰다. 늘 그렇듯 몸이 떨렸고 가벼운 구역질이 났다. 술맛은 끔찍했고 정향을 넣은 사카린으로도—실은 그 냄새도 역했지만—진에서 나는 역한 냄새를 없애주지 못했다. 하지만 무엇보다 끔찍했던 것은 그에게 밤낮으로 둘러붙어 있는 진 냄새가 그의 마음속에서 *그것의* 냄새와 뒤엉킨다는 것이었다.

그는 그것에 이름을 붙일 생각조차 하지 않았으며 가능한 한 그것을 떠올리려 하지도 않았다. 그것은 그가 어렴풋이 알고 있는 것, 그의 얼굴 가까이 떠도는 것, 그의 코에 붙어 있는 냄새 같은 것이었다. 술기운이 올라오면서 그는 붉은 입술 사이로 트림을 했다. 그는 석방된 이후로 살이 올랐으며 옛 혈색을 되찾았다. 아니, 어찌 보면 전보다 더 좋아졌다. 얼굴도 통통해졌고 코와 뺨도 발그레해졌으며 벗겨진 머리도 짙은 분홍빛을 띠었다.

웨이터가 시키지 않았는데도 체스보드와 체스 문제가 실린 「타임스」 최근호를 갖다 주었다. 그리고는 윈스턴의 잔이 빈 것을 보고 술병을 가져와서 또 따라주었다. 굳이 주문할 필요도 없었다. 윈스턴의 버릇을 알고 있었기 때문이었다. 사람들이 붐빌 때도 그는 혼자 그 자리를 차지할 수 있었다. 아무도 그의 곁에 앉으려 하지 않았기 때문이었다. 웨이터가 갖다 주는 계산서를 보면 그에게는 술값을 할인해 주는 것 같았다. 하지만 그러지 않아도 별 상관없었다. 이제 그의 주머니는 늘 두둑했다. 그는 한직(閑職)을 맡고 있었지만 보수는 전보다 훨씬 많았기 때문이었다.

텔레스크린에서 음악이 멈추고 목소리가 흘러나왔다. 윈스턴은 고개를 들고 귀를 기울였다. 하지만 전선 소식이 아니라 풍요부에서 보내는 짤막한 공고였다. 제10차 3개년 계획 동안에 구두끈 생산량이 목표량을 98% 초과 달성했다는 공고였다.

윈스턴은 신문의 체스 문제를 들여다보면서 체스보드 위의 말을 옮겨 놓았다. 아주 까다로운 문제였다. '백군 쪽의 말을 두 번 움직여 외통장군을 부를 것'이라는 문제였다. 늘 백군 쪽이 이기는 문제만 나온다는 게 신기했다. 체스 문제에서 흑이 이기는 경우는 단 한 번도 없었다. 선이 악에 대해 영원히 승리할 수밖에 없다는 상징일까? 거대한 얼굴이 위엄을 잔뜩 품은 채 그를 응시하고 있었다. 외통장군을 부르는 것은 언제나 백 쪽이다.

텔레스크린에서 나오던 목소리가 멈추더니 다른 목소리가 흘러나왔다. 훨씬 심각한 목소리였다.

"15시 30분에 중대발표가 있을 것입니다. 15시 30분! 대단히 중요한 뉴스입니다. 절대로 놓치지 마십시오. 15시 30분입니다."

이어서 다시 음악이 흘러나왔다.

윈스턴의 가슴이 두근거렸다. 전선에서 날아온 소식일 것이다. 그는 본능적으로 좋지 않은 뉴스이리라고 생각했다. 온종일 아프리카에서 치명적인 패배를 당했으리라는 생각이 약간의 흥분 상태에서 그의 마음속을 오갔다. 그는 측면을 공격하면 될 텐데, 라며 머릿속에 전선을 그려보면서 체스보드의 말을 움직였다. 하지만 여느 때처럼 한 가지 문제에 길게 집중할 수는 없었다.

한 차례 경련이 일었다. 그는 체스 문제에도 집중할 수 없었다. 그의 생각은 다시 산만해졌다. 그는 거의 무의식적으로 먼지가 쌓인 탁자 위에 손가락으로 이렇게 썼다.

2 + 2 = 5

"그들이 당신 안으로 들어올 수는 없어요"라고 그녀는 말했다. 하지만 그들은 안으로 들어올 수 있었다.

"이곳에서 네게 일어나는 일은 영원하다"라고 오브라이언은 말했다.

그의 말은 사실이었다. 다시는 돌이킬 수 없는 그 무언가가 있었다. 그런 행동을 스스로 했다. 네 가슴속의 무언가가 살해되었다. 불타버렸고 마비되어 버렸다.

그는 그녀를 보았다. 심지어 말을 걸기도 했다. 아무런 위험도 없었다. 그는 그들이 이제 자신의 행동에 대해 아무런 관심도 기울이지 않고 있다는 것을 본능적으로 알고 있었다. 그와 그녀가 만난 것은 우연이었다. 우중충하고 쌀쌀하던 3월 어느 날 공원에서였다. 땅은 쇳덩이처럼 굳어 있었고 모든 풀이 죽어 있는 것 같았으며 바람에 살랑거리는 크로커스 몇 송이를 제외하고는 나무에 싹도 돋아 있지 않았다. 그는 추위에 손이 꽁꽁 얼어붙은 채 눈물까지 찔끔거리며 급히 걸어가고 있었다. 그런데 10미터도 떨어지지 않은 곳에서 그녀가 걸어오는 모습이 보였다. 뭐라고 분명하게 말할 수는 없었지만 한 눈에도 그녀는 변해 있었고 그는 충격을 받았다. 둘은 서로 아는 척도 하지 않고 지나쳤다. 잠시 후 그는 발길을 돌려 그녀를 마지못한 듯 따라갔다. 그는 위험하지 않다는 것, 아무도 그들에게 주의를 기울이지 않는다는 것을 알고 있었다. 그녀는 아무 말도 하지 않았다. 그녀는 마치 그를 떼어내려는 듯 서둘러 풀밭을 가로질렀다. 하지만 이내 체념했는지 그가 곁에 다가올 수 있게 해주었다. 이어서 그들은 몸을 숨기거나 바람을 막을 수도 없는, 앙상한 관목들에 둘러싸인 초라한 덤불 속에 함께 있게 되었다. 그들은 발걸음을 멈추었다. 지독하게 추웠다. 바람이 듬성듬성 지저분하게 꽃피어 있는 크로커스 가지를 흔들었다. 그는 그녀의 허리에 팔을 둘렀다.

텔레스크린은 없었지만 마이크가 숨겨져 있는 것이 분명했다. 게다가 남들의 눈에 훤히 노출되어 있었다. 하지만 아무런 상관이 없었다. 그들은 원하기만 하면 풀밭에 누워 그 일을 할 수 있었다. 그 생각을 하는 순간 그의 몸이 전율로 얼어붙었다. 그가 포옹을 해도 그녀는 반응이 없었다. 심지어 포옹에서 벗어나려고 하지도 않았다. 그는 그제야 그녀에게서 무엇이 변한 것인지 알 수 있었다. 그녀의 얼굴은 누렇게 떠 있었으며 이마로부터 관자놀이까지 기다란 상처가 나 있었다. 상처는 머리카락으로 반쯤 가려져 있었다. 변한 것은 그것만이 아니었다. 허리가 굵어진 데다 놀랄 만큼 뻣뻣했다. 마치 묵직한 돌덩이를 안고 있는 듯한 느낌이었다.

그는 그녀에게 키스하려 하지 않았다. 심지어 둘은 말을 나누지도 않았다. 그들이 잔디밭에서 벗어나는 순간 비로소 그녀가 처음으로 그를 바라보았다. 잠시 흘낏 바라본 것이었지만 경멸감과 혐오감이 가득 차 있는 눈길이었다. 윈스턴은 그 경멸감과 혐오감이 순전히 과거의 일 때문에 생긴 것인지 아니면 지금 자신의 누렇게 뜬 얼굴과 그의 눈에서 계속 흘러내리는 눈물을 보고 생긴 반응인지 알 수가 없었다. 그들은 철제 의자에 약간 거리를 둔 채 나란히 앉았다. 그녀가 먼저 입을 열어 노골적으로 말했다.

"나는 당신을 배반했어요."

"나도 당신을 배반했어." 그가 말했다.

그녀가 다시 혐오의 눈길을 그에게 흘낏 보냈다. 그녀가 말했다.

"가끔 그들이 당신이 참을 수 없는 것, 생각조차 할 수 없는 것으로 당신을 위협했겠지요. 그러자 당신은 '내게 하지 마세요, 다른 사람에게 하세요, 이 사람에게 하세요'라고 말했겠지요. 아마 당신은 그냥 고문을 멈추게 하려고 순간적으로 속임수를 썼을 뿐이라고, 정말 그런 뜻은 아니었다고 나중에 생각했겠지요. 하지만 그건 사실이 아니에요. 바로 그런 일이 벌어지던 그 순간 당신은 분명히 그런 뜻으로 말한 거예요. 그 외에는 목숨을 구할 방법이 없다고 생각하고 기꺼이 그런 식으로 목숨을 구하려고 한 거예요. 당신은 그 일이 다른 사람에게 벌어지기를 *원한 거*예요. 남들이 받을 고통은 전혀 개의치 않은 거지요. 당신은 오로지 자신 생각만 한 거예요."

"나는 오로지 내 생각만 한 거지." 윈스턴이 마치 메아리처럼 되풀이했다.

"그런 후에는 그 다른 사람을 향해 전과 같은 감정을 갖지 않게 되지요."

"맞아." 그가 말했다. "전과 같은 감정을 갖지 않게 돼."

더 이상 할 이야기가 없는 것 같았다. 바람이 얇은 제복을 뚫

1984

350

고 몸으로 파고들었다. 그와 동시에 말없이 그렇게 앉아 있는 것이 거북하게 생각되었다. 게다가 너무 추웠다. 그녀는 지하철을 타야겠다고 중얼거리더니 가겠다고 일어섰다.

"우리 다시 만나야 해." 그가 말했다.

"그래요, 다시 만나야 해요." 그녀가 대답했다.

그는 그녀의 뒤를 따라갔다. 그녀를 지하철역까지 바래다줄 생각이었다. 하지만 문득 마로니에 카페로 돌아가고 싶은 마음이 일었다. 그곳이 그때처럼 그토록 매혹적으로 여겨진 적은 없었다. 그는 구석진 자리의 탁자, 신문과 체스보드, 언제나 잔에 넘쳐흐르는 진이 그리웠다. 무엇보다 그곳은 따뜻할 것이다. 어느 순간 그녀와 윈스턴 사이에 사람들이 끼어들었다. 윈스턴은 얼마쯤 그녀를 따라가려고 애쓰다가 그대로 발걸음을 돌렸다. 그는 약 50미터쯤 가다가 뒤를 돌아보았다. 거리는 붐비지 않았지만 이미 그녀의 모습을 알아볼 수 없었다. 급하게 걸어가는 십여 명 중의 여자들 중 한 명이겠지. 뚱뚱해진 그녀의 몸은 이제 더 이상 뒤에서 알아볼 수 없었다.

"그 순간 당신은 분명히 그런 뜻으로 말한 거예요"라고 그녀는 말했다. 사실이었다. 그는 그런 말만 한 것이 아니라 실제로 그렇게 되기를 원했었다. 자신이 아니라 그녀에게로 고통이 옮아가기를……

텔레스크린에서 나오는 음악이 어딘가 바뀌었다. 째지는 듯
하면서도 비웃는 것 같고 선정적인 것 같은 노래가 흘러나왔
다. 이어서 노랫소리가 흘러나왔다. 혹은 실제로 그런 노래가
나온 게 아니라 사운드가 비슷해서 오로지 기억 속에서 떠오른
것인지도 몰랐다.

울창한 마로니에나무 아래
나는 그대를 팔고 그대는 나를 팔았네.

눈에서 왈칵 눈물이 솟구쳤다. 곁을 지나가던 웨이터가 술잔
이 빈 것을 보고 다시 술병을 들고 왔다.

그는 잔을 들고 술 냄새를 맡았다. 마실수록 혐오감이 돋는
술이었다. 하지만 이제는 그에 빠져 헤어날 수 없었다. 술은 그
에게 생명이고 죽음이며 부활이었다. 매일 밤 인사불성이 될
수 있는 것도 술 덕분이었고 매일 아침 그를 되살려놓는 것도
술이었다. 그는 거의 11시가 되어서야 깨어났으며 잠에서 깨어
나면 눈꺼풀이 달라붙고 입안이 바짝바짝 탔으며 등이 부서질
듯 아팠다. 만일 침대 곁에 밤새 놔두었던 술이 없었다면 그는

몸을 일으킬 수 없었을 것이다. 그는 대낮에도 벌겋게 된 얼굴로 술병을 낀 채 텔레스크린에 귀를 기울였다. 그는 15시부터 문을 닫을 때까지 마로니에 카페에서 죽치고 앉아 있었다. 그가 무슨 짓을 하건 아무도 상관하지 않았으며 그를 깨우는 호루라기 소리도 없었고 텔레스크린의 호통소리도 없었다. 그는 일주일에 두 번 정도 진리부에 있는 먼지 자욱한 사무실, 거의 잊다시피 한 사무실로 나가 일이라고 할 수도 없는 일을 하는 둥 마는 둥 했다. 명목이야 신어사전 11판을 편찬하는 여러 위원회 중 하나에서 일을 하고 있었지만 윈스턴 자신도 무슨 일을 하고 있는지 모를 정도로 하찮은 일이었다.

텔레스크린이 얼마간 잠잠했다. 윈스턴은 다시 고개를 들었다. 전쟁 특보다! 하지만 아니었다. 단지 음악만 바뀌었을 뿐이었다. 그의 눈앞에 아프리카 지도가 펼쳐졌다. 군대의 이동이 도표로 나타났다. 검은 화살표가 수직으로 남쪽을 향하고 있었고 하얀 화살표가 검은 화살표의 꼬리를 끊고 수평으로 동쪽으로 향하고 있었다. 그는 재확인이라도 하려는 듯 초상화 속의 태연자약한 얼굴을 올려보았다. 흰 화살표의 존재를 의심한다는 것이 가당하기나 한 일인가?

전쟁에 대한 관심이 다시 시들해졌다. 그는 진을 한 입 가득

들이킨 후에 체스보드의 흰색 나이트를 들어서 옮겼다. 장군! 하지만 그건 분명히 제대로 된 수가 아니었다. 왜냐하면……

불현듯 한 가지 기억이 그에게 떠올랐다. 촛불을 밝혀 놓은 방이 보였다. 하얀 시트가 덮인 커다란 침대가 놓여 있었고 아홉 살인가 열 살 먹은 자신이 바닥에 주저앉아 주사위 통을 흔들며 신이 나서 웃고 있었다. 그의 어머니도 그와 마주 앉아서 웃고 있었다.

어머니가 사라지기 한 달 정도 전이었던 것 같다. 고통스러운 배고픔도 잊은 채 어머니를 향한 애정이 일시적으로 되살아난 평화로운 순간이었다. 비가 억수같이 쏟아져 유리창으로 빗물이 흘러내리고 방안은 어두컴컴했던 그 날의 일을 그는 또렷이 기억하고 있다. 어둡고 좁은 방 안에 있자니 두 아이는 견딜 수 없을 정도로 따분했다. 윈스턴은 툴툴거리면서 먹을 것을 달라고 쓸데없이 떼를 썼다. 그는 발을 구르며 손에 잡히는 건 닥치는 대로 집어 던졌고 발로 벽을 쾅쾅 찼다. 이웃집에서 시끄럽다며 벽을 쳤고 어린 여동생은 간간이 울음을 터뜨렸다. 마침내 견디다 못한 어머니가 말했다.

"자, 얌전히 굴면 장난감을 사줄게. 멋진 장난감이야. 네 마음에 들 거다."

1984

어머니는 비가 오는데도 밖으로 나갔다. 어머니는 가까운 잡화점으로 가서 '뱀과 사다리'라는 보드게임이 들어있는 마분지 상자를 사서 들고 돌아왔다. 윈스턴은 아직 축축한 마분지 상자에서 나던 냄새를 기억하고 있다. 정말 형편없는 물건이었다. 보드는 깨져 있었고 나무 주사위는 너무 엉성하게 깎아서 제대로 서지도 않았다. 윈스턴은 부루퉁한 표정으로 못마땅한 듯 그것을 바라보았다. 하지만 어머니가 촛불을 켰고 어머니와 윈스턴은 게임을 하기 위해 바닥에 앉았다. 게임이 시작되자 윈스턴은 홀딱 빠져들었고 작은 말이 기운차게 사다리를 올라가다가 다시 뱀처럼 주르륵 미끄러져 거의 출발점으로 되돌아올 때마다 큰 소리를 지르며 웃음을 터뜨렸다. 어머니와 윈스턴은 여덟 번 게임을 했고 각자 네 번씩 이겼다. 너무 어려 게임을 이해하지도 못한 여동생은 베개를 깔고 앉은 채 어머니와 윈스턴이 웃으면 덩달아 웃었다. 그날 오후 내내 그들은 윈스턴이 아주 어렸을 때처럼 행복했다.

그는 그 그림을 마음속에서 몰아냈다. 그것은 잘못된 기억이었다. 그는 가끔 그런 식의 잘못된 기억에 시달렸다. 하지만 그것들이 왜 잘못된 기억인지 알고 있는 한 큰 문제는 없었다. 어떤 일은 실제로 일어난 것이고 어떤 일은 일어나지 않은 일이다. 그는 다시 체스보드로 돌아와 하얀 나이트를 집어 들었다. 순간 그는 자신도 모르게 그 말을 판 위에 떨어뜨렸다. 그는 마치 바늘에라도 찔린 듯 깜짝 놀랐다.

날카로운 트럼펫 소리가 허공에 울려 퍼졌다. 전투 상황 특보였다! 승리였다! 뉴스에 앞서 트럼펫이 울리면 그것은 언제나 승리를 의미했다. 전기 충격을 받은 듯한 전율이 카페 안에 감돌았다. 웨이터들마저 깜짝 놀라서 귀를 기울였다.

트럼펫 소리에 이어 엄청나게 시끄러운 함성이 일었다. 곧이어 텔레스크린에서 흥분된 목소리가 흘러 나왔지만 밖에서 들려오는 환호성에 묻혀 버렸다. 승리 소식은 마치 마술처럼 거리 곳곳으로 퍼져나갔다. 윈스턴은 텔레스크린에서 나오는 소식을 겨우 알아듣고 모든 것이 자신의 예상대로 되었음을 알 수 있었다. 거대한 함대가 은밀히 집결해서 적의 배후를 급습했다. 흰 화살표가 검은 화살표의 허리를 끊어버린 것이다. 승리를 알리는 문장이 왁자지껄한 소음 속에서 단편적으로 들렸다.

"대대적인 기동작전─완벽한 합동작전─완벽한 패주─50만 명의 포로─완벽한 사기 저하─아프리카 전역 장악─전쟁 종결 임박─승리─인류사를 빛낼 위대한 승리─승리, 승리, 승리!"

1984

356

탁자 밑에서 윈스턴의 발이 발작적으로 떨리고 있었다. 자리에서 일어나지는 않았지만 그는 마음속으로 재빠르게 밖으로 달려 나가 바깥의 군중들과 함께 어울려 귀가 먹먹하도록 고함을 지르고 있었다. 그는 빅브라더의 초상을 다시 한번 올려다보았다. 이 세상 전체를 지배하고 있는 거인! 아시아 유목민들의 침입을 허사로 만든 거석! 그는 불과 10분 전만 해도—그렇다, 불과 10분 전이었다—전선에서 날아올 소식이 승리일지 패배일지 궁금해 하는 마음이 어떻게 자신에게 들 수 있었단 말인가, 라고 생각했다. 아, 패배해서 멸망한 것은 유라시아 군대이상의 것이었다! 애정부에서 첫날을 보낸 이후 그의 많은 부분이 변했다. 하지만 최종적이고 필수 불가결한 변화, 그를 결정적으로 치료해줄 변화는 그 순간까지 아직 일어나지 않았던 것이다.

텔레스크린에서 나오는 음성은 여전히 포로, 전리품, 학살이야기를 쏟아내고 있었지만 바깥에서 들리는 함성은 약간 잦아들었다. 웨이터들은 다시 일을 시작했다. 그들 중 한 명이 술병을 들고 윈스턴의 탁자로 왔다. 윈스턴은 잔이 채워지는 것에 주의도 기울이지 않은 채 더없이 행복한 몽상에 빠져 있었다. 그는 더 이상 달려 나가거나 환호성을 지르지 않았다. 그는 모든 것을 용서받고 애정부로 돌아가 있었다. 그의 영혼은 눈처럼 깨끗해져 있었다. 그는 공개재판 피고석에 앉아 모든 것을 고백하고 모든 사람을 범죄에 끌어들였다. 그는 하얀 타일이 깔린 복도를 걷고 있었다. 햇빛을 받으며 걷고 있는 기분이었다. 무장한 간수가 그의 뒤쪽에 있었다. 오랫동안 기다려 왔던 총알이 그의 두뇌에 박혔다.

윈스턴은 거대한 얼굴을 올려다보았다. 그 검은 콧수염 아래 어떤 종류의 미소가 숨겨져 있는지 알아내는 데 40년이 걸렸다. 오, 그 얼마나 오랫동안 잔인하며 불필요한 오해에 사로잡혀 있었던가! 오, 저 사랑 가득한 품에서 스스로 벗어나 고집스럽게 지내온 유배의 세월이여! 진 냄새가 배어있는 눈물이 코 양옆으로 흘러내렸다. 하지만 이제 괜찮다, 모든 것이 다 괜찮다, 힘든 싸움은 끝났다. 그는 자신과의 싸움에서 승리했다. 그는 빅브라더를 사랑했다.

1984

『1984』를 찾아서

2013년, 영국 신문 「더 가디언」에서 실시한 '읽지 않았으면서 읽었다고 거짓말한 소설책' 설문 조사에서 조지 오웰의 『1984』가 당당히(?) 1위를 차지했다. 응답자의 26%가 『1984』를 꼽았으니 압도적 1위인 셈이다. 참고로 레프 톨스토이의 『전쟁과 평화』가 2위를, 찰스 디킨스의 『위대한 유산』이 3위를 차지했다. 『전쟁과 평화』는 너무 유명한 소설이면서도 워낙 방대한 분량이라서 읽지 않고도 읽은 척한 소설로 꼽힐 만하지만 『1984』와 『위대한 유산』이 1위와 3위를 차지한 것은 예상 밖이다. 내가 보기에는 '읽지 않았으면서'에 방점이 찍혔다기보다는 '읽었다고 거짓말한'에 방점이 찍힌 것 같다. 거의 모든 사람이 읽은 척이라도 해야 할 정도로 중요한 명작으로 꼽혔다는 뜻이다. 다행히 나는 대학교 시절 『1984』를 읽었으니 읽지 않았으면서 읽었다고 거짓말할 필요는 없는 셈이다. 당연히 나는 이 소설의 내용을 잘 안다고 생각해 왔다. 그런데 번역하면서 정독해보니 그게 아니었다. 나는 읽기는 읽되 실은 읽은 척했을 뿐임을 자인할 수밖에 없었다. 나는 아마 이 작품을 머리 좋고 상상력이 뛰어난 한 비관적 작가의 약간은 과장이 섞인 공상 소설로 읽었을 것이다. 아니면 '전체주의'에 대한 신랄한 비판과 경고의 의미를 지닌 소설 정도로 간주했을 것이다. 하지만 아니었다. 이 작품은 말 그대로 완벽한 '디스토피아 작품'이었다.

디스토피아란 무엇인가? 『표준국어대사전』을 보면 다음과 같은 뜻으로 풀이되어 있다.

1. 현대 사회의 부정적인 측면이 극단화한 암울한 미래상.
2. 현대 사회의 부정적인 모습을 허구로 그려 냄으로써 현실을 날카롭게 비판하는 문학 작품. 또는 그 사상.

또한 21세기 『정치학대사전』에는 '역(逆)유토피아(utopia)'라고도 한다. 이상향(理想鄕)을 의미하는 유토피아에서 파생하여 장소를 나타내는 topos라는 말에 불완전 상태를 나타내는 dys라는 어두가 붙어 만들어진 말'이라고 정의되어 있다. 또한 '유토피아와 대비되는, 전체주의적인 정부에 의해 억압받고 통제받는 가상사회를 말한다'(『시사상식사전』)라고 정의를 내리기도 한다. 그리고 대표적인 디스토피아 문학 작품으로 꼽히는 것이 올더스 헉슬리(Aldous Leonard Huxley, 1894~1963)의 『멋진 신세계』와 조지 오웰의 『1984』이다.

우리는 디스토피아에 대한 정의에서 '역(逆)유토피아(utopia)'라는 표현에 주목하기로 하자. 디스토피아에 대한 자세한 정의들은 사실 그 표현 속에 모두 들어있기 때문이다.

유토피아는 이상향(理想鄕)이다. 그런데 유토피아(utopia)를 영어로 표현하면 'no place'이고 불어로 표현하면 'nulle part'이다. '어디에도 없는 곳'이라는 뜻이다. 모든 사람이 평등하고 자유로운 곳, 모든 사람이 서로 사랑하면서 행복을 누리는 곳, 언제나 풍요로움과 평화가 넘치는 곳, 그런 곳이 바로 유토피아이다. 그런 곳은 현실적으로 절대로 존재할 수 없다. 오로지 인간의 꿈과 상상 속에서만 존재한다. 인간은 절대로 그런 이상사회를 건설할 수 없다. 인간 자체가 불완전한 존재이고 그런 불완전한 존재들이 어울려 사는 사회는 불완전할 수밖에 없기 때문이다.

그런데 유토피아가 현실적으로 실재할 수 없다는 그 사실 자체가 바로 유토피아를 향한 꿈이 언제나 존재할 수밖에 없는 이유가 된다. 실제로 인간이 유토피아를 이루어 살고 있다면, 아니 그런 사회를 이룩해 살아가는 것이 언제고 가능하다면 유토피아를 향한 꿈은 그다지 절실하지 않을 수 있다. 유토피아를 실제로 건설할 수 없다는 엄연한 사실 때문에 유토피아를 향한 열망이 더 절실해지는 것이다. 그 절실한 열망 때문에 종교가 존재하고 위대한 예술이 존재한다. 따라서 우리는 이렇게 말을 바꿀 수 있게 된다. 유토피아는 실재로서 존재할 수 없다. 하지만 바로 그 때문에 유토피아를 향한 꿈은 늘 존재하며 더 강렬하게 존재한다. 인간은 누구나 결핍된 것의 실현을 꿈꾸기 마련이고 현실은 언제나 결핍 그 자체이기 때문이다. 바로 그 지점에서 유토피아의 현실적 기능이 탄생한다. 유토피아를 향한 꿈이 현실을 역동적으로 변화하게 만드는 것이다. 유토피아의 실재 불가능성이 유토피아를 향한 꿈을 언제나 가능하게 하고 그 꿈이 현실에 역동성을 부여하는 현실적 기능을 갖는 것이다. 그러니 유토피아의 실재 불가능성은 우리의 삶을 역동적으로 만들 수 있는 필수조건이기도 하다. 하지만 전제가 있다.

1984

그 불완전한 현실을 지금 있는 그대로 수락하지 않는 것, 그 불가능한 것을 향한 꿈이 언제나 작동해야만 한다는 것! 묘한 역설이다. 유토피아의 실재가 불가능한 엄연한 진실 속에서 그 유토피아를 꿈꿔야만 하는 역설! 유토피아가 비현실적이어야만 유토피아를 향한 꿈이 현실적 기능을 가질 수 있다는 역설!

인간은 그 실현 불가능성에 지쳐서 때로는 엉뚱한 꿈을 꾸기도 한다. 유토피아를 현실 속에서 실현할 수 있다고 믿고 기필코 실현하고야 말겠다는 꿈을 꾸는 것이다. 두말할 필요도 없이 마르크스주의가 대표적이다. 게다가 그 실현 불가능한 꿈에 객관적 과학이니 진리라는 단어까지 갖다 붙였으니 더욱 매력적으로 보이지 않을 수 없다. 그 경우 유토피아는 실현 불가능한 꿈이 아니라 역사 속에서 도래하게 될 최종 종착지가 되고 그 최종 종착지는 인류의 삶이 도달해야 할 최종 목표가 된다. 아주 멋지다. 누구나 환호할 수 있다. 우리가 조금만 고생하면서 앞으로 나아가면 눈앞에 실제로 낙원이 놓여 있다는데 혹하지 않을 수 없다. 누구나 미래에 대한 희망에 가득 찰 수 있다. 그런데 문제가 있다. 인간의 삶이 너무 단순화된다. 거스를 수 없는 그 절대적 역사의 흐름에 동참할 것이냐, 아니면 그 흐름에 거역하는 반동의 길로 들어설 것이냐 둘 중 하나만 선택할 수 있을 뿐이다. 그뿐 아니다. 더 큰 문제가 있다. 그 낙원은 역사적 미래에 도래하게 되어있다. 현재는 그 종착역에 도착하기까지의 과정에 불과할 뿐이다. 그 흐름에 동참하더라도 개개인이 누리는 지금의 삶은 다음 주자에게 배턴을 넘겨주고 물러나야 하는 릴레이 주자의 역할을 하는 데 그칠 뿐이다. 지금 우리가 누리고 있는 삶은 미래에 오게 될 결실을 낳을 원인에 그칠 뿐이다. 단 한 번뿐인 소중한 삶의 의미가 그렇게 초라해지고 그런 식으로 소비되고 말 뿐이다. 게다가 그런 유토피아가 역사 법칙에 따라 필연적으로 도래하게 되어있다면 역사 속에서 인간이 할 수 있는 역할은 아무것도 없게 된다. 인간은 그저 역사적인 흐름을 따라가는 수동적인 존재가 되거나 반동분자로서 그 궤도에서 이탈할 수밖에 없다.

　백번 양보해서 그런 유토피아가 현실로 도래했다고 치자. 그런 완벽한 사회가 이룩되었다고 치자. 그래도 문제는 있다. 역설적이게도 그 사회는 역동성이 완전히 제거된 굳어 있는 사회가 된다. 그 사회에서는 아무도 불만이 있을 수 없으며 다른 생각을 품을 수도 없고 개인적으로 그 무언가 은밀한 욕망을 느낄 수도 없다. 유토피아에 살고 있는 그 누군가가 불만을 느낀다면 그 사회는 그 순간 유토피아로서의 자격을 상실한다. 생

1984

각해 보라. 모든 사람이 행복한 유토피아에서 어찌 불만을 느낄 수 있단 말인가? 어찌 다른 곳을 꿈꿀 수 있단 말인가? 누군가 변화의 필요성을 느끼고 다른 곳을 꿈꾼다면 그 사회는 이미 유토피아가 아니다. 지금 존재하는 그대로 불변하며 존재하는 것, 그것이 바로 유토피아의 기본 성격이다. 만일 유토피아가 실재로서 존재한다면 그 사회는 완벽하게 정체된 사회가 될 것이다. 하지만 인간사회는 단 한 순간도 멈춰 있지 않고 언제고 변화한다. 그러니 인간사회에서 유토피아는 가능성으로, 꿈으로 존재할 뿐 실재로서 존재할 수 없다. 그것이 실재로서 존재할 수 있다고 믿는 순간 현실이 부정될 뿐 아니라 진정한 의미에서의 유토피아의 꿈마저 사라져버린다.

디스토피아가 역(逆)유토피아라면 디스토피아는 유토피아와는 정반대되는 속성을 지니고 있으면서 동시에 유토피아가 지닌 역설을 그대로 지니고 있다. 『1984』가 디스토피아 소설의 대표 격이라고 말하는 것은 유토피아와 반대되는 세상, 완벽하게 행복한 세상이 아니라 공포와 압제가 완벽하게 지배하는 불행한 세상, 어두운 세상을 그리고 있다는 말이면서 동시에 유토피아가 실재로서 존재할 수 없듯이 실재로서 존재할 수 없는 세상을 그리고 있다는 말로 이해하면 된다. 그 두 가지 사실을 염두에 두어야 이 정교하게 지적(知的)인 소설을 제대로 이해할 수 있다.

『1984』는 빅브라더, 더 정확히 말하면 '당(黨)'이 지배하는 오세아니아가 디스토피아를 실현하는 과정을 그린 소설이다. 이 소설의 주인공 윈스턴 스미스가 완벽하게 세뇌당하는 과정, 그 것은 바로 당이 디스토피아를 실현하는 과정이다. 우리는 그 과정을 되풀이해서 따라갈 수 없고 따라갈 필요도 없다. 그러 다가는 작품 전체의 요약이 되어버릴 것이기 때문이다. 다만 윈스턴이 체포, 구금되어 고문을 받은 뒤에, 그 모든 것을 주도한 오브라이언이 윈스턴에게 해주는 말을 통해 그 디스토피아의 성격을 살펴보는 것에 초점을 맞추기로 하자.

당에서 윈스턴을 체포, 구금, 고문하는 것은 자백을 받고 그가 저지른 죄를 처벌하기 위해서가 아니다. 그의 정신을 완벽하게 개조하기 위해서이다. 문제가 되는 것은 범죄 행위가 아니라 그의 사상 자체이다. 오브라이언은 그것을 치료과정이라고 말한다.

오브라이언이 소리쳤다. 목소리가 돌변했으며 준엄하면
서 동시에 흥분한 듯한 표정을 지었다.

1984

366

"절대 아니야! 자백을 받고 벌을 주기 위해서가 아니야. 자네를 왜 이곳으로 데려왔는지 말해 줄까? 자네를 치료하기 위해서야! 자네를 건강하게 해주기 위해서라고! 윈스턴, 이곳에 들어온 자치고 치료가 되지 않은 채 나간 자가 단 한 명도 없다는 걸 알겠나? 우리는 자네가 저지른 어리석은 범죄에는 관심도 없어. 당은 겉으로 드러난 행위에는 관심이 없어. 우리가 신경 쓰는 건 사상이야. 우리는 우리의 적을 분쇄할 뿐 아니라 그들을 개조시켜. 내가 무슨 말을 하는지 알겠나?"(288~289쪽)

정신 개조와 치료를 위해 당은 권력을 사용한다. 바로 그 당의 권력이 오세아니아 전체를 장악하고 통제하고 있다. 그 권력은 무소불위의 절대 권력이다. 윈스턴은 그런 강압적인 전체주의 사회를 견디지 못하며 당에 대해 적대적이다. 말하자면 그는 반체제 인사이다. 의식이 깨어있는 그는 그런 권력이 부당하다는 것을 느끼는 한편, 당이 그 얼마나 교묘하게 그 권력을 사용하는지 그 방법을 훤히 알고 있다. 그러나 그가 끝끝내 이해할 수 없는 것이 있다. 도대체 당이 무엇 때문에 그런 권력을 휘두르면서 공고한 전체주의 사회를 만들려고 애쓰는 것인지 그 이유를 그는 이해할 수 없다. 방법은 아는데 이유는 모른다. 그가 그 이유를 모르는 것은 그가 아직 완전히 개조되지 않았기 때문이다. 그는 아직 '인간성'이라는 구태의연한 환상, 구시대의 환상에 사로잡혀 있기 때문이다. 그 환상에서 벗어나야 이유를 알 수 있다. 아니, 이유를 알 수 있는 것이 아니라 그 이유를 궁금해 하는 정신 상태 자체에서 벗어날 수 있다. 오브라이언은 윈스턴에게 다음과 같이 말한다.

"내 질문에 대한 답을 내가 말해 주지. 답은 이거야. 당은 오로지 당을 위하여 권력을 추구한다네. 우리는 타인의 행복에는 관심이 없어. 오로지 권력에만 관심이 있을 뿐이야. 부, 사치, 장수, 행복도 아니야. 우리가 독일의 나치와 소련의 공산당과 다른 점은 그것을 솔직히 인정한다는 데 있어. 그런 점에서 그들은 위선자야. 그들은 권력자체가 동기라는 것을 인정할 용기가 없었어. 그들은 어쩔 수 없이 한시적으로 권력을 잡겠다고 약속했어. 그리고 저 모퉁이만 돌면 인간이 평등하게 살 수 있는 낙원이 가까이 있다고 말했어. 어쩌면 그렇게 믿었는지도 모르지. 우리는 그와는 달라. 언젠가 권력을 놓겠다는 생각을 하면서 권력을 잡는 자는 없다는 사실을 우리는 알고 있어. 권력은 수단이 아니야. 권력은 목적이야. 혁명을 보호하기 위해서 독재를 하는 게 아니야. 독재를 하기 위해서 혁명을 하는 거야. 박해의 목적은 박해 그 자체야. 고문의 목적은 고문이야. 권력의 목적은 권력이야. 이제 나를 좀 이해하겠나?"(305쪽)

권력 자체가 목적인 권력, 독재 자체가 목적인 독재, 고문 자체가 목적인 고문으로만 이루어진 사회는 어떤 사회인가? 권력이 영원한 곳, 고문과 폭력이 영원히 행해질 뿐 다른 목적도, 탈출구도 없는 사회이다. 그곳은 바로 단테의 『신곡』의 지옥과 같은 곳이다. 지옥에서는 형벌이 영원히 반복될 뿐 아무런 변화도 탈출구도 없다. 그런 의미에서 『1984』에서의 당은 독일의 나치와 소련의 공산당과는 기본적으로 그 성격이 다르다. 나치와 공산당의 전체주의는 저 모퉁이만 돌면 낙원이 있다는 거짓말을 했다는 의미에서 완벽한 디스토피아의 자격을 상실한다. 그들의 전체주의는 유토피아적인 의미가 들어있는 불완전한 전체주의이다. 더 정확히 말하면 불완전한 디스토피아이다. 완벽한 디스토피아는 유토피아와 정반대라야 하지 유토피아적

의미가 조금이라도 스며들어 있으면 안 된다. 『1984』에서 당이 지향하는 미래에는 낙원의 속성이 조금이라도 섞여 있으면 안 된다. 그곳은 오로지 권력에의 도취와 승리의 쾌감만이 존재하는 지옥 같은 곳이어야 한다.

"맞아. 타인을 괴롭히면 되지. 복종만으로는 충분하지 않아. 괴롭히지 않고서야 그가 자신의 의지가 아니라 나의 의지에 복종하는지 안 하는지 어찌 알 수 있겠나? 권력은 고통과 모욕을 가하는 것이라네. 권력은 인간의 마음을 갈기갈기 찢어서 내가 원하는 모양으로 새롭게 짜 맞추는 거야. 이제 우리가 어떤 세계를 창조하려는지 알 것 같나? 저 옛날 개혁자들이 꿈꾸었던 쾌락적 유토피아와는 정반대되는 세계라네. 공포와 배반과 고통의 세계, 짓밟고 짓밟히는 세계, 세련되면 세련될수록 점점 더 무자비해지는 그런 세계이지. 우리의 세계에서의 진보란 더 많은 고통을 향한 진보가 될 걸세. 옛 문명들은 그것들이 사랑과 정의를 토대로 이룩되었다고 주장했지. 우리의 문명은 증오 위에 세워져 있다네. 우리의 세계에서는 증오, 분노, 의기양양함, 자기비하의 감정 외에 다른 감정은 없을 것이네. 그 나머지는 우리가 몽땅 때려 부술 거야. 우리는 이미 혁명 이전에 존재했던 사고 습관들을 부수고 있는 중이지. 우리는 부모와 자식 간의 줄을 끊어버렸고 사람과 사람, 남자와 여자 간의 관계를 끊어버렸네. 이제 더 이상 아내나 자식, 혹은 친구를 믿지 않아. 하지만 미래에는 아내도, 친구도 없을 것이라네. 아이들은 태어나자마자 마치 암탉에게서 달걀을 꺼내오듯 어머니 품에서 빼앗을 걸세. 우리는 섹스 때의 오르가슴도 없앨 걸세. 신경학자들이 지금 열심히 연구 중이지. 충성심도 당에 대한 것만 제외하고는 모두 없앨 것이며 빅브라더를 향한 사랑 외에 사랑이란 것은 존재하지 않게 될 걸세. 웃음도 적을 무찌르고 짓는 승리의 웃음만 존재하게 될 것이고 미술, 문학, 과학도 없어질 걸세. 아름다움과 추함의 구별도 없어지고 호기심은 물론 세상살이의 즐거움 따위는 없어질 걸세. 모든 쾌락이 파괴되는 것이지. 하지만―윈스턴, 이건 절대로 잊어서는 안 되네―권력에의 도취, 점점 커지면서 섬세해지는 권력에의 도취만은 영원할 걸세. 무기력한 적을 짓밟으면서 느끼는 승리의 쾌감만 존재할 걸세. 미래의 모습을 그려보고 싶다면 인간

의 얼굴을 영원히 짓누르고 있는 구둣발을 상상해 보게
나." (309~310쪽)

디스토피아에 대한 완벽한 묘사이다. 인간의 얼굴을 영원히
짓누르고 있는 구둣발! 그곳은 지옥보다 더 끔찍한 곳이다. 지
옥은 죄를 지은 자가 하느님으로부터 형벌을 받는 곳이다. 하
지만 디스토피아에서는 이른바 '인간성'에 속하는 것이, 단테의
『신곡』에서라면 천국에 들어갈 수 있는 가치가, 또한 그런 가치
를 지니고 사는 인간들이 영원히 구둣발에 짓밟힐 수밖에 없는
곳이다. 정말로 지옥보다 더 끔찍한 곳! 이른바 인간성이라고
하는 것이 철저하게 짓밟힐 수밖에 없는 곳! 게다가 지옥처럼
그 형벌이 영원히 이어지는 곳! 그곳이 바로 디스토피아이다.
오브라이언의 발언은 계속된다.

"그리고 그것이 영원하다는 것을 잊지 말게. 그 얼굴은
늘 그렇게 구둣발에 짓밟혀 있을 거야. 이단자, 사회의 적
은 *언제나 존재하면서* 그렇게 계속 패배하고 굴욕을 맛
볼 거네. 자네가 우리 손아귀에 놓인 이래 자네가 겪은
모든 일, 그 모든 일이 앞으로도 계속될 것이고 더욱 심

1984

해질 거야. 염탐, 배반, 체포, 고문, 처형, 실종은 결코 그치지 않을 거라네. 그 세계는 승리의 세계이면서 동시에 공포의 세계가 될 거야. 당의 권력이 강해지면 강해질수록 관용은 점점 더 줄어들 것이고 반대파가 약해지면 약해질수록 독재는 더 철저해질 거라네. 골드스타인과 그를 추종하는 이단들은 영원할 거야. 그들은 매일, 매 순간 패배를 맛보고 불신과 조소의 대상이 되겠지만 그들은 영원히 존속될 거야. 내가 자네와 7년간 연기한 드라마는 세대에 세대를 걸쳐, 보다 더 세련된 모습으로 계속 되풀이될 걸세. 우리가 우리 마음대로 다룰 수 있는 이단자들, 고통으로 비명을 지르는 만신창이가 된 꼴사나운 이단자들, 결국에는 죄를 뉘우치며 자발적으로 우리의 다리를 붙잡고 자신을 구원해 달라고 애걸하는 그런 이단자들을 우리는 언제나 우리 곁에 두게 될 거라네. 윈스턴, 이것이 바로 우리가 준비하고 있는 세상이라네. 승리에 승리가 끝없이 이어지는 세상, 권력망을 다지고, 다지고 또 다지는 그런 세상. 자네, 이제야 그런 세계가 어떤 세계인지 깨닫기 시작하는 것 같군. 하지만 이해하는 수준에서 그치지 않게 될 거야. 자네는 그것을 받아들이고, 반기고,

그 일부가 될 걸세." (311~312쪽)

위의 진술처럼 『1984』는 당에 대해 의심하고 질문을 던지고 반감을 품고 있던 윈스턴이라는 반체제 사상을 가졌던 인물이 완벽하게 세뇌되는 과정을 그린 소설이다. 그리고 그 과정은 모두 당의 완벽한 프로그램에 의한 것이다. 심지어 반체제 지도자인 골드스타인도, 가상의 반체제 집단인 형제단도 당이 창안해낸 것이다. 그뿐인가? 당에 대해 반감을 품고 사상범죄를 비롯해 온갖 범죄를 저지르는 윈스턴의 행적마저도 프로그래밍 되어 조종을 받는다. 이 소설은 당의 완벽한 프로그램에 장악된 한 인물이 세뇌되는 과정, 인용문에서처럼 그런 세계가 어떤 세계인지 깨닫고 '그것을 받아들이고, 반기고, 그 일부가 되는 과정'을 치밀하게 그리고 있는 소설이다. 실은 작품 자체가 바로 그 과정이기도 하다. 그 과정의 내용은 다음과 같은 대화 속에 압축되어 있다.

"윈스턴, 우리는 모든 수준의 삶을 지배해. 자네는 '인간성'이라고 불리는 그 무언가를 상상하고 있어. 우리가 바로 그 인간성을 유린하고 있고 그 인간성이 우리에게 반기를 들 것이라고 상상하고 있는 거지. 하지만 우리는 인간성을 창조해. 인간이란 존재는 얼마든지 주무를 수 있는 존재야. 자네가 혹시 프롤레타리아나 노예들이 봉기해서 우리를 전복시킬 수도 있다는 낡은 생각을 다시 하고 있는지도 모르겠군. 그런 생각은 아예 하지도 말게. 그들은 짐승처럼 무력해. '인간성'은 곧 '당'이야. 다른 것들은 인간성과는 무관할 뿐이야."

"그렇지만 나는 당신들이 실패하리라는 것을 알고 있습니다. 이 세상에는 그 무언가가 있습니다. 그게 무엇인지 정확히는 모르겠지만 당신들이 결코 정복할 수 없는 정신이랄까 원칙 같은 것이……"

"윈스턴, 자네는 신을 믿는가?"

"안 믿습니다."

"그렇다면 우리에게 패배를 안겨줄 그 원칙이라는 게 뭔가?"

"모르겠습니다. '인간'의 정신이랄까……"

"그렇다면 자네는 자네를 인간이라고 생각하는가?"

"그렇습니다."

"좋아. 만일 자네가 인간이라면 자네는 마지막 인간일세.

인간이라는 종족은 멸종되었어. 우리가 그 뒤를 이은 거지. 자네는 자네가 홀로라는 것을 이해하겠나? 자네는 역사 밖에 있어. 자네는 *비존재야*." 그가 태도를 바꾸어 거칠게 말을 이었다. "자네는 우리가 거짓말을 하고 잔인하다고 해서 자네가 우리보다 도덕적으로 우월하다고 생각하나?"

"그렇습니다. 내가 우월하다고 생각합니다."

오브라이언은 아무 말도 하지 않았다. 대신 다른 두 목소리가 들려왔다. 윈스턴은 그 목소리 중 하나가 바로 자신의 목소리임을 알아차릴 수 있었다. 그가 형제단에 가입하던 날 밤 오브라이언과 나눈 대화를 녹음한 것이었다. 그는 거짓말하겠다고, 도둑질하고 위조하고 살인하고 어린아이 얼굴에 황산을 뿌리겠다고 약속하는 자신의 음성을 들었다. 오브라이언은 이따위 증거를 들려줄 필요도 없다는 듯 따분한 표정을 짓고 있었다. 그가 스위치를 돌리자 녹음된 음성이 그쳤다.

(……)

"윈스턴, 우리는 자네를 구타했네. 우리는 자네를 망가뜨렸어. 자네 몸이 어떤 꼴인지 보았지? 자네 마음도 마찬

가지 상태야. 이제 자네에게 자존심 같은 것이 남아 있다
고는 생각하지 않아. 자네는 발길질과 매질을 당했고 모
욕을 받았어. 자네는 고통에 고함을 질렀고 자네가 흘린
피와 자네가 토해 놓은 토사물 위를 뒹굴었어. 자네는 살
려달라고 애원했고 모든 사람을 배신하고 모든 것을 다
털어놓았어. 자, 자네 안에 조금이라도 타락하지 않은 부
분이 남아 있을 거라고 생각하나?"(313쪽~319쪽)

윈스턴은 당에서 꿈꾸는 디스토피아는 불가능하다고 항거한
다. 오브라이언이 적절하게 지적하고 있듯이 '인간성'에 대한
믿음을 그가 아직 간직하고 있고 자신이 도덕적으로 우월하다
고 믿고 있기 때문이다. 그러나 오브라이언은 그런 윈스턴에게
인간성이 철저히 파괴된 윈스턴 자신의 모습을 들려주고 보여
준다. 그러면서 "자, 자네 안에 조금이라도 타락하지 않은 부분
이 남아 있을 거라고 생각하나?"라고 묻는다. 인간성을 간직한
나/타락한 나의 대립을 선/악의 대립으로 읽어도 되며 천국/지
옥의 대립으로 읽어도 되고 아예 유토피아/디스토피아의 대립
으로 읽어도 무방하다. 따라서 "자네 안에 조금이라도 타락하
지 않은 부분이 남아 있을 거라고 생각하나?"라는 반문은 "자

네 안에 선이, 천국이, 유토피아적인 것이 조금이라도 남아 있다고 생각하나?"로 해석해도 무방하다. 오브라이언은 고문 등의 육체적 고통을 통해 윈스턴에게서 '인간적'인 모습을 몰아낸 후 그런 자신의 모습을 똑바로 직시하라고 말한다. 그것은 이제 '인간성'이라는 필터를 통해 왜곡된 눈으로 보았던 세상을 제대로 보고 제대로 이해하라는 말이다. 결국 윈스턴은 새로운 인간으로 다시 태어난다. 인간적인 것이 완벽하게 거세된 이상적인(?) 디스토피아 사회의 존재로 다시 태어나는 것이다.

윈스턴은 거대한 얼굴을 올려다보았다. 그 검은 콧수염 아래 어떤 종류의 미소가 숨겨져 있는지 알아내는 데 40년이 걸렸다. 오, 그 얼마나 오랫동안 잔인하며 불필요한 오해에 사로잡혀 있었던가! 오, 저 사랑 가득한 품에서 스스로 벗어나 고집스럽게 지내온 유배의 세월이여! 진 냄새가 배어있는 눈물이 코 양옆으로 흘러내렸다. 하지만 이제 괜찮다, 모든 것이 다 괜찮다, 힘든 싸움은 끝났다. 그는 자신과의 싸움에서 승리했다. 그는 빅브라더를 사랑했다. (358쪽)

완벽한 세뇌이다. 세뇌의 완성이다. 디스토피아의 완성이다. 지옥보다 더 끔찍한 지옥의 완성이다. 절대 악인 빅브라더를 사랑하게 됨으로써 세뇌가 완성되고 디스토피아가 완성된다. 그 디스토피아가 지옥보다 더 끔찍한 것은 지옥에서의 형벌과 고통조차 존재하지 않기 때문이다. 그 디스토피아 속에서 윈스턴이 '이제 괜찮다, 모든 것이 다 괜찮다, 힘든 싸움은 끝났다'라고 생각하기 때문이다. 지옥에서의 형벌은 신의 이름으로 가해지는 형벌이다. 신에게 거역했기에 가해지는 형벌이기도 하지만 인간으로서 차마 하지 못할 짓을 했기에 가해지는 형벌이다. 그 형벌과 고통 속에는 '인간' 혹은, '인간성'이 어른거리고 있다. 하지만 '모든 것이 다 괜찮다'라고 느끼는 윈스턴은 그런 인간으로서의 면모, 인간성이 완전히 사라진 존재이다. 그는 비존재이다. 인간이 인간으로 존재할 수 있는 모든 가능성이 완벽하게 사라진 비존재로 존재하는 곳, 그곳이 바로 디스토피아이다. 조지 오웰은 『1984』라는 작품을 통해 그런 디스토피아를 완성시켰다. 그래서 읽는 이를 너무 암울하게 만든다.

그러나 안심하라. 유토피아가 절대로 실재로서 도래할 수 없듯이 『1984』 속의 디스토피아는 절대로 실현될 수 없다. 그 디스토피아는 지옥보다 더 끔찍한 곳이지만 지옥이 상상의 산물

이렇듯이 디스토피아도 상상 속의 가상공간이다. 인간이 존재하는 한 인간성의 완벽한 상실을 뜻하는 디스토피아는 결코 실재로서 나타날 수 없다.

하지만 안심하지 마라. 디스토피아가 그리고 있는 '공포와 배반과 고통의 세계, 짓밟고 짓밟히는 세계, 세련되면 세련될수록 점점 더 무자비해지는 그런 세계' 대신 '사랑과 정의를 토대로 이룩된 세상'이 올 것이니 안심하라는 뜻이 아니기 때문이다. 유토피아가 실재할 수 없듯 디스토피아도 완벽히 실현될 수 없으니 안심하라는 뜻이지 디스토피아의 속성이 인간의 삶에서 사라질 수 있으니 안심하라는 뜻이 아니다. 그것은 유토피아가 현실 속에 실재로서 존재할 수 없지만 유토피아를 향한 꿈은 언제나 존재하는 것과 마찬가지이다. 디스토피아는 실재로서 존재할 수 없지만 디스토피아를 향한 욕망은 언제나 인간 내부에서 꿈틀거리고 있다. 유토피아라는 비실재적 공간이 현실적 작용력을 갖듯이 디스토피아를 향한 욕망이 우리의 구체적 현실에서 힘을 발휘하고 있다. 그리고 우리는 그런 모습을 우리 주변에서 쉽게 목격할 수 있다.

지구상에는 전체주의적 야욕을 지닌 채 그것을 실현하려는 국가들이 여전히 존재한다. 분명한 것은 그 야욕이 인공지

능 등 첨단 과학의 발전과 더불어 새롭게 출현한 것이 아니라
는 사실이다. 그 야욕은 인간 내부에, 그리고 인간사회에 언제
나 존재해 왔고 언제나 존재할 것이다. 『1984』가 실현 불가능
한, 완벽한 디스토피아를 그림으로써, 그런 비현실적인 세계를
그려 보임으로써 놀라운 '현재성'을 획득하는 것은 그 때문이
다. 이 작품에서 묘사된 디스토피아의 완벽함 덕분에, 이 작품
은 현실 속에 존재했던, 혹은 존재하고 있는 어느 특정한 사회
의 모습에 대한 경고와 경계 이상의 의미를 띠게 된다. 이 작품
은 언제고 꿈틀거릴 수 있는 인간 내부의 디스토피아적인 욕망
에 대한 영원한 경고와 경계의 의미를 띤다.

그렇다. 인간 속에 디스토피아적인 욕망이 있다! 조지 오웰
은 그것을 보고 알았기에 이런 암울한 소설을 썼다. 하지만 안
심하라. 디스토피아적인 욕망만 영원한 것이 아니다. 그런 것
을 도저히 못 견디는 본능도 인간 속에는 언제나 꿈틀거린다.
완벽한 감시가 실현된 『1984』 세계에도 윈스턴과 줄리아가 존
재한다. 조지 오웰은 디스토피아의 완성을 그리기 위해 그들
이 서로를 배반하고 완벽하게 체제에 동화된 모습으로, 마지막
보루였던 '사랑'마저 허물어지는 모습으로 그리고 있지만 실제
인간사회에서는 그렇게 완벽하게 세뇌되지 않은, 세뇌될 수 없

는 제2, 제3의 윈스턴과 제2, 제3의 줄리아가 언제나 존재한다. 오브라이언이 묘사하고 있는 '인간의 얼굴을 영원히 짓누르고 있는 구둣발'이 존재하는 세계는 가능할지 몰라도 오로지 그것만이 존재하는 세계는 불가능하다. 그것이 바로 인간이라는 존재의 속성이고 인간들의 사회라는 유기적 생명체의 속성이다.

『1984』는 암울한 소설이다. 그러나 그 암울함으로 인해 더욱 강력하게 소설 속의 세계와는 다른, 그 병들고 비정상적인 세계와는 다른 건강한 세계를 환기하는 힘을 갖는다. 그러면서 소설 속의 세계, 혹은 그와 비슷한 세계에 대한 강력한 경각심을 갖게 한다. 그 환기의 힘은 유토피아를 향한 열망을 강력하게 드러내고 있는 작품보다 더 강력하다. 공연히 하는 소리가 아니다. 이 작품을 번역하는 동안 암울한 기분에 젖으면서도 나는 자신을 돌아보았으며 우리 사회를 돌아보았고 인간다운 사회가 어떤 것인지에 대해 깊이 통찰할 수밖에 없었다. 그도 그럴 것이 고통과 불행을 겪은 자가 행복의 값을 더 깊이 맛볼 수 있고, 어딘가 아팠던 사람이 건강의 소중함을 더 깊이 느끼고, 지옥을 맛본 자가 천국을 더 그리워하기 마련이기 때문이다. 게다가 이 작품에는 구체적인 긍정적 메시지도 있다. 비록 디스토피아의 완성을 위하여 작품에서는 결국 무너지는 것으로 설정되어 있지만 실은 인간이 인간으로 존재하는 한 결코 무너질 수 없는 모습이다.

　"우리는 육 개월 정도 함께 지낼 수 있겠지. 어쩌면 일 년 이 될지도 몰라. 하지만 줄리아, 우리는 결국 헤어져야 할 거야. 그때 우리가 완전히 혼자일 수밖에 없다는 생각을 해 봤어? 그들에게 잡히기만 하면 나나 당신이나 상대방 을 위해 해줄 수 있는 게 아무것도 없어. 내가 자백해도 당신을 총살할 거고 자백하지 않아도 마찬가지일 거야. 우리는 서로가 살았는지 죽었는지도 모르게 될 거야. 그 야말로 철저하게 무기력한 존재가 되는 거야. 하지만 그 렇게 되더라도 중요한 게 한 가지 있어. 우리가 서로를 배반하지 않는 것. 그런다고 해서 달라지는 건 아무것도 없더라도 신의를 지키는 것."
　"자백을 말하는 거라면, 안 하고 배길 도리가 없을 거예 요. 누구나 자백을 하게 되어있어요. 어쩔 수 없어요. 고 문을 하니까요."
　"자백 이야기가 아니야. 자백은 배신이 아니야. 자백하건 하지 않건 그건 중요하지 않아. 오로지 감정이 중요한 거야. 그들이 내가 당신을 사랑하지 않게 만든다면…… 그게 바로 배신인 거야."

그녀는 잠시 생각에 잠겼다. 이윽고 그녀가 단호하게 말했다.

"그들은 그렇게 할 수 없어요. 그들이 할 수 없는 단 한 가지가 바로 그거예요. 그들은 우리에게 무엇이든, 그래요 무엇이든 말하게 할 수는 있어요. 하지만 그것을 믿게 할 수는 없어요. 우리의 속까지 들어올 수는 없으니까요."

"맞아. 그럴 수 없어. 정말 옳은 말이야. 우리의 속까지 들어올 수는 없어. 우리가 인간으로 남아 있는 것이 가치 있다고 *느낀다면*, 그 느낌을 잃지 않을 수만 있다면, 그것이 아무런 성과를 맺지 못하더라도 그들을 이긴 거야."

윈스턴은 한결 밝은 목소리로 말했다. (……) 그들은 고문, 정밀 기구, 수면 방해, 독방 감금, 끈질긴 심문 등으로 신경을 자극하고 몸을 녹초로 만들 것이다. 그리하여 결국 모든 사실을 털어놓게 만들 것이다. 심문으로 모든 흔적을 다 밝혀낼 것이고 고문으로 모든 것을 다 쥐어 짜낼 것이다. 하지만 단지 살아남는 게 목표가 아니라 인간으로서 사는 것이 목표라면 궁극적으로 달라진 게 무엇이

1984

란 말인가? 그들은 당신의 감정을 바꿀 수 없다. 당신이 아무리 원하더라도 그들을 변화시킬 수 없는 것과 마찬가지이다. 그들은 당신이 행하고 말하고 생각한 것들을 속속들이 파헤쳐 놓을 수 있다. 하지만 당신의 속마음은 결코 공략할 수 없다. 그 안에서 벌어지고 있는 일은 당신 자신에게조차 신비로운 것이기에…… (214~216쪽)

이 디스토피아 소설을 읽고 나는 역으로 그런 희망적인 메시지를 마지막에 되새긴다. 인간이라는 존재가 비존재로 바뀌는 디스토피아가 오지 않는 한 그런 인간의 모습은 영원할 것이기에…… 그 김에 왜 유토피아와 디스토피아가 실재로서 존재할 수 없는지, 전체주의가 도대체 무엇인지 찬찬히 살펴보고도 싶지만…… 분명 사족이 되리라.

『1984』는 1954년에 TV 영화로 제작 방영되었으며 1956년에는 극장용 영화로 제작되었고 오페라로 각색 제작되기도 했다. 제목과 같은 연도인 1984년에 마이클 래드포드 감독이 메가폰을 잡고 존 허트, 리처드 버튼, 수잔나 해밀턴이 출연한 영화가 제작되었다.

그 외에도 직접 〈1984〉라는 제목을 달고 있지 않더라도 이 작품에 영향을 받거나 이 작품에서 모티브를 따온 영화는 무척 많다. 대표적인 작품으로는 〈브라질〉, 〈데몰리션 맨〉, 〈이퀼리브리엄〉 등을 들 수 있으며 넷플릭스에서 방영 중인 〈블랙 미러〉 시리즈도 이 작품과 분위기가 비슷하다. 이 작품에서 모티브를 따온 게임이 무수히 많은 것은 물론이다.

참고로 『1984』는 1979년이 되어서야 중국에 소개된다. 완역본이 아니라 발췌 번역본이다. 그마저도 1985년까지는 소수의 특권층만 출입할 수 있는 도서관과 서점에만 배포되었을 뿐 일반인은 접할 수 없었다. 1985년에 이 작품이 대중에게 공개된 데 대해, 이제 더 이상 일반 대중은 책을 읽지 않는다는 사실을 중국 정부가 확신했기 때문이라고 농담 같은 진담을 던진 사람도 있다. 극히 소수가 이 책을 읽더라도 별로 위협이 되지 않으리라고 판단했다는 것이었다. 나는 이런 생각을 해 본다. 혹시 중국 지도층이 이 소설과 『동물 농장』을 읽으면서 전체주의 통치기술을 배운 것은 아닌가 하는 생각…… 작품에서 묘사되고 있는 통치 방법이 현실과 너무 비슷해서 든 엉뚱한 생각이지만……

조지 오웰은 1903년 6월 25일 인도 북동부 모티하리에서 아편국 하급 관리인 리처드 월머슬리 블레어(Richard Walmesley Blair)와 어머니 이다 블레어(Ida Mabel Blair) 사이에서 태어났으며 본명은 에릭 아서 블레어(Eric Arthur Blair)이다. 하지만 그는 태어난 지 채 1년도 되지 않아 영국으로 건너갔다.

그는 1911년 영국 남부에 있는 세인트 시프리언즈 예비학교에 입학해서 5년간 다닌다. 학교의 억압적이고 차별적인 분위기에 그는 어릴 때부터 심한 좌절감을 겪었지만 학업성적은 우수해 이튼 칼리지에 진학한다. 1917년 이튼 칼리지를 졸업한 에릭은 인도 제국 경찰에 지원하여 1922년 발령지인 미얀마로 떠났다. 상류층 자제들이 다니는 이튼 칼리지 졸업생이 경찰관에 지원하는 경우는 거의 없었기에 남들의 주목을 받았지만, 그는 그런 시선 자체가 싫었다.

식민지에서 제국의 경찰로 복무하면서 제국주의의 모순과 한계를 절감한 그는 1927년 영국으로 귀국한 후 1928년 경찰직을 사임했다. 이때부터 그는 글을 쓰는 작가가 되겠다고 결심하고 한동안 노숙자와 접시닦이 등 밑바닥 생활을 체험한다.

1933년 그는 밑바닥 체험을 바탕으로 한 자전소설 「파리와 런던의 밑바닥 생활」을 조지 오웰이라는 필명으로 발표한다.

남성의 이름으로 흔한 '조지'와 부모님 댁 근처의 '오웰' 강을 합친 것이다. 이어서 그는 식민지 백인 관리의 잔혹상을 묘사한 『버마의 나날』(1934)로 문학계에서 인정을 받았고, 1937년에는 잉글랜드 북부 노동자의 가난한 삶을 그린 『위건 부두로 가는 길』을 발표했다. 그해 12월 스페인 내전이 발발하자 그는 파시즘과 맞서 싸우기 위해 자원입대하여 '마르크스주의통일노동자당(POUM)'에 입당한다. 그는 바르셀로나 전선에서 목에 총상을 입고 부상을 당했으며 부상 직후 'POUM'이 스페인 공산당의 박해를 받는다. 그는 아내와 함께 스페인을 탈출해 프랑스로 건너갔으며 이때 느꼈던 이데올로기에 대한 환멸의 기록을 담은 문제작 『카탈로니아 찬가』를 1938년 발표한다.

그 사이 그는 결핵으로 건강이 악화되어 글쓰기를 중단하고 모로코에서 요양했으며 1940년 다시 영국으로 돌아와 영국 민방위대 부사관으로 일했고 1941년 BBC 방송국에 입사하여 2년 동안 라디오 프로그램을 제작한다. 1943년부터 「트리뷴」지 편집장으로 일하게 된 그는 그때부터 『동물 농장』집필에 들어간다. 소련 신화가 서구 사회주의에 끼친 부정적 영향에 맞서기 위해서였다. 이 책의 출간과 함께 그는 일약 세계적인 작가가 되었으며 1946년도에 집필을 시작해 1949년 11월에

1984

출간한 『1984』는 그의 명성을 더욱 확고부동한 것으로 만들어 주었다.

하지만 지병인 폐결핵이 악화되면서 1950년 1월 47세를 일기로 런던의 한 병원에서 사망했다.

「타임스」에서는 전후 가장 위대한 영국 작가 중 2위로 그를 선정했고 BBC 투표에서는 지난 천 년 동안 가장 위대한 영어 작가 3위로 뽑혔다.

1984

생각하는 힘: 진형준 교수의 세계문학컬렉션 98

펴낸날	초판 1쇄 2023년 11월 17일

지은이	조지 오웰
옮긴이	진형준
펴낸이	심만수
펴낸곳	(주)살림출판사
출판등록	1989년 11월 1일 제9-210호

주소	경기도 파주시 광인사길 30
전화	031-955-1350 팩스 031-624-1356
홈페이지	http://www.sallimbooks.com
이메일	book@sallimbooks.com

ISBN	978-89-522-4737-7 04800
	978-89-522-3984-6 04800 (세트)

※ 값은 뒤표지에 있습니다.
※ 잘못 만들어진 책은 구입하신 서점에서 바꾸어 드립니다.